Die Reisen von

John und Julia

in

Kapitel Eins: Genesis

eine Geschichte von **Aurelia**

Veröffentlicht und vertrieben in den Vereinigten Staaten. Archetypal Alphabet Bücher können über den Buchhandel bestellt werden oder wenden Sie sich an:

Archetypal Alphabet, LLC 645 W. 9th Street #110242 Los Angeles, CA 90015 www.thejourneysofjohnandjulia.com | abc@archetypalalphabet.com

Zuvor erschienen bei Rigler Creative Solutions (30.06.2012) ISBN 978-0-9840019-6-5

Produktion: Archetypal Alphabet, LLC Personen und Handlungen in Die Reisen von John und Julia in Kapitel Eins: Genesis sind frei erfunden. Jegliche Ähnlichkeiten mit lebenden oder verstorbenen Personen ist zufällig.

Verlag: Archetypal Alphabet, LLC, 645 W. 9th Street #110242, Los Angeles, CA 90015, USA Alle Rechte vorbehalten. Nachdruck oder andere Verwertungen nur mit schriftlicher Genehmigung des Verlags. Unbefugte Nutzungen, wie etwa Vervielfältigung, Verbreitung, Speicherung oder Übertragung, können zivil- oder strafrechtlich verfolgt werden. Erste E-Edition, September 2012 E-ISBN 978-0-9840019-7-2

Buch Design: Ekaterina

Zweite Auflage 2022 ISBN: 979-8-9856071-9-2 (sc) ISBN: 979-8-9856071-3-0 (hc) ISBN: 979-8-9856071-6-1 (e) 979-8-9856071 -7-8 (Ton)

Diese Geschichte ist für alle, die sich in einem guten Buch verlieren wollen – möge euch das Glück finden.

ZEILE 1

Der Beginn der Konferenz war für genau 11:11 pm nachts angesetzt.

Der Konferenzraum würde um 11:00 pm hinter dem alten Amphitheater aufscheinen.

11 Minuten würden mehr als ausreichend sein, um die Einladungen zu versenden und jedem genügend Spielraum für die Anreise zu lassen.

Allerdings war es nicht wirklich eine Einladung, es war mehr eine Anweisung und keine Zustimmung war nötig. Jeder musste einfach erscheinen. Es war eine Pflicht. Es war nicht verhandelbar. Es gehörte automatisch dazu und niemand hatte das jemals in Frage gestellt.

Es war äußerst unwahrscheinlich, dass unliebsame Besucher zu der Zeit in dem Gebiet aufkreuzen würden – der Standort einer Konferenz wurde hinsichtlich dessen immer mit der größten Sorgfalt ausgewählt und das alte Amphitheater befand sich einsam und verlassen inmitten eines riesigen, uralten Waldes mit massiven, naturbelassenen Bäumen. Die meisten davon waren mehr als 1000 Jahre alt, Zeugen von Ereignissen fast zu fantastisch um sie zu glauben.

Sie behaupten, dass die Gelegenheiten selten sind, bei denen menschliche Wesen in ihre Mitte stolpern. Sie überlegen, ein paar alte Steine in einem Halbkreis platziert mit einer großen Steinplatte im Zentrum und keineswegs attraktiv genug um Aufmerksamkeit zu erregen, ist alles was jemand sehen würde. Sie beschließen, die Lage ist perfekt.

In dieser speziellen mondlosen Nacht waren die Lebewesen des Waldes die einzigen Zuschauer von dem, was sich ereignen sollte.

Um Punkt 11 pm störte eine sanfte Bewegung die Stille des Ortes. Tatsächlich war es mehr ein Verschwimmen als eine Bewegung. Die schwarze Nacht hinter dem Amphitheater wurde lebendig, zitterte, verzerrte sich, schwabbelte, verströmte einen fremdartig zischelnden Klang – alles in erstaunlicher Missachtung physikalischer Gesetze. Für Uneingeweihte jedoch, war es nicht mehr als der Wind in den Bäumen. Man musste seine Augen wirklich hart anstrengen um den Konferenzraum aus dem leeren Raum zwischen dem Amphitheater und den angrenzenden Bäumen auftauchen zu sehen. Er blendete sich so gut in die Landschaft ein, dass schwer festzustellen war ob er tatsächlich existierte, oder ob der abgeschiedene Wald in Verbindung mit einer schwarzen Nacht die Vorstellung veranlasste, Dinge zu sehen. Daher, trotz der Tatsache, dass die Abwesenheit menschlicher Wesen nicht völlig garantiert werden konnte, war die Chance entdeckt zu werden vernachlässigbar.

Jedes der zweiundzwanzig Mitglieder der Gruppe konnte eine Konferenz einberufen, und jedem war es selbstverständlich, dass dieses Privileg niemals zu missbrauchen war. Es galt die ungeschriebene Regel, dass ohne triftigen Grund – wahrhaftig oder persönlich – es keinem erlaubt war, ein Treffen zu veranlassen.

Eigentlich waren es dreiundzwanzig Gefährten, aber jeder verstand die Siamesischen Zwillinge als eine Person. Sie waren, um genau zu sein, keine Zwillinge – siamesisch oder anderer Art – sie waren ein Paar. Niemand konnte sich jedoch entsinnen sie jemals getrennt erlebt zu haben und dieser Tatsache verdankten sie ihren Spitznamen.

Heute hatte Theodore Cliffton das Treffen einberufen. Er war dafür bekannt sich manchmal närrisch zu verhalten, aber seine Kollegen würden trotzdem erscheinen und die Konferenz würde stattfinden, gleichgültig von wem die Einladung ausging.

Da war er, ein jung aussehender Mann, gekleidet in ein einzigartig gemustertes buntes Shirt, Khaki-Hosen und robuste Wanderstiefel, ein Safari Hut lag neben ihm. Er saß auf der Steinplatte im Zentrum des Amphitheaters - ganz still, Augen geschlossen, in tiefer Konzentration. Nicht ein Muskel in seinem ganzen Körper bewegte sich. Er hätte Teil der Landschaft sein können – so still war er. Kurz bevor er seine Augen öffnete nickte er sich selbst zu, als wolle er etwas in seinem Geist bestätigen. Dann streckte er seine Beine und stand auf.

Als er in die Richtung des Konferenzraums blickte, erschien eine Öffnung in der ihm nächstgelegenen Wand. Er wusste, es blieben ihm nur wenige Sekunden zum Eintreten bevor sich das Gebäude im Uhrzeigersinn um sechzehn und ein drittel Grad drehen und die Tür verschwinden würde. Er schnappte sich seinen Hut und eilte schleunigst hindurch.

Das unscheinbare Äußere der Halle gab keinen Aufschluss über ihr Innenleben. Die Struktur war rund mit einem Durchmesser von vielleicht 50 Metern, aber sie wies nur einen Raum auf. Es gab keine Fenster, dennoch fühlte sich der Raum weit und luftig an. Er besaß ein hohes Kuppelgewölbe, das mit allen möglichen fremdartigen Symbolen bemalt war. Die Wände bestanden aus einer seltsam aussehenden Metallstruktur – einer gigantischen Bienenwabe gleich. Das Metall strahlte einen regenbogenfarbenen Glanz aus und erfüllte den gesamten Raum mit einem sanften, schimmernden Licht. Eine Tür gab es nicht.

Im Zentrum des Raumes stand ein riesiger runder Tisch und zweiundzwanzig Stühle mit hohen Rückenlehnen verteilten sich gleichmäßig um ihn herum. Die Stühle waren wunderschön gearbeitet und jeder schaute ein wenig anders aus, einer davon war breit wie eine Bank.

Aha! Da werden die Siamesischen Zwillinge sitzen, dachte Cliffton, während er seiner Pflicht als Gastgeber nachging und den Raum inspizierte um sicher zu sein, dass Alles war, wie es sein sollte. Seine umwerfend blauen Augen reflektierten das Leuchten welches überall um ihn herum war, und als er zur Decke mit all ihren Symbolen schaute, breitete sich ein zufriedenes Lächeln in seinem Gesicht aus.

Im selben Moment, fast so als ob sie seinem Lächeln antwortete, löste sich eine prächtige rote und goldene Feder von der Decke und glitt langsam auf ihn zu. Sie stoppte nur wenige Zentimeter von seinem Kopf entfernt – bewegte sich dann waagrecht dem Tisch entgegen. Sie umrundete den Tisch dreimal und kam letztendlich auf der Rückenlehne eines der Stühle zur Ruhe. Verschmelzend mit dem Holz entstand der Eindruck eines Stuhles, dessen Rückenlehne mit einer roten und goldenen Feder bemalt war. Cliffton schlenderte zum Tisch, schob den neu dekorierten Stuhl zurück und setzte sich. Alles was er nun tun musste, war warten.

Weil er seine Augen erneut geschlossen hatte, verpasste er was als Nächstes geschah. Einundzwanzig weitere Symbole begannen, eins nach dem anderen, aus der Decke herauszutreten, langsam in Richtung Tisch zu segeln und sich an den Stühlen zu befestigen. Genau wie die Feder es getan hatte. Da war ein goldener Stab mit spitzen Köpfen an jedem Ende, ein herrlich gewebtes Tuch welches in einem Moment den Eindruck erweckte nicht mehr zu sein als das glänzende Strahlen des Mondlichts und im nächsten Moment komplett undurchsichtig wie eine Perle war, eine Rose, eine Kristallkugel, ein Schlüsselpaar – nur um Einige zu nennen. Jedes Symbol fand seinen Platz wie von einer unsichtbaren Macht gesteuert.

Hätte es in dem Raum eine Uhr gegeben hätte sie gezeigt, dass die ganze Prozedur in weniger als 30 Sekunden erledigt war. Aber Zeit war ohne Bedeutung in dieser Umgebung. Alles geschah in einem speziellen Rhythmus, so wie es immer geschehen war, so wie es immer geschehen musste.

Theodore Clifftons stille Kontemplation wurde durch einen tiefen schnurrenden Klang unterbrochen. Er öffnete seine Augen und sah genau das, was er erwartet hatte zu sehen: Das summende Geräusch bedeutete, dass der mysteriöse Mechanismus der Halle sich bereit machte, der nächsten Person Einlass zu gewähren.

Tatsächlich, etwas links von ihm, erschien eine Tür und sein geschätzter Kollege, Doktor Chester Magnussen, betrat den Raum. Er war ein großer, gewöhnlich aussehender Mann mittleren Alters und machte den Anschein, durch den schwarzen Pilotenkoffer den er in seiner linken Hand trug, etwas überlastet zu sein. Der auffällige, bodenlange, blutrote Umhang den er trug, verlieh seiner Erscheinung eine gewisse altmodische Würde und ließ vermuten, dass er entweder auf seinem Weg in die Oper oder zu einem Kostümball gewesen war, als ihn die Einladung erreichte.

„Hallo Avi", sagte er freundlich und legte sein Gepäck auf den Tisch. Er zog den Stuhl neben dem von Cliffton heraus, den mit dem goldenen Stab auf der Rückenlehne. „Gute Arbeit, diesen Ort zu wählen. Hast ihn wohl auf einer deiner Reisen gefunden, vermute ich?"

Cliffton lächelte. Von seinen Freunden wurde er Avi genannt und dies war eine Kurzform seines Spitznamens, Der Abenteurer. The Twenty-Two kannten sich alle schon so lange dass es sich wie eine Ewigkeit anfühlte und, von einigen Ausnahmen abgesehen, fanden sie es selten nötig, ihre wirklichen Namen zu benutzen.

„Hi Mac, schön dich wieder zu sehen. Wie geht's wie steht's?" Cliffton antwortete mit einem Lächeln, das bis in seine Stimme reichte. „Ich bin darüber gestolpert während ich Gerüchten über einen Yeti nachging, der hier in den Wäldern leben soll. Machte mich wirklich neugierig. Nur dann wurde ich abgelenkt – oh, hör mal", unterbrach er sich selbst, als der tiefe summende Klang erneut begann.

„Ich weiß Avi", murmelte Magnussen zu sich selbst, „von all deinen wunderbaren Eigenschaften ist Fokus sicherlich keine davon."

Cliffton jedoch hörte ihm nicht länger zu. Er beobachtete wie etwas mehr links als vorher die Tür erneut auftauchte, und eine traumhaft schöne Frau, von Kopf bis Fuß eingehüllt in eine fließende Robe, welche aus einem undefinierbaren, silber-blau leuchtenden Material hergestellt war, trat ein. Trotz der Tatsache, dass sie ein beträchtliches, antik wirkendes Buch trug, bewegte sie sich mit solch leichter Anmut, dass es schien, ihre Füße berührten nicht einmal den Boden. Es war unmöglich ihr Alter zu schätzen – in einem Augenblick schaute sie aus wie ein junges Mädchen und dann, nur einen Bruchteil später, so alt wie ihr Buch. Aber Aussehen hatte in dieser Umgebung ebenso wenig Bedeutung wie Zeit.

„Guten Abend MaDame", Magnussen begrüßte den Neuankömmling mit größter Ehrerbietung. „Darf ich dir mit deinem Buch behilflich sein?"

„Ach komm schon Mac, behandle mich nicht als wäre ich eine alte Oma."

Mirra Prestessi feuerte einen eisigen Blick auf Magnussen ab, während sie ihr Buch auf den Tisch warf. „Außerdem, ich weiß du weißt ich würde niemals zulassen, dass du oder irgendjemand Anderer das Buch anfasst, selbst wenn ich tatterig wäre, was ich nicht bin und darum, vielen Dank."

„Ah Mirra", Magnussen antwortete mit einem Ausdruck von Beunruhigung in seinem Gesicht, „es macht mich eben nervös zuzusehen, wie du mit dem Buch umgehst, die Art und Weise wie du es herumwirbelst! Ich meine, all die Dinge die passieren könnten, wenn -- "

Die Ankunft weiterer Leute unterbrach ihren Wortwechsel, und alsbald war die Halle gefüllt mit dem Summen der aufscheinenden Türen und dem Gelächter alter Freunde.

Obwohl die meisten zu jeder Zeit in loser Verbindung waren, war das Zusammentreffen aufgrund einer Konferenz dennoch für Alle eine Riesensache. Sie genossen eindeutig die Gelegenheit, sich gegenseitig auf den neuesten Stand zu bringen. Ein wunderschöner Löwe mit einer beeindruckenden dunklen Mähne marschierte im Raum herum, begrüßte jeden indem er seinen gigantischen Kopf an Hüften rieb und schnurrte vor Genuss wie ein kleines Kätzchen. Er gehörte Leona Strong und in ihrer Gegenwart benahm sich die große Katze normalerweise wohl erzogen.

Um genau 11:11 pm hatte jeder auf dem Stuhl, der ihm entsprechend der Symbole auf der Rückenlehne zugewiesen war, Platz genommen und die Konferenz konnte beginnen. Eine erwartungsvolle Stille senkte sich über den Raum.

Cliffton räusperte sich und stand auf. „Meine lieben Freunde", sagte er und breitete seine Arme in einer Geste herzlichen Willkommens weit aus. „Mein Dank euch allen dass Ihr heute Nacht hier seid!"

Dann, genau wie es seiner Art entsprach, sprang er ohne nennenswerte Einleitung zum Kern der Sache. „Ich muss ein Ereignis größter Dringlichkeit vorstellen. Ich wurde von einem Mädchen kontaktiert. Sie ist dreizehn Jahre alt, ihr Name ist Julia und sie hat unsere Hilfe bitter nötig. Sie ist sich ihres Anrufs nicht bewusst, dennoch ist die emotionale Intensität ihres Wunsches nach einem anderen Leben so stark, dass ich sogar das Interesse verloren habe, dem Yeti von dem ich hörte, hinterher zu jagen. Und ich brauche euch ja nicht zu sagen, was mir Yetis bedeuten. Sie sind die süßesten Kreaturen und sie --"

Chester Magnussen realisierte, wie es auch alle Anderen taten, dass Cliffton gefährlich nahe daran war seinen Vorschlag aus den Augen zu verlieren und, den Fuß seines Freundes unter dem Tisch findend, gab er ihm einen wie er hoffte diskreten, dennoch festen Tritt aufs Schienbein.

Zum Glück reichte heute dieser nichtverbale Wink aus um Cliffton zu seinem Vorhaben zurückzubringen. Von kindlicher Neugier durchdrungen, war es für ihn völlig normal, jegliche neue Situation in einem Fingerschnips zu erforschen. Als Folge solchen Verhaltens verlor er sich genauso schnell in einem Irrgarten von immer neuen Anreizen. Unnötig zu erwähnen, ihm zu folgen stellte eine ziemliche Herausforderung für seine Freunde dar.

„Ah – wo war ich? Ah - ja, Julia. Ihre Eltern sind seit kurzem geschieden und ihr Großvater starb vor einigen Monaten. Ihre Welt steht auf dem Kopf und sie leidet zutiefst. Sie möchte sich verändern, aber außer ihre Eltern wieder zusammenzubringen weiß sie nicht was, und wenn sie es wüsste, wüsste sie nicht wie. Sie ist sich der Tatsache unbewusst, dass die emotionale Intensität ihres aufrichtigen Wunsches, ein Leben ohne Leid und voller Glück zu führen, einem Gebet gleichkommt. Ich kann nicht erklären warum, aber ich fühle ganz stark, dass wir ihr zeigen müssen, dass jedes Gebet beantwortet und eine um Hilfe bittende, ausgestreckte Hand niemals ignoriert wird! Also habe ich euch eingeladen um Ihren Fall zu erörtern und um eure geschätzte Meinung zu erfahren, wie wir vorgehen sollten."

Von seinem kleinen Umweg in die Welt der Yetis abgesehen, war dies eine ungewöhnlich lange Ansprache für Cliffton und diese Tatsache allein genügte der Gruppe, sich von der Stichhaltigkeit seines Antrages überzeugen zu lassen. Noch bevor er sich wieder hingesetzt hatte, diskutierte die Gruppe bereits das Gehörte. Alle sprachen gleichzeitig – einige brüllten sogar über den Tisch.

„Bitte bitte meine Damen und Herren", übertönte ein streng aussehender Mann den Lärm. „Lassen Sie hier etwas Disziplin walten."

Sein stahl-graues Haar lag so eng an seinem Kopf, dass es einem Helm glich. In Kombination mit einem Bart der fast sein ganzes Gesicht bedeckte, sowie einem Paar buschiger Augenbrauen, schaute er aus als trage er ein Visier. Seine durchdringenden grauen Augen verweilten kurz auf jedem der Mitglieder während sein Blick über den Tisch schweifte. Er strahlte eine Aura unverkennbarer Autorität aus. Wie mit Fernbedienung auf stumm geschaltet, herrschte unverzüglich Schweigen.

„Ah – ja – danke Herr Kaiser", sagte Cliffton, sichtbar erleichtert, dass die Bürde Ordnung wiederherzustellen von jemandem angenommen wurde der für diese Aufgabe weit besser geeignet war als er. „Ich werde gerne all eure Fragen bezüglich des Falles beantworten. Ich hatte allerdings gehofft, Mirra wäre so freundlich uns zu etwas Klarheit zu verhelfen, indem sie uns erst einen Blick in ihr Buch gewährt."

Mirra Prestessi die gerade ihr mädchenhaftes Aussehen trug, hatte an der allgemeinen Unterhaltung nicht teilgenommen. Sie saß mit geschlossenen Augen da und es schien als starre sie auf das ungeöffnete Buch vor ihr. Jeder Fremde hätte es im besten Fall als äußerst merkwürdig befunden dass jemand tatsächlich mit geschlossenen Augen starren konnte - die Leute im Raum jedoch hatten sich schon lange an Mirras Art zu schauen gewöhnt. Ein allgemeiner Scherz unter ihnen war, dass sie in Wirklichkeit tausend Augen besaß und ihre physischen nur benutzte, um ihnen eine Gefälligkeit zu erweisen. Ungeachtet ihrer Bemühungen, andere nicht durch ihre Exzentrizität einzuschüchtern, fühlte sich gleichwohl bei weitem nicht jeder behaglich, in ihre Augen zu blicken.

Die Hälfte der Zeit waren sie von einem ungetrübten dunklen Blau, welches an Violett grenzte und das Gefühl auslösten, in die unbekannten, erschreckenden, stillen Tiefen des Ozeans hinabgezogen zu werden. Die restliche Zeit wandelten sie sich in ein silbriges Blau, welches an eine polare Eisplatte erinnerte oder an die polierte Oberfläche eines Spiegels. Wenn dies der Fall war, war es unmöglich die spiegelglatte Fläche zu durchdringen und alles was sie anpeilten, wurde in einer bedrohlich klaren Weise zurückgespiegelt. Welche Färbung sie auch hatten, in ihrem Blickfeld gefangen, löste sich jede, selbst die allersorgfältigst geplante Maske, Vortäuschung oder Mauer, in Nichts auf. In Gegenwart dieser Augen gab es keinen Raum für eine andere Wahrnehmung als die der reinen Wahrheit. Mirra Prestessi war in der Tat eine eigenartige Person.

Ohne dass es jemand berührt hätte, schlug das Buch plötzlich auf. Wie durch Zauberhand begannen die Seiten sich umzublättern; erst langsam, dann schneller und schneller. Die immer mehr zunehmende Geschwindigkeit löste eine zarte Brise aus, welche wiederum Mirras Kleid in Bewegung brachte. Die Bewegung des Stoffes schuf ein Muster, das den konzentrischen Kreisen glich die durch einen, in einen Teich geworfenen Stein entstehen.

Jeder im Raum verfolgte den Ablauf mit gebannter Aufmerksamkeit. Es war immer ein besonderes Vergnügen einen verstohlenen Blick in Mirras Buch zu erhaschen und es war keineswegs sicher, dass sich das Buch in allen Fällen damit einverstanden erklärte. Der Grad der Aufregung im Raum hätte nicht höher sein können ohne selbst für menschliche

Ohren hörbar zu werden, als Mirra endlich ihre Augen öffnete und das Buch zum Anhalten kam.

Jemand der mit der Arbeitsweise des Buches nicht vertraut war, hätte sich gewundert, warum es bei zwei leeren Seiten zum Stillstand kam – aber andererseits könnte besagte Person durch das gesamte Buch blättern ohne darin auch nur einen einzigen Tintenklecks zu finden. Für den Uneingeweihten enthielt das Buch nichts weiter als harmlose leere Seiten – Seite um Seite um Seite. Solch eine Person hätte möglicherweise geglaubt, das Buch sei vielleicht ein unbenutztes Tagebuch und wäre mit dieser Vermutung nicht weit daneben gelegen. Nur eben ein Tagebuch, dessen Existenz man sich noch nicht einmal in kühnsten Träumen vorstellen konnte.

Obwohl die Mitglieder der Gruppe von der besonderen Macht wussten die das Buch besaß, war es nur Mirra möglich, ohne Chester Magnussens Hilfe, Informationen zu erhalten. Auf Grund der Natur ihres Wesens, waren sie und das Buch quasi eins. Mit diesen ihr eigenen, sonderbaren Augen, hatte sie Alles gesehen was jemals geschehen war und es in dem Buch gespeichert. Zudem – als ob dies nicht schon fantastisch genug war – hatten ihre Augen Alles gesehen was jemals geschehen wird, und es ebenfalls in dem Buch gespeichert. Und neben alldem was jemals geschehen war oder jemals geschehen wird, enthielt das Buch auch alle Dinge die hätten geschehen können aber niemals geschehen waren und möglicherweise auch niemals geschehen werden. Kurz gesagt, Mirras Buch beinhaltete jede vorstellbare Möglichkeit sowie jede unvorstellbare Wahrscheinlichkeit – vergangen, gegenwärtig und zukünftig.

Jedoch kein Mitglied der Gruppe empfand dies als sonderlich bemerkenswert. Schließlich war Zeit ohne Bedeutung in dieser Umgebung. Und in einer Umgebung, in der Zeit ohne Bedeutung ist, ist Alles möglich.

„Nun", sagte Mirra während sie langsam alterte ohne davon im Geringsten beeindruckt zu sein „sieht wohl ganz so aus als ob das Buch denkt, Avis Anspruch hat Hand und Fuß. Mac, würdest du bitte?"

Chester Magnussen war bereits auf den Beinen und wühlte in seinem Pilotenkoffer. Offensichtlich suchte er nach etwas.

„Irgendwer teile mir mit, was wir hier erreichen wollen. Nur bildlich? Fühlbar? Mit allem Drum und Dran?"

Obwohl seine Fragen nicht speziell an jemanden gerichtet waren, respektierten doch alle die Tatsache dass Cliffton die Versammlung einberufen hatte – folglich hatte er auch die Leitung. Fürs Erste, jedenfalls.

„Ich würde vorschlagen, wir begeben uns zuerst in den sichtbar-hörbar-fühlbar-Modus, nur Julia, Zeit Vektor alpha-457.9-Gegenwart, mit - falls nötig - ein paar erklärenden Kommentaren der Hintergrund Vorgänge ", antwortete Cliffton indem er die Nummern von einem Papierschnitzel las, welches er der Tasche seines Shirts entnommen hatte. Abgesehen von einem kleinen Beutel um seine Taille, schleppte er nie irgendwelches Gepäck mit sich herum, sondern schien alles was er brauchte, auf wundersame Weise aus den Tiefen seines Shirts zu zaubern. „Basierend auf dem was das Buch zeigt, bewerten wir den Sachverhalt und gehen dann von da aus weiter", setzte er fort und suchte in den Gesichtern seiner Kollegen nach Erwiderung. Jeder signalisierte Zustimmung.

„Dann ist das alles was ich brauche", sagte Magnussen und zog ein bizarr anmutendes Objekt aus seiner Tasche. Auf den ersten Blick, hätte es nur ein ganz gewöhnlicher Stab sein können; bunt und rund, mit sanften Spitzen an beiden Enden, ungefähr zweiundzwanzig Zoll lang. Bei näherer Betrachtung wurden die Farben lebendig; wirbelnde Gebilde tanzten in einem dunkelvioletten Träger sonderbarer Zähflüssigkeit; mit jeder Bewegung verbogen und verdrehten sich die Formen. Und so, obwohl die Vorstellung extrem klingt, erweckte der Stab den Anschein als enthielte er eine komprimierte Ausgabe des Universums.

Magnussen legte seinen blutroten Umhang ab und zum Vorschein kam das bodenlange, blendend weiße Gewand das er darunter trug, zusammengehalten von einem höchst eindrucksvollen Gürtel, in Form einer sich in den Schwanz beißenden Schlange. Mit einer Bewegung seines Galaxie-Stabes die ebenso schnell wie elegant war, berührte er das Buch, und ein Teilstück der Bienenwaben-artigen Wand begann zu leuchten wie ein Bildschirm.

Er lehnte sich langsam in seinen Stuhl zurück, so als wolle er die wirbelnden Bewegungen seines Zauberstabes nicht stören. Mirra schloss erneut ihre Augen – nicht etwa aus Notwendigkeit, sie bevorzugte es einfach mit geschlossenen

Augen zu schauen – und auf dem Bienenwaben-Wand-Monitor erschien Statik. Der metallene Rahmen um ihn herum zeigte in hell-blinkenden, grünen Zeichen die Markierung „alpha-457.9-Gegenwart-Julia-VAS/n" an.

Magnussen justierte die Position des Stabes mit der kleinsten Neigung seiner Finger, die Statik verschwand, und das Gesicht eines hübschen Mädchens mit hellbraunen Haaren, die in sanften Wellen bis knapp unterhalb ihrer Schultern fielen, erschien auf dem Bildschirm. Ihre Augen hatten die gedämpfte blau-grüne Farbe des Meeres an einem bewölkten Tag. Goldene Flecken um die Iris, verstreut wie Staubkörnchen in einem Strahl nachmittäglichen Sonnenlichts, passten perfekt zu dem gesunden goldenen Glanz ihrer Haut. Umrahmt von langen dichten Wimpern waren diese Augen die auffälligste Besonderheit in einem Gesicht, das ansonsten verschleiert war durch Züge die teilweise noch zu dem Gesicht eines Kindes gehörten und teilweise bereits zu dem einer Frau.

„Darf ich Julia vorstellen", tönte Cliffton mit vibrierender Stimme in der ein Hauch von Stolz mitschwang, ähnlich dem eines Handwerkers, der sein Meisterstück präsentiert.

Seine Bemerkung war ziemlich überflüssig, denn soweit sich jeder erinnern konnte, lag Mirra im Auffinden der richtigen leeren Seite in ihrem Buch, immer richtig.

ZEILE 2

Julia war in ihrem Zimmer, starrte in den Spiegel über der Kommode und bewegte den Kopf hin und her, während sie ihr Gesicht kritisch musterte. Mit einem zufriedenen Lächeln drehte sie sich um und griff nach dem Smartphone auf dem Beistelltisch neben ihrem Bett. Sie schaltete es ein und drückte in ihrer Favoritenliste auf die Nummer, an die sie sich in einem Koma erinnern würde. Sie ließ sich auf ihrem Bett nieder und trommelte mit einem Fuß ungeduldig auf den Boden.

„Endlich! Was dauert das so lange? Ich verpasse mein halbes Leben während ich darauf warte, dass du das Telefon abnimmst." Sie hörte der Stimme ihrer Freundin am anderen Ende der Leitung aufmerksam zu – ihr trommelnder Fuß beschleunigte sich.

„Ok, ok. Schon klar. Nur, warum glaubst du haben diese Forscher-Freaks all den Mikro-Krempel erfunden, wenn du ihn nicht überall mit dir herumschleppst?" Der ungeduldig trommelnde Fuß schien ihre freie Hand angesteckt zu haben.

„Hör mal, ich wollte dir nur sagen, das Zeug, das wir gestern im Einkaufszentrum ergattert haben ist fan-absolu-tastisch!

Ich benutzte es bevor ich ins Bett bin und es wischte diesen Pickel komplett weg!"

Das Smartphone an ihr Ohr gedrückt, sprang Julia vom Bett und begann im Raum herumzutanzen.

„Jaaa! Ein weiterer Sieg im Kampf mit dem Erwachsenwerden! Mein Leben ist völlig verändert! Nun bin ich so bereit fürs Ferienlager und für die Begegnung mit Fräulein Ich-Bin-So-Wundervoll und ihrer Meute!"

Sie hörte auf Herumzuwirbeln und drückte ihr freies Ohr gegen die Tür.

„Tut mir leid Kellie, muss auflegen. Höre gerade meine Mutter die Treppe hochkommen. Wahrscheinlich weil ich ihr nicht geantwortet habe, als sie mich rief. Hält sie in Form", kicherte Julia. „Zwanzig Treppen weniger auf dem Stepper heut Abend im Fitness-Studio. Bis später. Ganz sicher. Tschau."

Mit der üblichen Zurschaustellung überschüssiger Energie die sie - wie ihre Tochter angedeutet hatte - in ihrer täglichen Fitness-Routine abzubauen versuchte, klopfte Julias Mutter an die Tür und bevor Julia auch nur eine Chance hatte darauf zu antworten, saß sie bereits auf dem Bett. Sie trug einen dunklen Zweiteiler und dazu Pumps in gleicher Farbe. Ihr kastanienbraunes, als Pagenkopf geschnittenes Haar, beeindruckend genug für Shampoo-Werbespots, umrahmte ihr perfekt geschminktes Gesicht. Zweifellos war sie im Begriff in die Arbeit zu gehen.

„Wow Mami", platzte es aus Julia heraus während sie die Tür hinter ihrer Mutter schloss, „manchmal glaube ich, du wirst der Erste sein, der die Grenze der Schneller-als-Licht-Geschwindigkeit durchbricht."

Unter normalen Umständen hätte Julia ihrer Mutter nicht erlaubt, die delikate Struktur ihrer Mutter-Tochter-Grenzen zu verletzen, indem sie einfach in ihr Zimmer stürmte, ohne richtig eingeladen zu sein. Aber heute Morgen, aufgrund ihres Sieges über den widerlichen Pickel, trug sie dieses fantastische Wohlgefühl in sich und in Folge dessen, empfand sie der Welt gegenüber ziemlich großzügig. Als Zeichen dafür wie weit diese Großzügigkeit reichte, überraschte sie sich selbst damit, dieses Gefühl so weit auszudehnen, dass es sogar ihre Mutter mit einschloss.

„Julia, ich muss mit dir sprechen", sagte Elizabeth, ließ ihre Schuhe auf den Boden fallen und zog ihre Beine unter sich. „Setz dich doch eine Minute zu mir."

„Tut mir leid Mami, das klingt meilenweit zu ernst für den Raum, in dem ich gerade bin. Wann immer du so anfängst anstatt irgendwas Nettes zu sagen, was Mütter eigentlich tun sollten – endest du damit, etwas zu sagen, was ich ganz und gar nicht hören will."

Julia marschierte in Richtung Spiegel, betrachtete ihre glatte, makellose Haut und versuchte damit an dem Wonnegefühl festzuhalten, welches gerade rasch verflog. „Ich bin in einer super Stimmung und werde nicht zulassen, dass du diese mit deinem Mutter-Tochter-Intimitäts-Kram verdirbst."

„Ach komm schon Schatz", seufzte ihre Mutter, um Fassung bemüht, während sie das ebenso gefürchtete wie vertraute Gefühl von aufsteigenden Tränen spürte, ihre übliche emotionale Reaktion auf harte Worte. Speziell wenn sie von ihrer Tochter kamen. „Es ist nie der richtige Zeitpunkt für dich. Entweder bedrückt dich etwas oder du bist zu beschäftigt mit Telefonieren oder steckst mit der Nase in einem Buch und löst irgendwelche Geheimnisse und wir reden so gut wie überhaupt nicht mehr miteinander."

„So, nun hast du es geschafft. Vielen Dank. Das ist genau der Grund, warum ich nicht mit dir reden will. Alles dreht sich immer nur um dich und deine Bedürfnisse."

Julia wandte sich um, die goldenen Flecken in ihren Augen schossen Laserstrahlen in Richtung ihrer Mutter.

„Zuerst platzt du in mein Zimmer ohne die geringste Rücksicht auf meine Privatsphäre, kommst mir dann mit diesem Vortrag, sprichst mich schuldig dafür dass unsere Beziehung nicht klappt, wo du in Wahrheit nur eifersüchtig bist, weil ich ein Leben habe und du nicht."

Sie versuchte die Miene ihrer Mutter zu lesen und entschied sich, ihrer Rede noch zusätzlich etwas Autorität zu verleihen. „Doktor Kline sagte mir, ich habe ein Recht auf meinen Freiraum."

„Dann bin ich ja froh, dass deine Behandlung wirkt", Elizabeth betonte jedes einzelne Wort. Sie war hin- und hergerissen zwischen dem Verständnis für die Not ihrer Tochter, dem Ärger über das Benehmen ihrer Tochter und dem Selbstmitleid als allein erziehende Mutter in einer verfahrenen Situation zu stecken, „aber falls du glaubst, ich zahle tausend Dollar im Monat um eine Verschwörung zwischen dir und deinem Therapeuten zu unterstützen mich zu beschimpfen, dann irrst du dich gewaltig."

„Großartig! Heute ist es eine Verschwörung. Was wird es morgen sein? Voodoo? Du bist doch gestört. Kein Wunder, dass es Papi nicht mehr ausgehalten hat, länger mit dir zusammen zu leben."

Entsetzt hörte Julia die Worte, während sie aus ihrem Mund purzelten.

Mütter haben aber auch eine Art, unschuldige Heranwachsende mit ihrem Kram verrückt zu machen, behauptete eine wütende Stimme in ihrem Kopf. Dennoch, unter der wohltuenden Wärme ihrer Wut, spürte sie den berüchtigten, spindeldürren Finger des Schuld-Monsters nach ihrem Gewissen greifen, der irgendwo in ihrem Hinterkopf eine pulsierende Empfindung erzeugte. *Diesmal bist du zu weit gegangen*, flüsterte es ihr zu, biss sich fest und versuchte sie ins Schwanken zu bringen. Letztendlich gewann dieses Mal ihre Wut. Sie stampfte mit dem Fuß auf den Boden in dem Bemühen sowohl das Schuld-Monster zu verscheuchen, als auch ihren nächsten Worten den größtmöglichen Nachdruck zu verleihen und in der verborgenen Landschaft ihres Geistes verwandelte sie sich in die Stiefmutter, die Aschenputtel verbot auf den Ball zu gehen. Während sie den Kopf zurückwarf und gleichzeitig ihre Augen zur Decke rollte schaffte sie es ihrer Stimme einen hochmütigen Ton zu geben. „Ich bin so froh dich für eine Weile los zu sein, während ich im Ferienlager bin."

Ein Augenblick der Stille trat ein der sich nicht länger als eine Sekunde hinzog, seine Dauer jedoch schien weit jenseits des Tickens einer Uhr zu liegen.

Schließlich brach Elizabeths Seufzer den Bann. „Gut dass du es erwähnst – du gehst nämlich nicht."

So wie es häufig vorkommt in Situationen die normale Wahrnehmung auf Zeitlupentempo strecken, bemerkte Elizabeth, dass sie trotz ihrer Gefühle von Frustration in einer relativ ruhigen Stimme sprechen konnte. Sie führte diesen Umstand darauf zurück, dass sie teilweise schockiert über Julias hasserfüllte Worte war und teilweise erleichtert, ihrer Tochter endlich die veränderte Situation mitteilen zu können. Zumindest etwas davon.

„Gestern rief Großmutter an. Sie möchte dass wir sie besuchen und die einzige Zeit in der ich frei nehmen kann mit dem riesigen Projekt und allem ist, während du im Ferienlager sein würdest." Elizabeth sprach nun schneller, bemüht die Sache rasch hinter sich zu bringen. „Ich informierte Frau Vabersky bereits und sie versprach, alles Nötige zu veranlassen. Sie meinte, sie wird sogar versuchen, dass wir eine Rückerstattung des Vorschusses erhalten."

Sie beobachtete Julia mit einer gewissen Beklommenheit. Während sie auf die Reaktion ihrer Tochter wartete, begann sie mit dem Zeigefinger an der Nagelhaut ihres Daumens zu zupfen – etwas das sie tat, wann immer sie sich in den Griff bekommen musste, in Situationen die außerhalb ihrer Kontrolle lagen.

Julia versuchte zu erfassen, was ihre Mutter ihr gesagt hatte. Es machte keinen Sinn. Ihr Mund stand offen, so als wolle sie die Information auf diese Weise aufnehmen – alles umsonst. All ihre Sinne kreischten, dass das was sie gerade gehört hatte schlimm war, während ihr die Bedeutung des Gehörten entging, als hätten die Synapsen in ihrem Gehirn aufgehört zu feuern noch bevor sie in der Lage war, die Botschaft zu übersetzen. Sie war wie gelähmt. Der diesem tödlichen Schlag für ihre Sommerpläne vorangegangene Streit hatte ihre Wut verbraucht und sie fing an zu weinen.

„Oh nein, Mami", schluchzte sie „das kannst du mir nicht antun! Du sagst mir die ganze Zeit, dass ich nicht genügend Interesse an meinen Schulfreunden zeige, nun tue ich es und ich möchte wirklich gehen. Ich schuftete so hart dafür, es ins All-Star-Team zu schaffen damit dies möglich wird. Bitte, können wir darüber reden? Ich habe das mit dir und Papi echt nicht so gemeint!"

In dem Versuch die Situation zu retten, ging sie zu ihrer Mutter und ließ sich neben Elizabeth aufs Bett fallen.

„Aber natürlich Schatz, können wir", antwortete Elizabeth und strich ihrer Tochter behutsam über den Rücken. „Wir sprechen heute Abend darüber. Ich muss los. Bin eh schon spät dran und habe heute diese wichtige Präsentation."

In dem Augenblick als sie sich über die Präsentation reden hörte fiel ihr ein, dass sie ihre Klienten zum Essen einladen und erst spät zuhause sein würde. Im Moment unfähig sich mit noch mehr von Julias Enttäuschung auseinanderzusetzen und gleichzeitig bange, Julia könnte ihr Unbehagen bemerken, fügte sie rasch hinzu: „Warum rufst du nicht einfach Oma an und sagst ihr wie du dich darauf freust ein bisschen Zeit mit ihr zu verbringen?"

Sie stand auf und küsste Julia sanft auf den Hinterkopf. In einem Balanceakt zog Elizabeth ihre Schuhe an, während sie zur Tür schritt. Sie bemühte sich stets darum, möglichst viele Dinge in einen einzigen Moment zu packen. Sie nannte das Zeit-Management. Mit einer Hand am Türgriff blickte sie zu Julia zurück und verkündete mit einer Stimme die eine Spur zu vergnügt war um ihre wahren Gefühle zu spiegeln „Ich lass dir etwas Geld auf der Theke. Geh doch ins Einkaufszentrum und hab Spaß."

Julia lauschte dem Geräusch der Schritte ihrer Mutter, die in Richtung Garage verschwanden. Sobald sie das Tor zuknallen hörte, griff sie nach dem Telefon um Kellie anzurufen.

„Etwas Schreckliches ist geschehen, kann ich kommen? Danke. Bin sofort bei dir."

Für einen kurzen Moment überlegte sie, nur in ihre Turnschuhe zu schlüpfen und zu Kellie zu stürmen ohne sich die Mühe zu machen, ihr Gesicht zu waschen und ihre Zähne zu putzen – entschied sich dann aber dagegen. Ganz egal wie groß die Krise war in der sie gerade steckte, einen weiteren Pickel oder Gott bewahre, sogar Karies zu bekommen, würde der Situation ganz sicher nicht dienen. Sie trottete ins Badezimmer und erledigte ihre morgendliche Routine.

Zurück im Zimmer zog sie ihre Lieblingsjeans und ihr Lieblings-T-Shirt an, um ihr verwundetes Selbstbewusstsein zu verarzten, schlüpfte in ihre Schuhe und ging nach unten. Im Vorübergehen schnappte sie sich das Geld von der Küchentheke, stopfte es ohne zu zählen in ihre Hosentasche, nahm ihre Schlüssel vom Haken neben der Tür zur Garage und verließ das Haus.

Ein großer grauer Kater mit flauschigem Fell erhob sich von seinem sonnigen Platz auf dem Rasen vor dem Haus um sie zu begrüßen. Gähnend dehnte er anmutig jedes seiner Glieder einzeln – in der Weise wie es nur Katzen tun können – und schritt dann zielstrebig zwischen Julias Beine. Unter enormem Kraftaufwand sich auf ihren Beinen zu halten ohne auf den Kater zu steigen, beugte sich Julia hinab und kraulte ihn hinter seinen Ohren.

„Hi Twinkle Toes", sprach sie zärtlich, „heute Morgen ist was Furchtbares passiert. Ich bring dich aufs Laufende sobald ich zurück bin. Muss echt los. Kellie wartet schon."

Sie öffnete die Gartentür vorsichtig um zu verhindern dass Twinkle Toes heraushuschte – die Tatsache etwas verleugnend, dass ein hüfthoher Zaun kein wirkliches Hindernis für eine Katze ist.

ZEILE 3

Die Mitglieder der Konferenz beobachteten Julia wie sie die Straße hinuntereilte und Mirra öffnete ihre Augen, als langweile sie die spannungslose Handlung.

„Was haltet Ihr von ihr?", fragte Cliffton ungeduldig, adressierte dabei jeden im Raum und natürlich teilte jeder gleichzeitig seine Meinung mit.

„Bitte bitte, lasst uns nicht wieder so beginnen", Herr Kaisers Stimme donnerte über den Lärm. „Ich bin sicher, wir können diese Angelegenheit auch in einer ordentlichen Art und Weise diskutieren."

Wie zuvor stoppte der Tumult umgehend. Er blickte um den Tisch herum und bemerkte mehrere erhobene Hände.

„Nun nun, so ist es viel besser", brummte er zustimmend.

Mit einer leichten Verbeugung seines Kopfes forderte er die königlich anmutende Frau zu seiner Rechten auf, sich zu äußern. Trotz ihrer majestätischen Haltung strahlte sie eine mütterliche Qualität von Wärme, Freundlichkeit und Verständnis aus. Sie sprach mit jener ungekünstelten Anmut die einem wohlwollenden Herzen voller Liebe für Alles was ist, entspringt.

„Ich denke Julia ist ein wirklich nettes, kleines Mädchen. Sie durchläuft lediglich den ganz normalen Abnabelungsprozess eines Jugendlichen." Ihr wundervolles Lächeln erhellte den gesamten Raum, ihr Atem duftete nach Rosen. Jeder war besänftigt und entspannt, als sie fortfuhr. „Ich möchte daran erinnern, dass Julia kürzlich ihre erste Blutung hatte und deshalb ist es nur natürlich für sie, in Konflikt mit ihrer Mutter zu sein. Vergessen wir nicht, dies ist für ein Mädchen ein notwendiger Schritt ins Erwachsenwerden. Wie sonst sollte sie in der Lage sein, sich als eigene Frau zu definieren? Ich kann ihr dabei ganz leicht helfen. Lasst mich nur –"

„Regina, ich warne dich! Wage es nicht, in die Situation zu pfuschen bevor wir uns alle einig sind!", unterbrach sie Herr Kaiser scharf. „Wir wertschätzen und respektieren alle deinen Wunsch nach Harmonie, aber es gibt bestimmte Regeln, denen selbst du folgen musst."

„Natürlich meiner Lieber, Regeln die von dir und deinesgleichen gemacht werden", erwiderte Regina schlagfertig ohne dabei ihren Ausdruck zu verändern. „Wie auch immer, ich denke, du hast Recht für jetzt. Da deine Schau nicht von Wünschen gefärbt ist, übertriffst du alle mit deiner unbestrittenen Art der Klarheit. Und nein, du musst mich nicht daran erinnern, was das letzte Mal passierte, als ich mich ohne deine Zustimmung einmischte. Versprich mir nur, dich bei mir zu revanchieren und sie nicht zu maßregeln ohne mich vorher um Rat zu fragen."

„Ich bin sicher, König Arthur erinnert sich auch nur all zu gut daran, was bei dieser Gelegenheit passierte", gluckste Mirra vor sich hin.

Herr Kaiser überhörte Mirras Kommentar und schien erfreut über Reginas rasches Nachgeben. In seiner Gegenwart war niemand ganz ohne Vernunft. Und es gab für ihn bestimmt keine Notwendigkeit, Regina irgendetwas zu versprechen. Handlungen verursachten Wirkungen. Wenn sich diese für sie als Strafe zeigten, gab es nichts was er dagegen tun konnte. Er wandte sich der Frau zu seiner Linken zu.

„Beraterin, was ist deine Meinung? Wie deutest du die Situation?"

Dora Bell, The Counselor, war eine große, dünne Frau. Ihre bereits länglichen Gesichtszüge wurden noch verstärkt durch die Art, wie sie ihre Haare trug. Sie waren von einer tief orange-roten Farbe und mussten bis zum Boden reichen. Dies war natürlich reine Spekulation, da es keiner jemals offen gesehen hatte. Sie türmte es, ähnlich einer Hochzeitstorte, stets in drei Ebenen auf ihrem Kopf auf, wodurch der Eindruck entstand, sie trüge einen spitzen Hut. Zwischen den jeweiligen Lagen hatte sie dekorative goldene und silberne Nadeln gesteckt, an denen dreiblättrige Ornamente baumelten, die ein zartes Klingen erzeugten, wann immer sie ihren Kopf bewegte. Sie musste täglich Stunden damit zubringen, um es genau so zu arrangieren. Aber weil Zeit in ihrer Umgebung ohne Bedeutung war, spielte das nicht wirklich eine Rolle.

Ihr langer, schlanker Hals bot zwischen Ohrläppchen und Schultern reichlich Raum für hängende Ohrringe, die das dreiblättrige Muster der Ornamente in ihrem Haar wiederholten und auch deren Klang wiedergaben. Ihr Kleid, von derselben Farbe wie ihr Haar, war schmucklos, fast so als ob es sich zurückhielt um nicht von ihrem Kopf abzulenken.

Ihre Finger spielten mit enormen, altmodischen Schlüsseln die vor ihr auf dem Tisch lagen. Ihr Klirren fügte der von ihrem Schmuck gespielten Symphonie eine weitere Stimme hinzu.

„Niemand gibt gerne ein Scheitern zu, aber hier ist die unverblümte Wahrheit. Ich habe viele Male versucht, Julias Aufmerksamkeit zu gewinnen, jedes Mal mit dem gleichen Ergebnis: erfolglos."

Ihre schöne melodische Stimme fügte sich harmonisch in die anderen Klänge ein. „Julia ist nur eines von vielen Kindern dieser Generation, deren Vorstellungskraft von der Überladung an sinnlichen Reizen, welche die moderne Technologie so jederzeit verfügbar macht, abgestumpft wird. Erinnern wir uns nur einmal an all das, was wir in ihrem Zimmer gesehen haben: Ein Smartphone, einen Computer, einen Fernseher, ein hochentwickeltes Soundsystem. Hin und wieder, wenn ich versuchte mit ihr in Kontakt zu treten, fand ich mich sogar damit ab, diese Geräte zu benutzen. Aber es ist einfach viel zu viel los für sie, das zu bemerken. Manchmal spricht sie am Telefon während sie im Internet etwas sucht und zudem dröhnt im Hintergrund der Fernseher. Und jetzt, wo ihr Großvater tot ist, der die einzige Person in der Familie war, mit einem mäßig entwickelten Sinn für Intuition, sehe ich überhaupt keine Möglichkeit mehr, wie ich noch von ihr gehört werden soll."

Dora sank in ihren Stuhl zurück und hob ihre Arme über den Kopf, um der Gruppe ihre totale Hilflosigkeit in dieser Situation zu vermitteln. Die plötzliche Bewegung bot ihren Ornamenten die Gelegenheit, zu einem musikalischen Höhepunkt anzuschwellen.

„Vielleicht könnten wir sie durch einen Traum erreichen?", schlug Mirra vor. „Luna, was meinst du?"

Moni Lunaluna, eine Frau mit rundem Gesicht, silberblondem Haar und einem schimmernden Teint, antwortete: „Vor einiger Zeit bat mich Dora um meine Hilfe in dieser Angelegenheit und somit versuchte ich es. Aber Julia liebt es mit einer ohrenbetäubenden Lautstärke von ihrem Musik-Alarm geweckt zu werden und dies erzeugt sofort mehr Informationen die ihre Sinne aufnehmen müssen. Die feinen Schwingungen eines Traumes haben einfach keine Zeit an die Oberfläche zu gleiten, und in ihr Wachbewusstsein vorzudringen."

Clifften dachte es wäre sinnvoll, etwas zu Julias Gunsten zu sagen. Die Diskussion lief ganz und gar nicht in die Richtung, die er sich erhofft hatte.

„Seit Julia um unsere Hilfe bat, überwachte ich sie in Abständen und habe sehr wohl Kenntnis von dem Platz, an dem sie sich befindet", beteuerte er und gab sein Bestes, seine Kompetenz in dieser Angelegenheit zu vermitteln. „Das ist genau der Grund, warum ich euch gerufen habe. Was ich jetzt vorschlage, bedarf der Absegnung von uns Allen." Er wirkte, als hätte man ihn aufgefordert, von einer Klippe zu springen und als er fortfuhr, klang er nicht mehr ganz so sicher. „Ah – es gibt nur eine Möglichkeit es zu sagen, also sage ich es: ah – ich dachte mir – vielleicht- ah – könnten wir direkte Verbindung mit ihr aufnehmen?" Seine Stimme wurde immer leiser als er einen schüchternen Blick auf seine Kollegen warf und rasch fügte er hinzu. „Ich gebe zu, dies ist äußerst ungewöhnlich, aber sie befindet sich in einer Übergangsphase und ich bin überzeugt, es könnte klappen."

Der Grad an Spannung im Raum war intensiv. Es schien als würden alle in einer gemeinsamen Anstrengung ihre Antworten zurückhalten, um einen weiteren Verweis von Herrn Kaiser zu vermeiden.

Brian Liebermann, die männliche Hälfte der Siamesischen Zwillinge, brach letztendlich die Stille.

„Was du vorschlägst ist eine gefährliche Sache", argumentierte er grimmig. „Ich weiß, es wurde auch schon früher getan, aber niemals mit jemandem so schlecht vorbereitet wie diese Julia. Was sagt dein Gefühl darüber, Helena?", befragte er seine Frau.

Helena Liebermann neigte ihren Kopf nach hinten als ob der Raum über ihr eine Antwort auf die Frage ihres Mannes bereithielt, eine Angewohnheit die ihren Freunden völlig vertraut war. Es war wie ein Reflex – man fragte sie nach ihrer Meinung und ihr Kopf wandte sich nach oben. Schließlich sprach sie.

„Ich stimme mit Avi insofern überein, dass Julia ohne Zweifel etwas Führung braucht. Ich vermute, sie fühlte sich nicht so verloren, würde ihr Vater noch bei ihnen wohnen. Sie vertraut ihm. Sie hört auf ihn. Vielleicht könnten wir etwas unternehmen, was ihre Eltern wieder zusammenbringt." Sie überblickte flüchtig den Raum, scheinbar ohne jegliche andere Absicht, als den Ausdruck ihrer Kollegen zu lesen. Als ihre Augen Regina erreichten, lieferte ihr die geringfügigste Bewegung fein ziselierter Augenbrauen die Antwort, nach der sie suchte.

„Sie sind so ein nettes Paar", führte sie ihre Einschätzung fort, „was für eine Schande, dass ihnen der Einblick fehlte der so zwingend erforderlich ist, um als Mann und Frau gemeinsam wachsen zu können. Ich schlage vor, wir – "

Aber niemand hörte, was Helena vorschlug und auch nicht, ob sie überhaupt einen Vorschlag machte, da Regina ihren Sitz verlassen hatte und zielstrebig auf Chester Magnussen und seinen Stab zusteuerte.

Die Nähe von Regina und ihrem nach Rosen duftenden Atem sendete einen wohligen Schauer durch seinen Körper und er verlor für den Bruchteil einer Sekunde seinen Fokus, was seinen Stab dazu veranlasste sich von der Buchseite abzuheben. Der Bruchteil einer Sekunde klingt nicht nach viel, jedoch in einer Umgebung in der Zeit ohne Bedeutung ist präsentierte er Regina genau die Gelegenheit die sie brauchte, um ihren Plan durchzuführen.

Bevor jemand eine Chance hatte einzuschreiten, atmete sie tief aus und die Seite des Buches blätterte um. Der Stab setze sich wieder nach unten ab und die Leinwand zeigte Julia und ihre Eltern in der Küche.

Julia und ihr Vater saßen am Tisch bereit fürs Frühstück. Elizabeth stand am Herd und zerrte ungeduldig an einer Strähne langen, kastanienbraunen Haares, die sich aus ihrem Pferdeschwanz gelöst hatte. Wie sie es schon so oft getan hatte, fragte sie sich schweigend, ob sie wohl jemals den Mut aufbringen würde, es abzuschneiden. Sie hatte schon immer gedacht, mit einem Pagenkopf würde sie toll aussehen und kurze Haare wären so viel einfacher zu handhaben. Aber Peter liebte einfach ihre Mähne. In den endlosen Diskussionen, die sie in ihrem Kopf ausfocht, überzeugte sie sich stets selbst davon, wie unfair es wäre mit kurzen Haaren aufzutauchen, wenn er sich doch in eine Frau verliebt hatte, deren Locken bis zur Taille reichten. Dennoch verharrte tief in ihr das Gefühl, ihr ganzes Leben wäre komplett anders, wenn sie nur diese Haare endlich loswerden könnte. Mit einem Seufzer nahm sie ihre Schürze ab und stellte den letzten Stapel Pfannkuchen auf den Tisch.

„Mmmh Schatz", sagte Peter mit einem genussvollem Lächeln, „Frühstück duftet köstlich wie immer. Ohne Zweifel bin ich der beneidenswerteste Mann den es gibt, ein Gourmet-Frühstück in Gesellschaft der beiden tollsten Mädchen auf dem Planeten genießen zu können."

Während sie sich hinsetzte und sich eine Tasse Kaffee einschenkte, erwiderte Elizabeth sein Lächeln mit einem Ausdruck voller Liebe und Zufriedenheit. Weg waren die Gedanken an ein anderes Leben.

„Danke mein Liebling", meinte sie, „Du weißt wie viel mir unser morgendliches Zusammensein bedeutet."

Peter nahm die Hand seiner Frau und drückte sie sanft.

„Und was ist mit dir, Prinzessin?", fragte er und wandte sich an Julia. „Du wirkst ungewöhnlich ruhig heute Morgen."

Erstaunt sah sich Julia im Raum um. Er war von einer fast unnatürlichen Helligkeit erfüllt, aber davon abgesehen, schien alles ziemlich normal zu sein – kein Unterschied zu all den anderen Morgen an die sie sich erinnern konnte. Trotzdem fühlte sie sich seltsam. Es fiel ihr schwer, Ihre Gefühle in Worte zu fassen; eine vage Empfindung in der Magengrube, eher wie eine Ahnung, irgendetwas stimmt hier nicht....

„Muss wohl die Nachwirkung dieses schrecklichen Traums sein", meinte sie, als sie endlich sprechen konnte. „Ich träumte ihr beiden seid geschieden. Papi, du bist ausgezogen und Mami, du warst irgend so ein großer Macher in der Geschäftswelt. Ich glaube, du hattest eins dieser ökologischen Unternehmen. Du hast dich um den Planeten gekümmert, aber mich die ganze Zeit allein zuhause gelassen, hast mir als Trostpflaster total viel Geld gegeben und alles was ich tat war im Einkaufszentrum rumzuhängen. Ich war enorm unglücklich und wünschte mir aus ganzem Herzen ein anderes Leben."

Als sie diese Worte aussprach, verstärkte sich der Knoten in ihrem Magen, aber Julia entschied sich, es zu ignorieren. „Und dann hatte ich diesen Streit mit Mami und ich sagte furchtbar verletzende Dinge zu ihr. Ich glaube da war mehr, aber alles verfliegt jetzt so schnell dass ich mich nicht klar daran erinnern kann was sonst noch los war."

Sie trank einen Schluck von ihrem Orangensaft und atmete kräftig aus. „Mann, bin ich froh, dass das nur ein Traum war. Ich möchte mich nie wieder so mies fühlen – nie mehr!"

Beide Eltern lauschten gebannt ihrer Erzählung. Peter öffnete den Mund um ihr eine - zweifellos - beruhigende Antwort zu geben, aber keiner im Konferenzraum schenkte ihm auch nur die geringste Aufmerksamkeit. Tatsache war, seit Reginas Eingriff scherte sich niemand darum überhaupt auf die Leinwand zu schauen. Das Innere der kreisförmigen Halle mit all ihren auserlesenen Dekorationen, wies keinerlei Ähnlichkeit mit der wohlgeordneten Sitzung auf, die sie gerade mal den Bruchteil einer Sekunde zuvor noch beherbergt hatte.

Jeder hatte seinen Platz verlassen, versuchte hektisch zu Regina zu gelangen, schreiend und wild gestikulierend. In dem Augenblick als sich Chester Magnussens Zauberstab wieder mit dem Buch verbunden hatte, begann die Metall-Struktur in dem Teilstück der Wand das dem Buch als Bildschirm diente, wie wütend Ein und Aus zu blinken – eine Flut von neon-rotem Licht die einen durchdringenden Signalton aussendete. Zwischen den Signaltönen verkündete eine Computerstimme „Realitätsbruch bei Vektor alpha-457.9" in endloser Wiederholung, um den Mitgliedern der Konferenz die Dringlichkeit des Vorfalls zu vermitteln.

Natürlich war das völlig unnötig. Jeder von ihnen war sich schmerzlich darüber bewusst, was Regina getan hatte: sie hatte eigenhändig Julias Wirklichkeit verändert während Julia in ihrem normalen Wachbewusstsein war - eine Maßnahme ausschließlich vorbehalten für höchst außergewöhnliche Situationen. Doch selbst dann mussten alle der Dreiundzwanzig einstimmig zu dem Entschluss kommen, sämtliche anderen Möglichkeiten seien ausgeschöpft und eine Verschiebung der gewählten Wirklichkeit einer Person war erwiesenermaßen nötig und vorteilhaft nicht nur für die Person selbst, sondern war zum höchsten Wohle allen Lebens überall. Um die Auswirkungen auf die Psyche aller Beteiligten so gering wie möglich zu halten, wurde dies nur nach ausgiebiger Planung und Vorbereitung getan. Die völlige Beachtung vorherrschender Glaubenssysteme lieferte einen strikten Bezugsrahmen für jede Handlung, die ausgeführt werden sollte.

Natürlich musste diese zusätzliche Vorkehrung erst eingerichtet werden, seit Menschen ihren Glauben an Magie verloren hatten und Zwischenfälle dieser Art entweder in das Land der Märchen verbannt oder als Gruselgeschichten abgetan wurden.

Und weil sie sich alle nach der Zeit sehnten, als direkter Kontakt mit der äußeren Welt ganz normal war, war keiner völlig unschuldig angesichts der Art der Übertretung, die Regina verursacht hatte. Im Laufe von Äonen hatte Jeder von ihnen schon mit der Versuchung gekämpft sich einzumischen und Einige von ihnen hatten es sogar gewagt. Diese Tatsache jedoch rechtfertigte den Verstoß nicht im Geringsten. Die Situation war ernst.

„Jeder, jeder nimmt seinen Platz ein und Chester schalte dieses Ding aus, bevor ich mich vergesse!", brüllte Herr Kaiser mit rotem Gesicht, seine buschigen Augenbrauen formten eine gerade Linie. Seine Stimme dröhnte wie der Knall eines Überschallfliegers und das Stimmengewirr der Empörung verebbte rasch in Stille, während jeder wie befohlen auf Zehenspitzen zurück zu seinem Stuhl schlich. Niemand wollte erleben, dass Herr Kaiser sich vergaß!

„Natürlich Willhelm...sofort...was habe ich mir nur gedacht?", antwortete Chester Magnussen als erwache er aus einer Trance. Mit sichtlicher Anstrengung entfernte er seinen Galaxie-Stab von der Seite. Der Alarm stoppte und die Metallstruktur kehrte zu ihrem üblichen regenbogenfarbenen Glanz zurück. Der Bildschirm wurde schwarz, mit einem ruhig blinkenden roten Quadrat in der unteren rechten Ecke als einzig sichtbare Erinnerung an die Tatsache, dass die komplette Ordnung der Wirklichkeit durcheinander gebracht worden war.

Das Buch hüpfte ein paar Zentimeter in die Luft, wie durch die plötzliche Unterbrechung angeschlagen, und schloss sich in dem Moment als es den Tisch berührte.

„Wirklich Mac, Wow!", Mirras Stimme so kalt wie ihr funkelnder Blick, so kalt als würden Eiszapfen nach Chester Magnussen greifen, „wie oft glaubst du, soll ich dich darum bitten, deinen Stab nicht ohne vorherige ordnungsgemäße Beendigung meinerseits zu entfernen. Du nimmst die Gestalt eines Folterknechts an der Zehennägel zieht, wenn du dieses Ding so schnell entfernst. Also das ist eine wahrlich unvorteilhafte Identität, falls es da jemals eine gab! Und nur zu deiner Information: du hast überhaupt nicht gedacht. Wie gewöhnlich konntest du Regina einfach nicht widerstehen, konntest du? Dir Nahe zu kommen ist alles was sie tun muss und sofort verlierst du deine Konzentration. Hätte ich es in mir über so ein Verhalten angewidert zu sein, glaube mir, ich wäre es!"

„Danke Mirra, danke – aber das ist durchaus genug", sagte Herr Kaiser, immer noch um Fassung bemüht. „Wir alle sind mehr als ausreichend in der Lage uns vorzustellen, wie sich das für dich anfühlen muss und ich bedauere deine Unannehmlichkeiten, aber", seine Stimme schwoll an während seine Rede in Fahrt kam, „wir haben einen Realitätsbruch am Hals und müssen für dieses Fiasko eine Lösung finden. Ihr alle wisst, je länger der Bruch andauert umso schwieriger wird es, die ordnungsgemäße Zeitlinie wieder in Kraft zu setzen."

„Seid versichert dass ihr auch nicht die leiseste Ahnung von meinen Gefühlen habt", Mirra unbeeindruckt. „Und ehrlich Willhelm, ich verstehe dein Getue nicht so ganz. Es ist sowieso alles im Buch – deshalb ist es für mich völlig gleichgültig ob sie wieder zusammen sind oder nicht, ob sie sich jemals getroffen haben oder nicht, ob sie – "

„Natürlich macht es für dich keinen Unterschied", Herr Kaiser schnitt ihr das Wort ab. So sehr er im Allgemeinen eine neutrale Position befürwortete, bei Angelegenheiten in denen gehandelt werden musste, hatte er nur wenig Geduld für Mirra und ihre philosophische Distanziertheit. „Es macht allerdings einen Riesenunterschied für sie und das weißt du. Nur um deine Erinnerung aufzufrischen", sein Sarkasmus so scharf wie ein Samurai Schwert, „in der Zeitlinie in der Julias Bewusstsein gerade ist, hat sie uns nicht einmal um Hilfe gebeten!"

„Hurra dann!", Mirra völlig gelassen in ihrem Wissen, die Situation auch noch anzuheizen, „Ich würde sagen das Treffen ist vertagt und wir gehen alle nach Hause." Und dann, ganz der Natur ihres Wesens entsprechend, spiegelte sie Herrn Kaisers Sarkasmus zurück und fügte hinzu, „Bitte Willhelm erleuchte mich, was war es gleich wieder was in der Zeitlinie passiert, in der sie um Hilfe bat?"

Herr Kaiser, von seinem Ärger übermannt, war blind für ihre Provokation und legte los. „Schön, dass du es erwähnst, denn wie du sehr wohl weißt, wären wir nicht damit gesegnet in einer Umgebung zu wirken in der Zeit ohne Bedeutung ist, wären wir Alle wer weiß wo gelandet und zwar in dem Moment als der Stab auf Reginas umgeblätterte Seite traf. Und niemand außer deinem siebengescheiten Buch weiß genau, was in dieser anderen Zeitlinie passiert. Also tu mir den Gefallen und sei still."

Er atmete tief durch und richtete sich an die Zwillinge. „Und Helena, von allen Personen müsstest du es besser wissen anstatt zu versuchen, den Menschen die freie Wahl in ihrem Leben zu rauben. Es ist ihr Geburtsrecht durch die Folgen ihrer Entscheidungen herauszufinden, ob diese richtig waren. Hast du vergessen, dass sie so lernen? Ich habe ein für alle Mal genug von diesen Störungen. Habe ich mich klar ausgedrückt?" Seine Stimme hallte von den Wänden wieder und erzeugte einen Laut wie Donnergrollen.

„Kristallklar, mein Liebster", Regina Green atmete langsam aus und verströmte einen weiteren Hauch von Rosenduft im Raum. Die Energie wandelte sich umgehend zurück in Ruhe und Frieden. „Julia bat um ein anderes Leben und in gewisser Hinsicht, bekam sie es. Und all das Wiederkäuen von dem, was wir bereits wissen, bringt uns der Lösung des Problems keinen Schritt näher. Ich schlage vor, wir schauen uns die Fakten an und entscheiden dann, was wir tun können."

„Genug! Ich möchte kein weiteres Wort von dir hören!" Trotz Reginas Versuch die Harmonie wiederherzustellen, war Herr Kaiser noch immer wütend auf sie. „Natürlich hat Julia ein anderes Leben erhalten, aber wir wissen nicht, ob es das Leben ist, welches sie gewählt hätte. Ganz davon abgesehen, dass nicht ein einziges Lebewesen in ihrer Umgebung – und das schließt ihre Katze mit ein – eine Wahl hatte bei dem, was geschah. Und wie gern ich auch die verschiedenen Richtungen erforschen würde, die sich möglicherweise aus diesem Vorfall entwickeln könnten, müssen wir Verantwortung für unseren Schlamassel übernehmen. Also lasst uns das tun. Wie viel Zeit ist seit dem Bruch in der äußeren Welt vergangen?"

„Das wären 92 Sekunden und fortlaufend", sagte Mirra nachdem sie das Inhaltsverzeichnis ihres Buches befragt hatte, was für alle anderen natürlich nur eine weitere leere Seite war.

„Gut, gut! Dann befinden wir uns also durchaus noch innerhalb unserer 5-Minuten-Umkehr-Regelung", meinte Herr Kaiser. „Macht euch bereit! Mirra, Chester, bitte. Lasst sie uns zurück zum Vektor alpha-457.9 bringen, mit 94

Sekunden Umkehrspielraum um sicherzugehen, dass sie dort auch nichts vermisst. Also legt los!"

Mirra, die gerade nicht älter aussah als höchstens fünfzehn Jahre, begab sich erneut in stille Kommunikation mit ihrem Buch. Sobald es die gewünschte Seite aufschlug, legte Chester Magnussen seinen Stab hinzu. Der Metallrahmen zeigte „alpha-457.9-ex94r-Julia-VAS/n". Das rote, blinkende Quadrat verschwand und das Bild von Julia, wie sie das Haus verließ, tauchte auf dem Bildschirm auf.

Ein großer grauer Kater mit flauschigem Fell erhob sich von seinem sonnigen Platz auf dem Rasen vor dem Haus um sie zu begrüßen. Gähnend dehnte er anmutig jedes seiner Glieder einzeln – in der Weise wie es nur Katzen tun können – und schritt dann zielstrebig zwischen Julias Beine. Unter enormem Kraftaufwand sich auf ihren Beinen zu halten ohne auf den Kater zu steigen, beugte sich Julia hinab und kraulte ihn hinter seinen Ohren.

„Hi Twinkle Toes", sprach sie zärtlich, „heute Morgen ist was Furchtbares passiert. Ich bring dich aufs Laufende sobald ich zurück bin. Muss echt los. Kellie wartet schon."

Als sie das Tor vorsichtig öffnete, um zu verhindern, dass Twinkle Toes den Vorgarten verließ, durchströmte ein Gefühl der Vertrautheit ihren Körper. Für einen kurzen Moment fühlte sie sich orientierungslos. Sie schüttelte ihren Kopf, so als wolle sie ihren Verstand klären.

„Wahnsinn Twinkle Toes", meinte sie, „haben wir das nicht gerade alles getan? Heute ist wirklich ein komischer Tag."

Diese Bemerkung brachte ihr die Erinnerung an den Streit mit ihrer Mutter zurück und die gefühlsmäßige Wucht ihrer persönlichen Tragödie drängte alle Eindrücke darüber, was an diesem Morgen noch alles geschehen war, in die Tiefen ihres Unterbewusstsein.

Folglich, als die Mitglieder der Konferenz beobachteten wie Julia die Straße hinuntereilte, war ihr Bewusstsein im Hier und Jetzt wohlbehalten wiederhergestellt.

Die künstliche Stimme, die der schimmernde Metallrahmen aussendete, informierte die Mitglieder der Konferenz darüber, dass die „Teilchenstrahl-Übertragung bei Vektor alpha-457.9-Gegenwart-Julia" komplett war und tosender Beifall durchschallte den Raum.

ZEILE 4

In der Großstadt, in einem anderen kuppelförmigen Gebäude, ein anderer Konferenzraum. In mehr als einer Hinsicht sehr unterschiedlich zu dem Konferenzraum von The Twenty-Two, thronte er in einer atemberaubenden Höhe von 460 Metern über der Stadt. Die pechschwarze Innenausstattung gab keinen Anhaltspunkt darüber, wie er aussehen könnte und die einzige Lichtquelle war ein riesiger Bildschirm, der in der Luft aufgehängt zu schweben schien und den überlebensgroßen Kopf eines Mannes zeigte. Eine künstliche Stimme meldete „Constellato für Herrn Oten" – „Constellato für Herrn Oten". Mit jeder Wiederholung gewann die Meldung an Lautstärke um somit die Dringlichkeit der Nachricht zu betonen.

Schließlich antwortete eine körperlose Stimme aus der Dunkelheit, „Leg los."

„Herr Oten", das Gesicht auf dem Bildschirm wurde lebendig, „gerade bemerkte ich eine willkürliche Teilchenstrahl-Übertragung bei Vektor alpha-457.9. Sie erregte meine Aufmerksamkeit, weil sie eine Überlagerung von

94 Sekunden in Echtzeit hatte. Ich dachte, ich lasse Sie das besser wissen."

Niem Vidalgo Oten schritt näher an den Bildschirm heran. Im Einklang mit dem Schwarz-Thema seiner Umgebung trug er einen schwarzen Anzug und einen schwarzen Rollkragenpullover. Das schwache Licht des Monitors erweiterte seine körperlose Stimme um ein körperloses Gesicht mit schwarzen Haaren, dichten schwarzen Augenbrauen und dunklen Augen. „Und was genau bedeutet das?"

„Ich bin mir nicht sicher ", Constellato rieb mit dem Mittelfinger seiner rechten Hand seine rechte Augenbraue, „möchten Sie, dass ich Vermutungen anstelle?"

„Nein, deine Meinung reicht", betonte Oten, körperlose Hände ein weiteres Merkmal seiner Erscheinung. Den Bewegungen dieser Hände nach zu urteilen, zog er einen schwarzen Stuhl zu sich und nahm Platz. Er sah wie ein gespenstischer Pantomime in einer Schwarzen Zelle aus.

„Jemand in diesem Vektor hat ein Déjà-vu von 94 Sekunden erlebt."

„Ein Déjà-vu?", weiße Hände strichen eine widerspenstige Strähne schwarzen Haares aus dem weißen Gesicht. „Wie kann das passieren?"

„Wie ich schon sagte, ich weiß es ehrlich gesagt nicht", Constellatos Stimme klang unbehaglich.

„Dann benutze dein Millionen-Dollar-Hirn und mutmaße. Und du verschwendest besser nicht meine Zeit." Die versteckte Drohung in Otens Antwort bot eine vollständige Erklärung für Constellatos Beklommenheit.

„Ein winziger Riss im Raum-Zeit-Gefüge ist die einzig logische Schlussfolgerung. Erzeugt durch eine moderate Hoch-Energie-Welle und es kam nicht von unserer Seite. Das checkte ich bereits."

„Kannst du es mir zeigen?", fragte Oten und beugte sich in seinem Stuhl nach vorne.

Ohne zu antworten, schien Constellatos Hand aus dem Bildschirm herauszureichen und auf eine dreidimensionale holografische Version von Julia zu deuten, wie sie vorsichtig die Gartentür öffnete und den Vorgarten verließ. Sie beobachteten, wie sie ihren Kopf schüttelte und zu einem großen grauen Kater mit flauschigem Fell sagte: „Wahnsinn Twinkle Toes, haben wir das nicht gerade alles getan? Heute ist wirklich ein komischer Tag." Und als Julia die Straße hinuntereilte, zog Constellato seine Hand aus dem Zimmer zurück in den Bildschirm.

Oten stieß einen unterdrückten Seufzer aus, als wolle er seine Erleichterung verbergen. „Danke C. Ich glaube nicht, dass wir uns Sorgen müssen. Eine zufällige Energie-Schwankung, mehr nicht. Hätte sie Kräfte, wäre sie begeisterter gewesen, aber sie schien mir ziemlich bedrückt." Und mit einem unheimlich klingenden, schnaubenden Lachen fügte er hinzu, „Auf alle Fälle haben wir ihre Angaben und sollte es wieder passieren wissen wir, wie wir sie finden. Für jetzt belassen wir es dabei." Sich der Tatsache unbewusst, dass - symbolisch gesprochen - seine Entscheidung die Identität des Mädchen ungeprüft zu lassen, den Problemfaktor in seinem Leben hoch zweiundzwanzig verstärkte, schnippte Oten mit seinen Fingern, der Bildschirm wurde schwarz und der Raum kehrte zu seiner undurchdringlichen Dunkelheit zurück.

ZEILE 5

Zurück im Konferenzraum von The Twenty-Two jubelten alle, klatschten in die Hände, tanzten durch den Raum und veranschaulichten so Ihre Erleichterung, eine Katastrophe abgewendet zu haben. Selbst Herr Kaiser zeigte den zufriedenen, siegreichen Ausdruck, gute Arbeit geleistet zu haben.

„Gut! Gut", sagte er schließlich, „nur lasst uns nicht den Grund vergessen, warum wir uns hier überhaupt versammelt haben. Avi teile uns dein Vorhaben mit."

„Ah – ja – danke Willhelm, ah – Herr Kaiser, ah – danke euch allen für euren Beitrag", stammelte Clifffton in einem nervösen Versuch seine Gedanken zu ordnen. Er räusperte sich und nahm einen tiefen Atemzug. „Wie ich bereits erwähnte, ist mir Julias Zustand bewusst und ich sehe die gebotene Gefahr für uns, in direkten Kontakt mit ihr zu treten – trotzdem bin ich fest davon überzeugt, dass der Versuch von großem Wert wäre. Vor allem jetzt durch den – ah – Vorfall – ah – glaube ich, haben wir einiges zu erklären." Er schluckte schwer. „Meine ursprüngliche Idee war, ihr etwas Unterstützung zu bieten. Da gibt es diesen Jungen, John, einen Kindheitsfreund der am See lebt. Er ist feinfühlig und an allen außergewöhnlichen Dingen sehr interessiert. Mirra bitte, würdest du vielleicht?"

Mirra seufzte und konzentrierte sich mit geschlossenen Augen auf ihr Buch. Der vertraute Ablauf des Buches, seine Seiten umzublättern, begann erneut. Da der Stab noch immer mit ihm verbunden war, flimmerte eine Unzahl von Bildern über den Wandschirm.

„Wie hättest du es gerne, Avi? Gleicher Zeit-Vektor? Gleicher Modus? Etwas von Mirras allmächtiger Sichtweise, wenn es uns mit Klarheit hilft?", fragte Magnussen.

„Ja bitte, falls niemand irgendwelche Einwände hat?"

Magnussen deutete die darauf folgende Stille als Zustimmung.

„Gut, dann bin ich so weit."

Im gleichen Moment in dem das Buch zur Ruhe kam, war auf der Metallstruktur die als Rahmen für den beleuchteten Abschnitt der Wand diente, zu lesen: „alpha-457.9-John-Gegenwart-VAS/n" und die Gestalt eines Jungen wurde auf dem Bildschirm sichtbar. Die Dreiundzwanzig beobachteten neugierig...

ZEILE 6

....wie er die Küche seines im Ranch-Stil gebauten Elternhauses betrat. Nackte Füße, etwas zu riesig für seine Größe, schauten aus der Schlafanzughose, die wiederum etwas zu klein für seine Größe war, heraus. Seine vom Schlaf zerzausten blonden Haare fielen lockig bis unters Kinn und verstärkten noch den Eindruck jener unschuldigen Tollpatschigkeit, die bei Welpen so bezaubernd wirkt.

Seine Mutter blickte von ihrer Morgenzeitung auf – ihre Liebe für ihren Sohn strömte aus jeder Pore. Sie war gefasst auf Johns erste Worte – seit er ein Baby war, hatten sie sich kaum verändert. Und selbst damals hatte sein Weinen wahrscheinlich meistens genau das Gleiche bedeutet.

„Morgen Mam, ist das Frühstück fertig?"

Obwohl John keine Antwort zu erwarten schien, hielt sie sich an ihr Ende des morgendlichen Rituals und erwiderte: „Noch nicht, aber sobald du aus dem Badezimmer kommst, schon."

Mit einem Laut, der sowohl Zustimmung als auch Ablehnung bedeuten konnte, öffnete er den Kühlschrank und nahm einen deftigen Schluck Orangensaft direkt aus der

Flasche. Als sie von ihrem Kaffee nippte, war Sarah versucht etwas zu sagen, überlegte es sich dann anders. Es brachte nichts, einen Tag mit Nörgeln zu beginnen. Wenn sie sich in Johns Lage versetzte, wollte sie gewiss nicht gesagt bekommen, was sie tun oder lassen sollte, bevor sie nicht ihre zweite Tasse Kaffee hatte.

Während John im Badezimmer war stellte sie Müsli, Sojamilch und in Scheiben geschnittenes Obst auf den Tisch und schob Heidelbeer-Muffins in den Ofen. Vollständig bekleidet, hellwach, voll jugendlicher Energie strotzend, setzte sich John an den Tisch und füllte seine Schale mit mehreren großzügigen Portionen Müsli.

„Ist das schon alles heute Morgen?", fragte er. „Ich bin am Verhungern."

„Muffins kommen gleich. Genieße deinen Stoffwechsel solange er anhält", bemerkte Sarah mit einem Lächeln. „Deiner Schlafanzugshose nach zu urteilen, bist du über Nacht wieder ein paar Zentimeter gewachsen."

„Muss mich ranhalten, ich gehe zum See."

„Wie schön. Kommt jemand mit?", fragte seine Mutter und hoffte insgeheim seine Antwort wäre Ted oder Andy oder einfach irgendwer.

„Ich gehe allein. Ich muss über was nachdenken und ungestört kann ich das am besten. Könnte sein, dass ich das neue Buch von Paps mitnehme, das er mir aus der Bücherei mitgebracht hat. Es enthält geniale Sachen übers Gehirn."

„Die Zeiten haben sich wirklich verändert. Als ich in deinem Alter war, konnte ich die Sommerferien kaum erwarten, um endlich die Bücher wegzulegen. Soweit ich sehe, ist alles was du tust, tiefer einzutauchen."

„Aber Mam, du warst ein Mädchen, das ist was anderes. Mädchen interessieren sich nur für Kleider und solche Sachen. Ich habe da eine Theorie: eben weil...ach, du bist ja noch immer ein Mädchen und würdest es eh nicht verstehen", sagte er mit dem resignierten Gesichtsausdrucks des verkannten Genies.

„Warte nur bis dich Mädchen interessieren, dann reden wir weiter", entgegnete Sarah mit gespielter Empörung.

Zum größten Teil hatte sie akzeptiert, dass sich ihr kleiner Junge von anderen Jugendlichen seines Alters unterschied. Nicht dass er etwas dagegen hatte, auch mal wild zu sein und tatsächlich war er ein ziemlich guter Basketballspieler. Es langweilte ihn einfach, was er „Jungs protzen mit ihrem Testosteron" nannte. Und das von einem fast Dreizehnjährigen, dessen Hormone in den Himmel schießen sollten, dachte sie. Vielleicht wenn wir in die Stadt gezogen wären...

„Mam, hörst du mir eigentlich zu oder schreibst du gerade eine Geschichte in deinem Kopf?". Seine Mutter war eine Autorin von Kinderbüchern und es machte ihn wirklich stolz, dass sie so einen lässigen Beruf hatte. „Ich sagte, ich rieche Verbranntes und unter Berücksichtigung aller Wahrscheinlichkeiten, lautet meine Schlussfolgerung: es müssen die Muffins sein."

Gütiger Himmel, wo hat er nur gelernt so zu sprechen, fragte sich Sarah.

„Tut mir leid Schatz, du hast Recht. Ich bin abgetaucht." Sie nahm die verbrannten Muffins aus dem Herd. „Schätze mal, heute Morgen gibt's Toast."

„Passt schon. Möchte sowieso zu Frau Livingston radeln und bei ihr gibt es immer diese leckeren Plätzchen direkt vom Backblech. Und vielleicht kann sie mir sagen, wann Julia kommt."

„Schau mal an, habe ich dir nicht gesagt, dass du dich bald für Mädchen interessieren würdest", neckte ihn Sarah.

„Also echt Mam. Julia ist doch kein Mädchen, sie ist mein Kumpel", antwortete John und verdrehte dabei seine Augen in einer Mischung aus Fassungslosigkeit, Ekel und Empörung über diese aberwitzige Vorstellung.

Sarah hatte ein Dutzend Antworten parat, entschied sich aber mit ihrer Hänselei aufzuhören. Pubertät war schwierig genug auch ohne Mütter, die sich darüber lustig machen.

„Gut. Richte Frau Livingston einen schönen Gruß von mir aus, ja? Und komm nicht zu spät zum Mittagessen!"

„Mmh hmm", versprach John und war zur Tür hinaus.

Er sprang auf sein Rad und war schon zur Hälfte die Straße runter als ihm das Buch einfiel. Es machte keinen Sinn den natürlichen Fluss durch Umkehren zu unterbrechen. Er würde einfach etwas Interessantes von Fragrant Meadows mitnehmen, dem Landsitz der Livingstons.

Sam Livingston oder Opa, wie John ihn nennen durfte, besaß diese riesige Auswahl an Büchern und meistens war er mehr als erfreut, John einige davon zu leihen.

„Wirklichkeits-Kontrolle", sprach John laut aus und trat fester in die Pedale um mit Schwung über den kurzen jedoch steilen Anstieg zu kommen, der die Zufahrt von Fragrant Meadows markierte. „Opa hat besessen, Opa hat mir gerne geliehen. Opa ist nicht mehr. Opa ist tot."

Seinen Gefühlen gegenüber stets ehrlich, erkannte John, dass die Tränen in seinen Augenwinkeln durch die Trauer über seinen Verlust und nicht durch den Wind in seinem Gesicht verursacht wurden. Mit einem Stich stellte John wieder einmal fest, wie sehr er den alten Mann vermisste.

Soweit er zurückdenken konnte, hatte er noch nie einen ganzen Sommer ohne ihn verbracht. Präzise wie ein Uhrwerk war Opa am See zu finden: Tagein tagaus, Regen, Sonnenschein oder Flutwelle. Die einzig Lebende seiner Großeltern war Vaters Mutter Kate und mit ihr hatte er so gut wie nichts zu tun. Sie bereiste die ganze Welt und kreuzte nur selten bei ihnen auf.

Räumliche Nähe war jedoch nur der offensichtlichste Grund für seine enge Beziehung zu seinem Ersatz-Großvater.

Opa pflegte es so zu erklären, dass es immer einfacher ist mit Fremden in Beziehung zu sein als mit Verwandten, weil da kein Bezug ist, und dass einem Fremde leichter vertraut sind, weil man keine Vertrautheit hat. Was immer das bedeuten mochte. Ohne Zweifel, Opa war ein Wortkünstler! Seinen eindeutig weit hergeholten Geschichten über die Natur im Allgemeinen und über die Natur der Dinge im Besonderen zu lauschen, hinterließ unweigerlich eine herrliche Gänsehaut am ganzen Körper.

In seine Erinnerungen verloren, bewältigte er das hügelige Gelände auf „Autopilot", ein Ausdruck den seine Mutter benutzte, wann immer sie sich dabei ertappte, Bewegungsabläufe geistesabwesend ausgeführt zu haben. So landete er vor dem Haus der Livingstons, einem riesigen, viktorianischen Herrenhaus im eleganten italienischen Stil dessen drei Stockwerke durch die es umgebenden alten Kiefern in den Schatten gestellt wurden. Eine Vielfalt von Blumen in hängenden Töpfen auf Terrassen, Balkonen und Lauben erzeugte einen herrlichen Kontrast zu dem makellos weißen Anstrich. Die Fensterläden waren von einem freundlichen Blau, das mit der Farbe des Himmels konkurrierte. Nicht sichtbar von vorne, wusste John doch von den magischen Gartenterrassen auf der Rückseite, welche in leichtem Gefälle die ganze Strecke bis zum See hinunterreichten. Gepflegte Rasenflächen wechselten sich mit Wiesenfeldern ab, Kräutergärten verströmten betörende Düfte – es gab sogar einen Obstgarten mit unterschiedlichen Obstbäumen. Und natürlich Blumen überall. Johns Meinung nach beschrieb der Name „Fragrant Meadows" (Duftende Wiesen) den Ort perfekt.

Er ließ sein Fahrrad vor der Treppe fallen als Amelia Livingston auf der Veranda erschien. Sie war von durchschnittlicher Größe und schaute aus wie eine Bilderbuch-Großmutter, mit ihren dauergewellten weißen Locken um ihr rundes freundliches Gesicht. Manchmal fragte sich John, ob seine Mutter sie ihm Gedächtnis hielt, wenn sie die Großmütter ihrer Bücher illustrierte. Wie um dieses Bild zu vervollkommnen, trug Amelia eine gestärkte Schürze mit einer riesigen, am Rücken gebundenen Schleife um ihre Taille gewunden - oder zumindest da, wo sie vor Urzeiten mal gewesen sein musste. Sie roch nach Lavendel-Duftkissen, Vanilleschoten und Schokolade. John lief in Vorfreude das Wasser im Mund zusammen.

Sie war seiner echten Großmutter überhaupt nicht ähnlich, die Kate genannt werden wollte, ihre Haare färbte, ihre Fingernägel lackierte und ständig die eine oder andere Sache unterstützte. Gerade war sie irgendwo auf der südlichen Halbkugel unterwegs und versuchte irgendeine fremde Regierung davon abzuhalten, ihre Atombomben durch Zündung unter Wasser zu testen was Fische umbrachte, das Riff zerstörte und den Ozean mit radioaktivem Niederschlag verseuchte. Klar dachte er dies sei eine gute Sache - aber doch nicht für eine Großmutter! Amelia Livingstons Stimme holte ihn ins Hier und Jetzt zurück.

„Hallo John! Was für eine schöne Überraschung dass du mich besuchst", sagte sie mit aufrichtiger Zuneigung. „Wie geht es dir? Wie geht es deiner Familie? Ich hoffe, alles ist in Ordnung?"

Wie es häufig bei allein lebenden Menschen vorkommt, hatte sie die Neigung entwickelt, zu viel zu sagen wann immer sich die Gelegenheit eines Gesprächs bot. Sie war sich dieser lästigen Angewohnheit bewusst, jedoch unfähig sie zu verändern, trotz der nagenden Angst, damit ihre Gesprächspartner zu verprellen und folglich ganz alleine zu enden. „Gerade habe ich ein paar Schokoladenplätzchen mit

Schokostücken aus dem Ofen getan", plapperte sie weiter darauf los, „warum kommst du nicht mit rein und nimmst dir welche? Ich weiß, du hast sie schon immer gern gemocht." Endlich zwang sie sich dazu ihren Redeschwall zu unterbrechen und John die Möglichkeit zu geben, an der Unterhaltung teilzuhaben.

John fühlte sich ein wenig überfordert von all den Fragen, die wie aus der Pistole geschossen auf ihn zukamen, was ihm Opas Abwesenheit noch schmerzhafter bewusst machte. Mit ihm zu sprechen war nie schwierig.

„Guten Morgen Frau Livingston", befahlen ihm schließlich seine guten Manieren zu antworten, „das ist wirklich nett von Ihnen, vielen Dank."

Sie betraten das Haus. John folgte Amelia während sie ihn in die Küche führte.

„Also John, nun sag mir doch, wie sind deine Sommerferien bis jetzt? Hast du Spaß? Genießt du deine freie Zeit?"

John fühlte sich peinlich berührt, er wollte etwas sagen und gleichzeitig versuchte er das Thema Opa Sam zu vermeiden und wie sehr er ihn doch vermisste, vor allem jetzt. Amelia schien seine Gedanken zu lesen.

„Es ist in Ordnung über Sam zu reden...weißt du...ich vermisse ihn auch. Es ist sicherlich nicht dasselbe, aber falls du seine Bibliothek benutzen möchtest, mach das. Du bist herzlich willkommen. Ich bin mir sicher, er hätte sich gewünscht, dass du genau das tust. Du kannst alles ausleihen, was dir gefällt."

John war erleichtert und dankbar, dass sie ihm die Situation so einfach gemacht hatte. „Danke Frau Livingston. Ich hoffte, es wäre für Sie in Ordnung", erwiderte er und schnappte sich ein Plätzchen von dem Teller, den Amelia vor ihn hingestellt hatte. „Übrigens, liebe Grüße von meiner Mam. Und wissen Sie, ob Julia bald kommt?"

Er nahm einen Bissen von dem noch warmen Plätzchen. In Erwartung des rasch einsetzenden herrlich sinnlichen Zuckerrausches vergaß er seine gute Erziehung, sprach mit vollem Mund und versprühte dabei Plätzchenkrümel überall auf seinem Hemd. „Mmmh diese Plätzchen schmecken super. Ich wünschte meine Mam könnte so backen."

Glücklicherweise stürzte der fliegende Brocken Gebäck kurz vor Amelia ab, welche entzückt Johns Appetit beobachtete. Sam hatte Süßes auch immer so geliebt. Obwohl er vor fast drei Monaten gestorben war, hatte sie nach wie vor enorme Schwierigkeiten sich ihr Leben ohne ihn einzurichten. Kleine Dinge, wie am Morgen Plätzchen zu backen so wie sie es die letzten achtundvierzig Jahre getan hatte, halfen ihr, mit der Situation zurechtzukommen. Vielleicht würde sie eines Morgens aufwachen und nicht an die Plätzchen denken und von da an in der Lage sein, ihr eigenes Leben zu führen. Vielleicht würde dieser Tag niemals kommen. Aber eines war klar – jetzt war sie noch nicht da. Sie fühlte Tränen in ihren Augen aufsteigen. Um John die Peinlichkeit zu ersparen, mit ansehen zu müssen wie sie die Fassung verlor, sprach sie schnell.

„Gestern sprach ich mit ihrer Mutter. Sie kommen die erste Augustwoche an und Julia wird für den Rest des Sommers hierbleiben. Nun geh schon und finde dir ein Buch, das möchtest du doch. Ich bin draußen beim Gießen falls du mich brauchst. Und John, sei nicht schüchtern, nimm dir einige Plätzchen für unterwegs mit."

Das war etwas, was er nicht zweimal hören musste. „Klasse! Danke", sagte er und stopfte sich seine Hemdtaschen voll während er den Gang hinunter und aus Amelias Sichtweite verschwand. Vorsichtig öffnete er die Tür zur Bibliothek - er konnte sich gerade noch zurückhalten vorher anzuklopfen und erwartete fast, dass ihn die vertraute Bassstimme hereinbat. Seit Opas Tod hatte sich John zu seiner großen Überraschung schon öfters dabei ertappt, ausführliche Gespräche mit ihm zu führen. Das funktionierte üblicherweise bestens an seinem geheimen Platz am See, nahe der Stelle an der sie miteinander gefischt hatten, und wo John sich unbeobachtet fühlte. Ganz bestimmt wollte er nicht dabei erwischt werden, wie er in tote Luft brabbelte, obwohl er es kaum erwarten konnte, Julia davon zu erzählen. In einer Mischung aus Furcht und Aufregung betrat er den Raum. Vielleicht würde es heute wieder passieren? Vielleicht würde es hier passieren? Das Haus in dem Opa praktisch sein ganzes Leben verbracht hatte, schien doch besonders geeignet für diesen Zweck und außerdem bestand keine Gefahr, dass irgendwer herumschnüffelte. Es war nur Amelia da und er hatte den Verdacht, falls sie ihn vertieft in eine Diskussion mit ihrem toten Ehemann entdeckte, wäre sie sofort dabei.

Es begann vor etwa einem Monat. John war am See gewesen und hatte am Boden sitzend mit dem verknoteten Seil, das von seinem Baumhaus herunterhing, gespielt. Er spürte plötzlich Opas Energie so intensiv, dass er seinen Kopf vor Verwunderung drehte und da sah er Opa, wie er mit einem breiten Grinsen genau neben ihm stand. Erst machte John sich nichts daraus. Sie unterhielten sich, lachten, gingen sogar ein Stück weit miteinander. Es unterschied sich nicht von all den unzähligen Malen in der Vergangenheit, wo sie sich am See getroffen hatten und genau das Gleiche taten. Nur als Opa dann begann ihm von den Kobolden zu erzählen, die in dem Baum neben Johns Baumhaus lebten, erkannte er mit plötzlichem Schock, was er gerade tat: er unterhielt sich mit einem Toten. Es wurde ihm schneller gruselig zumute als man unheimlich sagen kann, und Opas Anwesenheit verschwand sofort. Seit damals zog John in Erwägung, in diesem Zusammenhang lieber von ihm als Sam als von Opa zu denken. Falls er nun ein Gespenst war erschien es einfach sicherer, nicht ganz so persönlich zu sein. Jedoch, als Opa noch lebte, machte er in seinen Erzählungen einen deutlichen Unterschied zwischen Geist und Gespenst, nur fand es John unangemessen ihn jetzt danach zu fragen. Vielleicht entdeckte er ja was Hilfreiches in der Bibliothek. Er stand da und überprüfte die Titel. Nach einer bedächtigen und zeitintensiven Suche sah er ein Buch mit einem vielversprechenden Titel: „Die Alchemie von Tod und Geburt". Vielleicht bekam er ja hier ein paar Antworten. Er konnte es kaum noch erwarten, mit dem Lesen zu beginnen.

Gedankenverloren vergaß er sogar, sich von Frau Livingston zu verabschieden. Er sprang auf sein Fahrrad und machte sich auf den Weg zu seinem Baumhaus wo er hoffte, das Buch ungestört zu erkunden. Es schaute alt und benutzt aus, darum hatte er anfänglich gezögert es mitzunehmen. Doch dann fielen ihm Frau Livingstons Worte ein, dass er alles nehmen durfte, was er wollte und außerdem würde er gut darauf aufpassen.

„Natürlich wirst du das!"

John verlor fast die Kontrolle über sein Fahrrad als er Opas Stimme hörte, die wie auf seine Gedanken bezüglich des Buches antwortete. Er schaute sich um, aber es war niemand da.

„Opa?", wagte er vor sich hin zu murmeln. „Opa, kannst du mich hören? Bist du da?"

Als er keine Antwort erhielt wusste er, er konnte aufgeben Opa hören zu wollen. In den vergangenen Monaten hatte er gelernt, mit Opa Sam in Verbindung zu treten ging am leichtesten wenn er völlig entspannt war. Je mehr er es versuchte, desto weniger erfolgreich war er damit, ihn zu erreichen. Also wenn das kein Paradox war.

„Das muss ich mir merken und ein anderes Mal mehr darüber nachdenken", sagte er laut, was er definitiv als eine seiner weniger erstrebenswerten Angewohnheiten betrachtete. *Vielleicht sollte ich mir einen Hund zulegen, dachte er, zumindest könnte ich dann so tun als würde ich zu ihm sprechen. Wenn ich nicht aufpasse, ende ich noch mit dem Ruf wie, sag mal, kennst du eigentlich John, das ist der Typ, der ständig mit sich selbst spricht wenn er nicht gerade mit den Toten plaudert!*

Über seinen Witz lachend erreichte er das Baumhaus. Er warf sein Fahrrad auf den Boden und bewunderte wie immer die beeindruckende Konstruktion. Das Baumhaus war das tollste Geschenk, das er jemals erhalten hatte. Seine Eltern überraschten ihn damit zu seinem elften Geburtstag und Opa hatte ihm geholfen den Baum auszuwählen, eine riesige, gute 20 m hohe Eiche. Sie stand im Randgebiet von Fragrant Meadows und Opa händigte ihm eine Pergamentrolle aus – mit offiziellem Stempel und allem Drum und Dran – die seine Rechte sicherte, diesen Baum bis an sein Lebensende nutzen zu dürfen. Eine Kopie davon verzierte den Eingang zum Baumhaus und John war enorm stolz darauf. Er erinnerte sich an das Bauprojekt als wäre es gestern gewesen. Weil sein Geburtstag Ende Oktober war, begannen sich die Blätter der Eiche bereits zu verfärben und herabzufallen. Dadurch wurden die nackten Äste sichtbar und machten so die Entscheidung leicht, wo sie die Plattform für das Fundament des Hauses anbringen sollten. Sie fanden mehrere perfekt gewinkelte Äste, ungefähr 7 m über dem Boden. Als seine Mutter das hörte, legte sie ihr Veto ein und begründete es damit, dass eine solche Höhe viel zu gefährlich sei. Johns Argument war, hätten sie ihn am Boden haben wollen, hätten sie ihm ein Zelt schenken sollen. Das klärte die Sache. Und nach einer Flut mütterlicher Ratschläge und Versprechungen extra vorsichtig zu sein, konnte der Bau beginnen.

Während diesem Abschnitt des Projekts stellte Opa erneut unter Beweis, welch guter Freund er war. Er hatte gerade eine alte Scheune abgerissen und John durfte das Holz hernehmen. Es reichte spielend für das drei mal fünf Meter große Haus, das John entworfen hatte und da es auch noch Schindelreste vom Bau der neuen Scheune gab, konnten sie sogar ein echtes Dach draufsetzen. Dank Opas Großzügigkeit blieb John genug Geld für ein paar einfache Möbel übrig. Genau genommen war das Baumhaus für John ebenso ein Geschenk von Opa wie von seinen Eltern.

Vorsichtig kletterte er die Leiter hoch und trat ein. Er setzte sich auf eine Matratze beim Fenster, öffnete das Buch und stellte den Alarm seiner Armbanduhr auf 12.30 Uhr um sicherzugehen, dass er rechtzeitig zum Mittagessen zuhause war. Aufgrund vergangener Erfahrungen wusste er, sobald er die Welt der Bücher betrat, wurde er an einen Ort transportiert wo Zeit nicht existierte und der Alarm half ihm, mit dieser Tatsache in einer verantwortungsvollen Art und Weise umzugehen. Er angelte sich ein weiteres Plätzchen aus seiner Hemdtasche und begann zu lesen.

ZEILE 7

Im Konferenzraum der Twenty-Two knallte Mirras Buch schlagartig zu und das Bild am Wandschirm wurde schwarz. Mit einer Bewegung ihrer rechten Hand wischte Mirra den Stab weg, wie um künftige Übergriffe zu vermeiden. Im Konferenzraum herrschte Stille während die Mitglieder die Informationen verarbeiteten. Schließlich sprach Dora Bell, begleitet vom Geklimper ihres Schmucks.

„Ich denke, Avi hat Recht. Ich kenne John sehr gut. Ich habe nur selten irgendwelche Probleme seine Aufmerksamkeit zu gewinnen. Er ist noch zu unerfahren, den Informationen meistens den vollständigen Sinn zu geben, aber er hört immer zu." Mit einem zusätzlichen Klirren ihrer Schlüssel um für Nachdruck zu sorgen, fügte sie hinzu: „Gemeinsam mit John könnte die ganze Sache klappen."

„Macht mir Sinn. Das Buch sagt, John ist eine Wiedergeburt von --"

„Danke Mirra, danke, aber niemand fragte danach. Also bitte behalte diese Angabe für dich", Herr Kaiser hatte eindeutig die Angewohnheit zu Unterbrechen.

„Jemand muss es aber getan haben", gab Mirra zurück, ihre Erscheinung nun ausgesprochen alt. Ungeachtet ihrer gebrechlichen Stimme hatte sie nichts von ihrer unerschütterlichen Haltung verloren. „Darf ich dich daran erinnern, dass ich niemals unaufgefordert handle? Könnte nicht, selbst wenn ich wollte. Habe es einfach nicht in mir. Also los Leute, gebt es zu, wer will wissen, wer John einmal war?" Sie sah prüfend durch den Raum.

Cliffton errötete unter dem durchdringenden Blick ihrer Augen. Völlig sinnlos etwas zu leugnen, was sie bereits als Wahrheit wusste.

„Ah – ich vermute, ich war einfach neugierig, tut mir leid Mirra, wollte nicht – ah – unangemessen sein." Um die Situation nicht zu verschlimmern indem er etwas Törichtes sagte, zwang er sich den Augenkontakt zu unterbrechen. Um dem intensiven Sog ihres hypnotischen Blicks zu widerstehen, überflog er schnell den Raum. „Was meint Ihr, habe ich ein Ja?"

„Ich schlage vor, es ist das Beste eine Abstimmung zu halten", antwortete Herr Kaiser, wie immer praktisch in seiner Vorgehensweise gegenüber Dingen und Situationen. „Jeder der Avis Vorschlag zustimmt, direkte Verbindung aufzunehmen, hebe seine Hände."

Alle außer den Zwillingen, die noch dabei waren den Fall unter sich zu diskutieren, erhoben ihre Hände. Jeder im Raum war daran gewöhnt. Per Satzung hatten die Zwillinge nur eine Stimme und manchmal dauerte es eine Weile bis sie eine

Einigung erzielten. Endlich hob Helena ihre Hand und senkte ihren Kopf.

„Gut gut, meine Damen und Herren", sagte Herr Kaiser, „scheint wir sind in Einklang. Alles was wir nun tun müssen ist eine Strategie zu entwerfen, die unser Risiko verkleinert und gleichzeitig die Chancen auf Erfolg vergrößert und wir können loslegen. Irgendwelche Vorschläge?"

Es gab auch nicht den geringsten Zweifel daran, dass von nun an Herr Kaiser offiziell die Leitung übernommen hatte.

ZEILE 8

In der äußeren Welt lag Julia, Gesicht nach unten, auf dem Schlafsofa in Kellies Zimmer und weinte hysterisch. Kellie, ein robustes Mädchen mit rötlichen Haaren und kleinen Sommersprossen auf Nase und Wangen, was Julia an ein mit Zimt bestäubtes Brötchen erinnerte, saß hilflos neben ihr.

„Bitte Julia, wenn du ausflippst wird es auch nicht besser", meinte sie in einem schwachen Versuch ihre verstörte Freundin zu beruhigen.

Julia reagierte nicht.

„Komm lass uns nach unten gehen und eine heiße Schokolade trinken. Das tut's für mich immer, wenn mich was aufregt", säuselte Kellie in ihrer, wie sie dachte, verführerischsten Stimme.

Nichts. Julia schluchzte einfach weiter. Kellie stärkte sich mit einem tiefen Atemzug und machte von ihrer größten Waffe Gebrauch. „Julia, ich sag's nicht gern, aber alles was du mit deinem Weinen erreichst sind hässliche rot geschwollene Augen und sobald die Schwellung zurückgeht – falls sie es überhaupt jemals tut – also dann bleiben dir Krähenfüße wie die von Frau Vabersky und du schaust abstoßender aus wie ein

Kobold am Morgen. Wenn du das willst, nur zu, mach dich ruhig fertig."

Das wirkte. Wie immer erzielte der Appell an Julias Eitelkeit die gewünschten Ergebnisse. Julia hörte kurzerhand zum Weinen auf, sprang vom Bett und umarmte ihre Freundin. „Oh Kellie, danke dass du die Stimme meiner Vernunft bist! Dafür die Dinge ins rechte Licht zu rücken! Was würde ich nur ohne dich tun? Kann ich dein Badezimmer benutzen und mein Gesicht waschen?"

„Na klar, gerne. Me Casa su Casa", seufzte Kellie. Sie mochte Julia wirklich gern, aber manchmal war ihre Freundin eine echte Herausforderung. Kellie gruselte es bei der Erinnerung an die Zeit kurz nachdem Julias Vater ausgezogen war. Julia hatte ihre Enttäuschung in heftigen orkanartigen Wutausbrüchen entladen und dies mehr als einmal, ohne ersichtlichen Grund, an Kellie ausgelassen. Das war nun vorbei, dank der Mühen des guten alten Doktor Kline, Julias Seelenklempner. Aber mit Julias Launenhaftigkeit war es generell sicherer, in ihrer Anwesenheit nicht zu entspannt zu sein. Sobald sie begann ihre sarkastische Säure zu versprühen war es selbst für den unschuldigsten Zuschauer unvermeidlich, nicht auch einen oder zwei Tropfen davon abzubekommen.

„Sagst du mir endlich was los ist oder willst du, dass ich vor Spannung umkomme?", fragte Kellie sobald Julia den Raum wieder betrat.

Julia plumpste auf den Sitzsack neben Kellie. „Du wirst es nicht glauben, aber diese ätzende Frau die sich meine Mutter nennt, stolzierte heute Morgen in mein Zimmer und teilte mir mit, dass ich nicht ins Ferienlager gehen kann. Dafür soll ich meine Großmutter besuchen und einen weiteren langweiligen Sommer am See verbringen!"

„Das darf doch nicht wahr sein", rief Kellie, mit großen Augen und geöffnetem Mund, der ihre Zahnspangen zeigte, aus. „Das ganze Jahr hast du so hart dafür gearbeitet ins All Star Team zu kommen. Hat sie denn keine Ahnung, was für eine Auszeichnung das ist?"

„Vergiss es. Du weißt ja wie alte Leute sind. Kümmern sich nur um ihre eigene Karriere." Julia hob ihre Augenbrauen und spitzte ihren Mund mit dem Ziel einen Ausdruck von Wichtigkeit nachzuäffen. „Ich muss wirklich schlechtes Karma haben, eine alte Mutter wie sie zu haben. Ich wette, deine Mutter würde vor Stolz platzen, wenn du im Team wärst."

Da war es, genau wie Kellie es befürchtet hatte. Ein Tropfen Säure hatte den unschuldigen Zuschauer getroffen. Natürlich wusste sie, Julia wollte sie nicht absichtlich treffen – tatsächlich dachte Julia wahrscheinlich sogar ihr ein Kompliment zu machen, eine Mutter zu haben, die fünfzehn Jahre jünger war als ihre eigene und die selbst ein Cheerleader gewesen war. Dennoch, keine dieser Erklärungen half, den Schlag auf ihr Selbstwertgefühl zu mildern. Sie war nicht der sportliche Typ und ihre Koordinationsfähigkeit war erbärmlich. Und selbst wenn sie das auf die Reihe bekäme, sie war fürs Team einfach nicht hübsch genug. Sinnlos, Julia all das aufzuzählen. Sie würde es nicht verstehen. Und in einem dieser Widersprüche des Lebens, würde sie die Situation verschlimmern während sie versuchte sie zu verbessern, und indem sie ihr zeigte, welch gute Freundin sie war, würde sie wahrscheinlich alle von Kellies sogenannten unglaublichen Qualitäten auflisten, wie super in Mathe sein und Haushaltswirtschaft und so.

Julia deutete Kellies Seufzer der Resignation als Zeichen der Zustimmung.

„Ja und was willst du jetzt machen?", fragte Kellie und zwang ihre Stimme ihre verletzten Gefühle nicht preiszugeben.

„Ich weiß es nicht. Ich könnte abhauen. Das würde ihr eine Lektion erteilen."

„Ja genau und wo bitte schön willst du hin? Du hast kein Geld und bist erst dreizehn. Niemand käme auch nur auf die Idee, dir ein Zimmer zu vermieten. Jedenfalls niemand in einem halbwegs anständigen Platz."

„Ich könnte bei meinem Vater einziehen."

„Ich halte das nicht für so eine gute Idee. Erstens, was ist mit seiner neuen Freundin? Zweitens, ich dachte du sagtest, sie sind an die Ostküste gezogen und drittens" - bevor sie es verhindern konnte, verspritzte Kellie etwas von ihrem eigenen Gift „ich erinnere dich nur ungern daran, aber er hat nicht nur deine Mutter verlassen. Er hat auch dich verlassen."

Die Bemerkung traf Julia ohne Vorwarnung. „Autsch Kellie, was ist denn in dich gefahren? Gerade warst du noch total süß und beste Freundin für immer und mit dieser abscheulichen Bemerkung haust du mir eine rein. Glaubst du wirklich, das hilft jetzt?" Julia war außer sich. „Wenn ich mich auf deine Treue nicht mehr verlassen kann, zerbricht meine

Welt endgültig in tausend Stücke und zwar schneller als du Bombe sagen kannst."

Kellie wusste nicht, wie sie sich rechtfertigen sollte. Julia hatte den Nagel auf den Kopf getroffen und sie schämte sich. Was für eine Freundin verhielt sich denn so? Warum fiel es ihr nur so schwer, ehrlich ihre Gefühle zu zeigen anstatt diese auszuleben?

Gott sei dank fing Julia an zu sprechen. „Ich könnte ja bei dir wohnen."

„Was für eine geniale Idee. Hier würde deine Mutter doch als Erstes nach dir suchen."

„Das stimmt auch wieder", meinte Julia und ihre Stimmung sank ein weiteres Grad nach unten. Beide grübelten schweigend vor sich hin.

„Ich hab's!" rief Julia, „ich könnte mich in Fragrant Meadows verstecken. Bin sicher, Oma würde das verstehen. Sie und Mami haben ihre eigenen Probleme miteinander." Sie ließ sich die Idee durch den Kopf gehen und betrachtete sie von allen Seiten. „Ja, das ist es. Und genügend Geld habe ich auch um dort hinzukommen." Julia klang jetzt wirklich aufgeregt.

Kelli starrte ihre Freundin voller Ungläubigkeit an. Sie wusste nicht, was sie sagen sollte.

„Was ist los Kellie, ich finde den Plan großartig!"

„Lass mich nachdenken", sie setzte bewusst eine Pause. Vorbei war ihr Vorsatz sich anders auszudrücken. Es war einfach zu verführerisch, überlegen zu klingen. „Persönlich finde ich dir fehlt ein Placebo zur Heilung aber vielleicht verpasse ich da ja was. Nur zur Wiederholung: hat das ganze

Drama nicht irgendwie mit der Tatsache zu tun, dass du deine Großmutter besuchen musst?" Vielleicht war gut in Mathe sein doch nicht völlig umsonst. Ganz sicher half es, Dinge logisch zu betrachten.

Julia, völlig verblüfft, starrte ihre Freundin mit aufgerissenen Augen an, als wolle sie so herausfinden, was diese gerade gesagt hatte. Dann brach sie in Gelächter aus. „Kellie du bist einfach Spitze! Danke für die Erinnerung! Angekommen! Genau, sie kann mich nicht zwingen dort hinzugehen. Sie kann mich zu überhaupt nichts zwingen! Ich fahre mit ihr an den See, weil ich das möchte. Natürlich verrate ich ihr davon nichts. Allein schon wegen dem Druckmittel, das ich damit in der Hand habe. Ich kann schon all das Zeug sehen, das ich mir mit dem Geld das sie mir nachwerfen wird, um ihre Schuldgefühle zu erleichtern, in ‚The 27' kaufen werde." Sie genoss den Gedanken wie einen Löffel ihres Lieblingseises. „In Wahrheit geb ich keinen Pfifferling drauf, wo ich bin, solange ich nur weit genug von ihr weg bin." Um ihre riesige Erleichterung auszudrücken, begann sie im Raum herumzutanzen, schwang ihre Beine vor sich hoch, schüttelte ihre Arme als wirble sie unsichtbare Puschel und sank dann in gespielter Erschöpfung auf den Boden. Sie zog das Bündel Dollarscheine aus ihrer Jeanstasche und wedelte damit vor Kellies Gesicht. „Verstehst du was ich meine? Sie versucht immer mich zu bestechen, ihr wieder gut zu sein. Los, lass uns ins Einkaufszentrum gehen. Wenn mir schon bestimmt ist, den Sommer an einem Ort zu verbringen, wo die Leute es spannend finden dem Gras beim Wachsen zuzusehen, habe ich vorher lieber noch ultra Spaß."

Da sich Julia offenbar so gut von ihrem Kummer erholt hatte, wagte es Kellie endlich etwas von ihren eigenen Gefühlen zu zeigen. „Ja klingt fett für dich, aber was ist mit mir? Wenn du den ganzen Sommer weg bist, was mache ich dann? Ferienlager wäre nicht so lang gewesen und ich bin mir sicher, deine Großmutter hat nicht mal Signal. Wie willst du denn mit mir in Verbindung bleiben?"

Julia hatte diesen Umstand noch gar nicht bedacht. „Schätze, es gibt noch immer die gute alte Post", bot sie halbherzig an. Die Idee, eine Institution wie der Postservice der Vereinigten Staaten sollte tatsächlich die Lösung ihres Problems darstellen, bedurfte einiger Überzeugung. „Komm, lass uns ins Einkaufszentrum gehen und hammatastisches Briefpapier und Briefmarken und Sticker und Pipapo kaufen. Ich verspreche jeden Tag zu schreiben und du musst das auch tun. Bestimmt nicht toll, aber besser als nichts."

„Na super. Ich werde dich bis zum Umfallen mit meinen Geschichten als Dereks Babysitter langweilen und wie ich in einem ausgestorbenen Einkaufszentrum rumhänge. Ich meine, jeder den wir kennen, ist den Sommer über weg. Ich bin die einzig Schiffbrüchige hier." Mit dem Versuch zu scherzen, kämpfte Kellie gegen die Anziehungskraft des Selbstmitleids. „Ich könnte ja was wie Nadelstickerei oder so anfangen während du damit beschäftigt bist, dich am See zu grillen. Ich wünschte ich hätte eine Großmutter mit einer Villa auf dem Land."

Trotz ihrer besten Absichten klang sie verbittert – wie gewöhnlich war Julia viel zu sehr mit sich selbst beschäftigt, um dies zu bemerken.

„Also ich verleugne dem Ort ja nicht sein Potential. Ich meine mit den richtigen Leuten – wie wenn du zum Beispiel da wärst – könnte es echt Spaß machen. Wir würden es den Landeiern zeigen und die Gegend gewaltig auf den Kopf stellen." Sie erwärmte sich für diese Idee. „Stell dir mal vor, Cedarwood Ridge ist diese Art von Nest, wo Leute nicht mal ihre Türen absperren. Sie haben diese wahnsinnig glücklich grinsenden Gesichter und jeder weiß alles über jeden. Es ist un-total-wirklich. Gegenden wie diese sollten gesetzlich verboten werden. Das nächste Einkaufszentrum ist 30 Meilen entfernt." Julia beendete ihre Rede mit einem Seufzer der Verzweiflung.

„Ich weiß auch nicht", meinte Kellie, „irgendwie habe ich das Gefühl, es wird etwas passieren und du hast die Zeit deines Lebens, während ich mich zu Tode langweile."

„Nun vielleicht kannst du ja als übersinnliches Medium ansässig werden, jetzt wo du schon starke Bauchgefühle verspürst", antwortete Julia und kicherte über ihren eigenen Scherz. „Starke Bauchgefühle – Blähungen o.k.?"

Sie bewegte ihre Hände in Wellen vor ihren Augen und tat ihr Bestes geheimnisvoll zu wirken. „Ach Madame, wären Sie so gütig, mir einen kurzen Blick in ihre Kristallkugel zu gewähren."

Um nicht vor ihrer Freundin wie ein totaler Verlierer dazustehen, gab Kellie vor, zwischen ihren Händen eine Kristallkugel zu halten. „Immer Ihr bescheidener Diener.

Lassen Sie mich sehen – hhmm – ah – sehr interessant! Ja, genau", gurrte sie. „Mehr kann ich gerade nicht sagen. Vielen Dank und bitte, vergessen Sie nicht beim Hinausgehen zu zahlen."

Sie waren kaum noch in der Lage sich zu beherrschen. Julia tat so als würde sie aufstehen und gehen.

„Warten Sie, warten Sie! Die Kristallkugel offenbart mir noch eine Sache", Kellie fand Gefallen an dem Spiel und meinte mit ernster Stimme: „Sie müssen bald etwas sehr Wichtiges tun. Die Kugel befiehlt Ihnen, Ihre Freundin – ah – wie ist gleich ihr Name? Keller? Nein? Kelsey? Nein? Kellie? Ja Kellie! Sie müssen Kellie ins Einkaufszentrum mitnehmen und ihr einen riesigen lecken-und-lass-es-dir-schmecken Schokoladen-Eisbecher kaufen!" Kellie ließ ihre Stimme verklingen und brach in Gelächter aus.

„Madame", konterte Julia, noch nicht bereit es dabei zu belassen, „wären alle Medien so begabt wie Sie, hätte ich keine Probleme zu glauben, dass solche Dinge existieren. Ich danke Ihnen vielmals und ohne Zweifel, Sie verdienen Ihre Belohnung."

„Wirklich Julia", Kellies normale nüchterne Stimme brach den Zauber ihres Spiels, „ich verstehe es einfach nicht. Wie kommt es nur, dass du nicht an übersinnliche Wahrnehmung glaubst? Ich meine, es ist überall. Es ist das Gespräch des Jahrhunderts."

„Es interessiert mich nicht die Bohne, ob es das Gespräch des Jahrtausends ist", schmetterte Julia zurück. „Der Kram ist für Opfer wie meine Mutter, die nicht wissen, was sie mit ihrem Leben anfangen sollen. Ich glaube an das, was ich sehe. Ich brauche diesen Hokuspokus nicht, der mir Hoffnung gibt wo keine ist. Ich kann es nicht fassen, dass du dich mit diesem Kram abgibst. Du bist doch normalerweise so bodenständig. Für mich ist das alles ein Haufen QMS – und wohlgemerkt, in Cedarwood Ridge bedeutet QMS Quark-Milch-Strudel."

„Bodenständig hat damit überhaupt nichts zu tun. Es ist nur, da muss es doch mehr geben", antwortete Kellie und bemühte sich Worte für etwas zu finden, was nicht mehr als ein vages Gefühl in ihr war. „Denkst du denn nie darüber nach, warum wir da sind und worum es hier wirklich geht? Ich meine, wenn da nicht mehr ist als wir sehen, was macht das für einen Sinn?" Sie starrte aus dem Fenster und fühlte sich plötzlich unglaublich klein.

„Ich glaube, das Leben sollte großartig sein, aber die meiste Zeit ist es zum Kotzen und dann sterben wir und das ist das Ende vom Lied. Das ist alles, was ich weiß und wenn da mehr ist, will ich todsicher meine kostbare Zeit nicht damit verschwenden, es herauszufinden. Zumindest nicht solange ich damit beschäftigt bin, die Dinge herauszufinden, die ich sehe", fügte sie trotzig hinzu, „wie zum Beispiel meine Eltern wieder zu vereinen? Also das ist mal etwas, was ich wirklich gerne wüsste."

Sie stand auf, ging auf Kellie zu und versuchte Blickkontakt herzustellen. Es war nicht das erste Mal, dass sie über dieses ich-frage-mich-um-was-es-geht Thema sprachen und Julia befürchtete, so wie sie Kellie kannte, war es bestimmt auch nicht das letzte Mal. Was das betraf, hatten sie einfach keinen gemeinsamen Boden.

Kellie konnte sich nicht zurückhalten, vielleicht wollte sie auch nicht. Mit einem selbstgefälligen Grinsen sagte sie: „Warum gehst Du nicht zu einem Medium, vielleicht würde es dir die Augen öffnen."

„Danke ich hab's kapiert. Du willst mir sagen, es gibt keine Hoffnung, dass meine Eltern jemals wieder zusammenkommen und ich verschwende meine Zeit?" Das verschwommene Bild ihrer am Frühstückstisch sitzenden Eltern versuchte an die Oberfläche ihres Bewusstseins vorzudringen, aber, verärgert darüber wie stark Kellie zu diesem Thema fühlte entschied sie, es zu missachten.

„Ja genau das denke ich", gab Kellie zu. „Du musst es gehenlassen, wenn du deinen Verstand nicht verlieren willst. Meine Mutter ließ sich scheiden als ich drei war. Dann hat sie Paul kennengelernt und seit sie zusammen sind, ist unser Leben besser und besser geworden. Stiefväter sind nicht alle schlecht, weißt du."

„Wie auch immer", meinte Julia, packte Kellies Arm und schob sie zur Tür. „Ich will mir meine Stimmung nicht verderben, indem ich jetzt darüber nachdenke. Dieser Morgen hatte alles an Aufregung, was ich verkraften kann."

Das nicht ganz so verschwommene Bild von ihr und Twinkle Toes im Vorgarten und das Gefühl von Déjà-vu das sie erlebte hatte tauchten in ihr auf. Obwohl ein Teil von ihr Kellie diesen Vorfall gerne mitgeteilt hätte und wissen wollte, was sie davon hielt, befürchtete sie, es würde zu einer weiteren langen Diskussion über außersinnlichen Kram führen und im Moment hatte sie einfach nicht den Nerv dazu. Vielleicht ein anderes Mal. Sie blinzelte das Bild weg und sagte mit fast echter Begeisterung: „Komm, lass uns ins Einkaufszentrum gehen."

***

In ihrer Umgebung jenseits von Zeit und Raum schmieden die Mitglieder der Konferenz ihren Plan, direkten Kontakt mit John und Julia herzustellen, während die Zeit in der äußeren Welt von Tag zu Nacht zu Tag pulsiert, um Julia und die Mitspieler in ihrer Lebensgeschichte pflichtgetreu in Richtung Datum ihrer Abreise nach Fragrant Meadows zu tragen.

***

ZEILE 9

Julia war in ihrem Zimmer und schaute TV. Sie hörte ein Geräusch, wandte sich um und sah den kastanienbraunen Pagenkopf ihrer Mutter in der offenen Tür auftauchen. Elizabeths Gesicht glühte vom Treppauf Treppab den ganzen Vormittag lang, während sie packte und versuchte nichts zu vergessen, was sie und Julia für ihren Aufenthalt in Cedarwood Ridge vielleicht brauchen könnten.

„Julia wir fahren in zehn Minuten. Lass mich dir helfen, deinen Koffer zum Wagen zu tragen!", sagte Elizabeth fast schüchtern. Auf ihre Füße blickend stellte sie sicher, das Zimmer ihrer Tochter nicht versehentlich betreten zu haben.

„Wenn wir in zehn Minuten fahren, bleibt mir noch genügend Zeit den Schmetterling zu beobachten, wie er aus seinem Kokon schlüpft. So etwas habe ich noch nie gesehen. Ist ja unglaublich!" Zeuge dieses Wunders der Natur zu sein, löste ihn ihr ein Gefühl der Ehrfurcht aus und Julia vergaß für einen Moment, ihre Mutter mit Schweigen zu bestrafen – ihr Akt der Vergeltung für die Abmeldung vom Ferienlager. Seit Wochen hatte sie nichts mehr mitgeteilt, abgesehen von erforderlichen Ja oder Neins, wenn ihr eine Frage gestellt wurde. Andererseits war ihr Kontakt sowieso auf flüchtige Augenblicke reduziert, da ihre Mutter beschäftigter denn je zu sein schien. „Mami schau mal! Enorm! Hast du das schon jemals gesehen?"

Elizabeth betrat den Raum und warf einen flüchtigen Blick über Julias Schulter auf den Fernsehschirm.

„Machst du Witze? Natürlich habe ich das. Zeigen sie euch das nicht in der Schule in Biologie?"

„Nein", antwortete Julia ohne ihre Augen vom Fernseher zu nehmen.

„Das kann ich nicht glauben. Bestimmt haben sie es an einem der vielen Tage gezeigt, wo du Schule geschwänzt hast."

Genervt wandte Julia sich vom Bildschirm ab und blickte zur Decke.

„Warum nur musst du immer solche Sachen sagen? Warum vertraust du mir nicht einfach mal zur Abwechslung. Ich habe keine Schule geschwänzt und du ruinierst den Augenblick wie immer."

Als sie keine Antwort erhielt, schwenkte sie auf ihrem Stuhl herum um ihre Mutter anzuschauen und stellte fest, dass Elizabeth den Raum bereits verlassen hatte. Mit einem Seufzer schaltete sie den Fernseher aus, nahm ihre Tasche und blickte sich wehmütig in ihrem Heiligtum um. „Mach's gut Zimmer, bis in einem Monat." Mit einem weiteren Seufzer machte sie die Tür hinter sich zu. Sie wünschte, sie hätte einen Schlüssel um es abzusperren – sie traute ihrer Mutter nicht, in ihrer Abwesenheit hier nicht herumzuschnüffeln, aber da sie keinen hatte, ließ sich da nichts ändern. Sie hatte Zettel an strategisch wichtigen Stellen platziert auf denen stand „SPIONIERENDE MÜTTER SOLLTEN SICH SCHÄMEN" und betete, dass dies ausreichte um Elizabeth davon abzuhalten, sich in ihre Angelegenheiten einzumischen.

***

Elizabeth wartete bereits vor der Haustüre auf sie; das Auto stand im Leerlauf in der Einfahrt.

„Na das nenne ich eine umweltbewusste Person", bemerkte Julia sarkastisch. „Die ganze Woche über erarbeitest du Konzepte, wie der Planet gerettet werden kann und in deiner Freizeit vergiftest du ihn mit Abgasen. Dazu kann ich nur sagen, typisches Erwachsenen Verhalten. Wie immer: ignoriere was ich tue und tue was ich sage. Machst du dir eigentlich Gedanken über den psychologischen Schaden, den du damit verursachst?"

„Wärst du nur einmal pünktlich gewesen, wären wir mittlerweile schon unterwegs."

„Natürlich, jetzt ist es wieder meine Schuld. Echt Mami, du solltest dich reden hören. Und ich bin überzeugt, als Nächstes wirst du nun sagen: Schatz, wir haben viele Stunden Fahrt vor uns und das brauchen wir jetzt wirklich nicht."

„Das hier hast du gut erkannt", sagte Elizabeth, entschlossen sich nicht provozieren zu lassen. „Also bist du nun so weit? Kann ich abschließen?"

„Ich bin so weit", meine Julia während sie ins Auto stieg, „aber gehen will ich noch immer nicht. Ich bin viel zu erwachsen für den See."

Elizabeth schlug die Autotür zu und ließ den Wagen aus der Einfahrt rollen. Mit einem flüchtigen Blick auf ihre Tochter erinnerte sie sich an Julias vorherige Bemerkung, ein schlechtes Beispiel zu sein. Ein Bild wie sie in der Küche steht und Pfannkuchen bäckt, blitzte in ihrem Geist auf. Es fühlte sich unheimlich echt an. „Vielleicht in einem anderen Leben", murmelte sie vor sich hin und befestigte ihren Sicherheitsgurt. „Würdest du bitte tun, was ich tue und dich anschnallen?", sprach sie laut aus in dem Versuch gleichzeitig Humor und Autorität zu zeigen. „Und was soll das überhaupt bedeuten?"

„Was soll was bedeuten?"

„Dass du für den See zu erwachsen bist."

„Seit ich ein Baby war, habe ich praktisch jeden Sommer dort verbracht und hatte auch Spaß. Opa lebte und wir haben uns herumgetrieben und so. Aber nun ist er tot und ich weiß nicht, was ich dort tun soll."

„Nun, Oma ist ja noch immer da und sie braucht unseren Besuch", meinte Elizabeth. Als Versuch, ein Gefühl der Vertrautheit mit ihrer Tochter wiederherzustellen indem sie ihre Empfindungen mitteilte, fügte sie hinzu: „Opas Tod ist sehr schwer für sie und ehrlich gesagt, ich glaube nicht, ich könnte ohne dich dort sein."

„Also geht es hier nur um deine Ängste, mit deiner Mutter allein zu sein. Super! Du ruinierst meinen Sommer, weil du deine Sachen nicht mit deinem Therapeuten lösen und mir mein eigenes Leben lassen kannst." Dann erinnerte sie sich an einen von Dr. Klines Lieblingssprüchen. „Weißt du Mami, ich bin nicht hier um dich zu retten."

Elizabeth kämpfte darum, ihre Nagelhaut in Ruhe zu lassen und fragte sich erneut, ob es wirklich so eine gute Idee gewesen war, Julia einen eigenen Therapeuten zu gewähren. Sie wirkte zwar nicht mehr depressiv, aber es war um keinen Deut einfacher mit ihr auszukommen. Nach einer Weile meinte sie, „Mit John Freeman hast du immer gerne gespielt."

„Irgendwie ist er ein Sonderling", sagte Julia.

„Du solltest Menschen eine Chance geben, Julia. In einem Jahr kann viel passieren. Schau nur, wie sehr du dich verändert hast."

„Eben, dass ist ja genau mein Punkt! Das versuche ich dir die ganze Zeit über schon zu erklären: Ich habe mich zu sehr verändert, um mit Großeltern oder Freaks am See rumzuhängen. Punkt."

„Dann könntest du gerade alt genug sein, um die Natur zu schätzen und es genießen, im Wald mit dir allein zu sein. Ich hatte dort die besten Zeiten als ich in deinem Alter war."

„Mit was, Flechten von den Bäumen pflücken?"

Elizabeth betrachtete ihre Tochter verächtlich. „Scheinbar gibt es noch mehr Dinge als Kokons und Schmetterlinge, von denen du bis jetzt keine Ahnung hast."

„Schaut ganz so aus. Also warum erleuchtest du mich nicht. Um alles in der Welt, von was redest du?" Julia spiegelte den Sarkasmus ihrer Mutter zurück.

„Der Wald kann sehr magisch und geheimnisvoll sein. Die Energie fühlt sich an wie – ah, ich weiß auch nicht, ich kann es nicht erklären. Du wirst es selbst erfahren müssen. Es ist einfach eine wirklich mächtige Medizin."

„Danke auch, nun weiß ich genau was du meinst, Mami." Alles was sie brauchte, war eine weitere Unterhaltung über übersinnlichen Kram. „Ich klinke mich aus. Weck mich, wenn wir da sind."

Sie steckte ihren iPod an, rückte ihren Sitz zurück und schloss die Augen.

ZEILE 10

John schaute auf seine Armbanduhr, so wie er es alle paar Minuten getan hatte, seit er morgens aufgewacht war. 3:30 PM. Zum gazillionsten Mal fragte er sich ob es immer noch zu früh war, um nach Fragrant Meadows zu brettern. Heute war es soweit. Julia kam. Er war sich seiner Aufregung nicht bewusst, fand es nur schlicht unmöglich, irgendetwas zu tun.

Seine Mutter beobachtete ihn amüsiert.

„Warum rufst du nicht Frau Livingston an", meinte sie, „und erkundigst dich, wann sie voraussichtlich ankommen werden?"

„Also weshalb sollte ich denn das tun?", John drehte verwundert seinen Kopf.

„Weil du dich den ganzen Tag über so benimmst, als hättest du einen Ameisenhaufen in der Hose", sagte Sarah und versuchte beiläufig zu klingen.

„Uuch, Mam!", erwiderte John, wie immer von der bildhaften Sprache seiner Mutter fasziniert. Kein Wunder, dass Kinder ihre Bücher liebten.

Sarah spürte sein Unbehagen, legte ihre Brille ab und stellte Blickkontakt zu ihrem Sohn her. Mit ihm zu sprechen, hatte sich seit kurzem zu einer echten Herausforderung entwickelt. Sie wusste, er genierte sich wegen der Veränderungen seines Körpers, seines Stimmbruchs. Sie hätte ihm dies gerne einfacher gemacht, aber wusste auch wie wichtig es war – gerade jetzt – dass er nicht damit begann, sich zurückzuziehen. Sie machte in liebevoller Weise weiter, ihn allmählich dazu zu bringen, seine Gefühle der Unsicherheit zu zeigen.

„John", sprach sie und checkte behutsam die Lage, „es ist keine Schande, wenn du dich freust, deinen Freund wiederzusehen. Du brauchst nicht cool wirken. Wahrscheinlich ist sie so aufgeregt wie du."

„Aber Mam", platzte es aus John heraus und endlich gab er seine Befürchtung zu, „was ist, wenn ich sie nicht mehr mag? Was, wenn sie zu einem Mädchen wurde!"

Also da her weht der Wind, dachte Sarah. „Feuern die Hormone endlich?", war sie versucht zu sagen, biss sich auf die Zunge und fragte stattdessen, „Es hat aber nichts mit Andys Besuch heute Morgen zu tun, oder?"

„Ich weiß echt nicht, was du meinst", wehrte John ab. Gleichzeitig war er sich darüber bewusst, dies würde ihm nur etwas Aufschub bringen das Unvermeidbare zu vermeiden. Seine Mutter hatte so ihre Art an ihn heranzukommen und ihn dazu zu bringen, seine geheimsten Gedanken mitzuteilen. Immerhin, noch nicht alle: bis jetzt hatte er nichts von seinen Erlebnissen mit Opa Sam erwähnt, noch hatte er irgendetwas von den Sachen verraten, die er in dem Buch „Die Alchemie von Tod und Geburt" gelesen hatte.

„Was ich meine, könnte so was sein wie", Sarah behandelte jedes Wort so vorsichtig wie ein rohes Ei, „vielleicht hat sich Andy über deine Beziehung mit Julia lustig gemacht?"

Oh Mann, könnte so was sein wie, dachte John. Andy machte ihm die Hölle heiß, seit er von Julias Besuch erfahren hatte. Von all den Jungs, die gerne mit ihm befreundet sein wollten, mochte er Andy am liebsten, hasste es aber, wenn dieser mit seinen Eroberungen prahlte. Normalerweise glaubte John nicht einmal die Hälfte davon – er betrachtete den ganzen Jungs-und-Mädchen-Kram sowieso als total überbewertet, ja sogar langweilig, und wünschte Andy würde aufhören, ihn damit zu belästigen.

„Wenn du nicht weißt, was du meinst, wie sollte ich es können?", sagte er schließlich in einem letzten vergeblichen Versuch, sich die Offenbarung seiner peinlichen Gefühle zu ersparen. „Ich glaube, ich springe besser aufs Rad und diesel rüber, wird schon spät."

Sarah dachte darüber nach, ob sie es dabei belassen sollte, entschied sich dagegen. John hatte sich schon den ganzen Sommer auf Julias Besuch gefreut und sie würde ihr Bestes geben ihm zu helfen, eine freudvolle Erfahrung zu machen.

„Hör mal, Schatz", sprach sie, stand von ihrem Stuhl auf und näherte sich John. Aus seiner Reaktion schloss sie, seine Hände zu nehmen war vermutlich in Ordnung. „Es spielt keine Rolle, was andere von dir und deinen Entscheidungen halten. Das einzig Wichtige ist, dass du dich mit ihnen wohlfühlst. Ich bin sicher, Julia wird sich während des vergangenen Jahres verändert haben und vielleicht ist sie zu einem, wie du es nennst, Mädchen geworden, aber das heißt nicht, dass ihr zwei nicht weiterhin eine Freundschaft haben könnt. Vergiss nur nicht, ehrlich mit ihr zu sein, so wie du es immer warst. Spiele keine Rolle. Sei einfach du selbst, das reicht völlig." Sie ließ Johns Hände los und trat einen Schritt zurück bevor sie fortfuhr. „Julia ist nur sechs Monate älter als du und glaube mir, mitunter fühlt sie sich in ihrer Veränderung genauso unwohl wie du dich in deiner. Glaub einem Mädchen", fügte sie hinzu und versuchte damit ihren Worten die Schwere zu nehmen.

John atmete erleichtert auf und warf seine Arme um den Hals seiner Mutter. Als äußeres Zeichen seines emotionalen Aufruhrs, brach seine Stimme.

„Vielen Dank, Mam. Ich geh mal lieber."

Die Last jugendlicher Mutlosigkeit von seinen Schultern genommen, flitzte er zur Tür hinaus.

Sahra beobachtete ihn, wie er die Straße hinunterdüste und fühlte sich wieder einmal wirklich dankbar für den Umstand, zuhause arbeiten zu können und für ihren kleinen Jungen zur Verfügung zu stehen, wenn er sie brauchte.

„Selbst wenn er es nicht weiß", sagte sie laut.

Die Angewohnheit mit sich selbst zu sprechen, schien ein erblich bedingter Charakterzug im Hause Freeman zu sein.

ZEILE 11

Nach Stunden eintöniger Fahrt, die nur von einigen kleinen Streits und diversen erforderlichen Stopps an der Tankstelle unterbrochen worden war, kamen Julia und ihre Mutter endlich in Elizabeths Heimatstadt, Cedarwood Ridge, an. Noch weitere zehn Minuten und sie würden Fragrant Meadows erreichen. Mit jeder Meile erschien Julia bedrückter während Elizabeth zunehmend nervöser wurde. Elizabeth hasste diesen Ort. Mutig erlaubte sie sich einen Moment der Ehrlichkeit und für diesen Moment empfand sie größtes Mitgefühl mit ihrer Tochter. Glasklar verstand sie Julias Abneigung, ihren Sommer in dieser rückständigen Umgebung verschwenden zu müssen. Und sobald sie die ganze Wahrheit über diese Reise herausfand, würde sie einen ihrer berühmten Anfälle bekommen.

Ihr Moment der Aufrichtigkeit entglitt wie die flüchtigen Bilder eines Traums und damit verschwand auch ihre Erwägung von Julias Gefühlen. Schließlich war sie Julias Mutter und Mütter sind dazu ausersehen zu wissen, was am besten für ihre Familie ist. *Scheint so als habe Peter darüber eine andere Meinung...* der alte Nörgler in ihrem Kopf schnappte sich jede Gelegenheit, einen Kommentar über ihren Ex-Mann abzugeben. Trotz ihres Hanges zur Selbstgeißelung schaffte sie es, die Stimme zu ignorieren. Tatsache war, die Umstände ließen ihr nicht wirklich eine Wahl, *oder doch?* Julia wird es gut gehen, sagte sie sich zum zigsten Mal vor, in einem weiteren Versuch, die Stimme zum Schweigen zu bringen.

Elizabeth hatte ein Bild zu dieser Stimme und es glich in vielerlei Hinsicht ihrer eigenen Mutter. Sie hasste es sich einzugestehen, wie sehr sie sich davor fürchtete, Amelia gegenüberzutreten. Die zeitlichen Umstände waren auch nicht gerade zu ihren Gunsten, mit dem kürzlichen Tod ihres Vaters und allem. Aber sicherlich konnte niemand sie dafür verantwortlich machen, dass die Welt sich weiter drehte, trotz Todesfällen, Scheidungen und Krisen heranwachsender Töchter. Da konnte sie einfach nichts dagegen tun.

All diese Argumente trugen jedoch weder etwas zu ihrer Beruhigung bei, noch vermochten sie ihre feuchten Handflächen zu trocknen, die das Lenkrad ihres Wagens umklammerten, als ob es ein Rettungsanker war. Mit einem tiefen Seufzer bremste sie vor dem Haus, in dem sie aufgewachsen war. Sie war unfähig, die Schönheit des Ortes zu sehen, ihre Sicht war verschwommen vor Angst.

„Julia wir sind da", sagte sie und schaltete den Motor aus. „Und Julia, bitte glaube mir, ich liebe dich und du wirst eine wunderbare Zeit hier mit deiner Großmutter verbringen."

Julia hatte noch ihre Kopfhörer auf und verpasste die Worte ihrer Mutter, sah jedoch Amelia die Treppen hinunterlaufen, um sie am Auto zu begrüßen. Sie ergab sich dem Umstand, dazu verurteilt zu sein, hier einen weiteren langen Sommer zu verbringen und entschied sich, das Beste aus der Situation zu machen. Immerhin liebte sie ihre Großeltern.

Mit diesem Gedanken traf die Tatsache von Großvaters Tod ihr Innerstes zum ersten Mal und sie begann zu weinen. Sie nahm ihre Kopfhörer ab, stieg aus dem Auto und fiel direkt in die offenen Arme ihrer Großmutter.

„Hallo mein Schatz! Wie geht es meinem Lieblings-Enkelkind? Wie war die Fahrt über die Berge?" Amelia bot all ihre Kraft auf, um zu vermeiden, sich in einer ihrer Tiraden zu ergehen.

Elizabeth hatte den Kofferraum geöffnet, ging um den Wagen und kümmerte sich um das Gepäck.

„Hallo Mutter", sagte sie und beschäftigte sich mit Julias Gepäck, um es so lang wie möglich zu vermeiden, ihre Mutter anzusehen. „Es war in Ordnung, danke, überhaupt kein Verkehr."

Julia befreite sich aus der Masse ihrer Großmutter, schnappte sich ihren Koffer von Elizabeth und ging auf das Haus zu. Ein bedrücktes „Hallo Oma" war alles, was sie sagen konnte. Je schneller sie von ihrer Mutter wegkam, desto besser. Mit allem was gerade los war, war sie ganz sicher nicht in der Stimmung, freiwillig als Puffer für Elizabeths Probleme mit ihrer eigenen Mutter zu dienen.

„Was ist mit ihr?", fragte Amelia verdrießlich und blickte mit kaum verhohlener Kritik auf ihre Tochter, „Ihr hattet doch keinen Streit, oder?"

„Sie wollte ins Cheerleader-Ferienlager und ich zwang sie stattdessen mit mir hierherzukommen. Seit ich ihr das mitgeteilt habe, behandelt sie mich wie Luft."

„Warum hast du sie dann nicht gehen lassen? Du und ich hätten mehr Zeit miteinander verbringen können. Sie hätte später im Sommer dazukommen können. Wann wirst du ihr erlauben, sich ihre eigene Meinung zu bilden? Sie wird es nie lernen als Erwachsener gesunde Entscheidungen zu treffen, wenn du ihr andauernd sagst, was sie tun soll."

„Rede nicht als wärst du ihr Therapeut, wo du nie etwas anderes getan hast als mich für meine Entscheidungen zu verurteilen."

„Nun, wenn ich bei dir schon so versagt habe, warum lernst du dann nicht aus meinen Fehlern anstatt sie bei deinem eigenen Kind zu wiederholen?" Amelias Augen füllten sich mit Tränen. „Ich habe mich so auf euren Besuch gefreut und du bist noch nicht einmal im Haus und wir streiten uns schon. Warum hasst du mich so sehr?"

Elizabeth unterdrückte ihre eigenen Tränen wie auch eine scharfe Antwort. Sie brauchte ihre Mutter bei guter Laune, aber anstatt sich von ihrer besten ruhigen und gefassten Seite zu zeigen, schaffte sie es, alles in weniger als fünf Minuten aufs Spiel zu setzen. Es war immer das Gleiche. Widerwillig versuchte sie es wettzumachen.

„Ich hasse dich nicht, Mutter", sie quälte jedes einzelne Wort aus ihrem Mund und hoffte, es klang nicht zu angestrengt. „Ich bin nur etwas müde von der Fahrt und ich musste letzte Woche fast jeden Abend sehr lange arbeiten, um wegzukönnen, damit ich etwas Zeit mit dir verbringen kann. Das ist alles."

Amelia wollte einen weiteren Kommentar über arbeitende Mütter abgeben, die ihre minderjährigen Kinder abends allein zuhause ließen, aber schluckte ihn in dem Bemühen, Elizabeths Waffenstillstand anzunehmen.

„Du musst nicht arbeiten, das weißt du doch", sagte sie stattdessen und nahm Elizabeth einen Koffer ab. „Jetzt komm rein, ich bin wirklich glücklich, dass du da bist. Du machst es dir in deinem Zimmer gemütlich und ich brühe uns eine gute Tasse Kaffee. Der Kuchen kommt gerade aus dem Backofen."

Nichts was in ihrer Welt nicht mit Essen gerichtet werden könnte, dachte Elizabeth sarkastisch und folgte ihrer Mutter ins Haus.

Als sie die Küche betrat wurde ihr klar, dass sie erwartet hatte, ihr Vater sei dort, um sie in seine großen starken Arme zu nehmen, so wie er es getan hatte, seit sie sich erinnern konnte. Gleichzeitig spürte sie die Stimme ihres Gewissens an die Oberfläche drängen die ihr vorwarf, nicht nur eine schlechte Mutter zu sein, weil sie Julia gegen ihren Willen hierherbrachte, sondern auch eine schlechte Tochter, weil sie nicht zur Beerdigung ihres Vaters erschienen war. Sie war davon überzeugt, ihre Mutter verstand die Notwendigkeit beider Aktionen nicht. Was wusste ihre Mutter schon von der wirklichen Welt? Alles um was sie sich sorgen musste war, Plätzchen backen und Unkraut jäten. Keine Ahnung von den Aufgaben, die eine alleinerziehende Mutter zu bewältigen hatte.

Sie hatte ja versucht, Zeit für die Beerdigung aufzubringen – es war einfach nicht möglich, wegzukommen. Für den gleichen Tag war diese wichtige Sitzung mit ihren japanischen Klienten anberaumt, welche bereits seit Monaten in einem Kampf um den rechten Zeitpunkt vereinbart und dann wieder abgeblasen wurde, und sie wollte nicht riskieren, diesen Kunden zu verlieren. Sie hatte ihr Verhalten damit gerechtfertigt, indem sie sich vorsagte, Geld war nicht der Antrieb, dieses Projekt war der Eintritt ihrer Firma in den internationalen Markt und dass ihr Vater sehr stolz auf sie wäre. Sie hatte lange und hart dafür gearbeitet und war nicht bereit, es aufzugeben. Nicht für die Beerdigung ihres Vaters. Nicht einmal um ihre Ehe zu retten. Ganz gewiss nicht für die Sommerpläne ihrer Tochter.

Und es war ja nicht so als verkaufe sie Waffen an Terroristen! Sie tat gute Dinge, die der Umwelt sehr nützlich waren. Ihr neues Energie-Konzept könnte möglicherweise sogar den ganzen Planeten vor den negativen Folgen des Treibhaus-Effektes bewahren. Für eine Mission dieser Größenordnung lohnten sich ein paar persönliche Opfer.

An diesem Punkt ihres inneren Dialoges tauchte stets die Stimme des Zweifels auf, mit der gleichen unfehlbaren Zuverlässigkeit, mit der Freddy Kruger in der letzten Szene eines Elm Street Films erschien. Elizabeth wusste aus leidvoller Erfahrung, dass sie keine Chance gegen das Monster hatte, also bevor es ihren Entschluss erschütterte, zwang sie sich dazu, sich ihrer Mutter zu stellen. Ein lahmes „Und wie geht es dir", war alles, was sie herausbrachte.

Amelia wusste nicht, wie sie auf die Frage ihrer Tochter reagieren sollte. Sie war sich des Umstandes bewusst, dass Elizabeth nicht wirklich auf den Verlust ihres Vaters schauen konnte, ohne dabei die noch frische Wunde ihrer Scheidung zu öffnen. Amelia empfand, irgendwie waren sie in einer ähnlichen Lage: sie hatten beide ihre Ehemänner verloren – eine an den Tod und eine an das Leben – und in dieser Hinsicht hatte sie großes Mitgefühl für ihre Tochter.

Unfähig diese Gefühle in Worte zu fassen, hörte sie sich antworten: „Du hättest zu Vaters Beerdigung kommen sollen, weißt du. Die Leute reden. Sie glauben, es ist dir egal."

Verärgert wollte Elizabeth ihrer Mutter mitteilen, dass ihr die Meinung anderer Leute völlig gleichgültig war, unterdrückte dann diese Bemerkung und zupfte stattdessen an ihrer Nagelhaut. Sie brauchte ihre Mutter in einer großzügigen Stimmung und würde Amelias guten Willen nicht durch die kurzlebige Befriedigung einer Aussage gefährden, die sowieso nur der halben Wahrheit entsprach. Sie kümmerte sich um die Meinung anderer Leute, manchmal sogar zu viel, wie ihr Therapeut sie stets ermahnte, aber sie hatte so darum gekämpft, ihren Kleinstadt-Hintergrund und all die engstirnigen Leute von Cedarwood Ridge aus ihrem System zu löschen, dass es wirklich keine Rolle spielte, was diese dachten.

„Natürlich ist es mir nicht egal, Mutter", sie quetschte ein Lächeln heraus um ihre Verärgerung zu überspielen, „Ich wäre erschienen, hätte es auch nur die geringste Möglichkeit gegeben, meinen Terminplan zu ändern, das weißt du doch, oder? Glaube nur nicht, es war leicht für mich. Ich suchte sogar einen Hellseher auf, um sicherzustellen, dass Papi in Ordnung war."

„Einen was?" Amelia ließ beinahe die Teller fallen, die sie aus dem Geschirrschrank genommen hatte. Sie starrte ihre Tochter an. „Du hast eine dieser Personen angerufen die im Fernsehen ihre Dienste anpreisen um herauszufinden ob mit deinem toten Vater alles in Ordnung ist?"

„Natürlich nicht", empörte sich Elizabeth, „Ich kenne diese Frau, sie ist wunderbar. Ich besuche sie regelmäßig, wenn ich Fragen habe, die ich selbst nicht entscheiden kann. Sie ermutigte mich auch, Julia hier bei dir zu lassen. Sie meinte, es wäre das Beste, was ihr jemals passieren könnte."

Sie biss sich auf die Lippen. Nun war es heraus. Ängstlich suchte sie im Gesicht ihrer Mutter nach einer Reaktion.

„Ich verstehe diese Welt nicht mehr", sagte Amelia mit einem Seufzer, während sie den Kuchen auf den Tisch stellte, „du musst einen Hellseher über die Sommerpläne deiner Tochter befragen? Und das macht dir Sinn? Zu meiner Zeit setzten wir uns als Familie zusammen und besprachen Dinge miteinander. Einen Hellseher! Elizabeth, also wirklich!"

Elizabeth verlor ihre Beherrschung. Das war zu viel. Amelias selbstgerechte Anspielung auf ihr Versagen, ihre Ehe zu retten, war mehr als sie ertragen konnte.

„Wie kommt es nur, dass ich mich an keine dieser demokratischen Familien-Pow-Wows erinnern kann, hmm?", fauchte sie ihre Mutter an. „Vielleicht haben ja meine Antennen nicht funktioniert, aber alles an was ich mich erinnere ist, dass du die Kontrolle übernommen und jedem gesagt hast, was zu tun ist. Weil du wusstest es am besten. Und tust es offenbar immer noch. Und nur damit eines klar ist, ich kann Sommerpläne machen ohne mich an ein Medium zu wenden. Ich entschied mich, Julia für das ganze kommende Schuljahr hier bei dir zu lassen."

Sie sprach so schnell, dass sie nicht einmal atmete und ihre Worte klangen wie eines der Rap-Lieder, die Julia so liebte.

„Aber wieso, das ist doch wunderbar!", rief Amelia sehr zu Elizabeths Überraschung aus.

Elizabeth hatte nicht erwartet, ihre Mutter sei so begeistert über die Nachricht, ein ganzes Jahr mit einem pubertierenden dreizehnjährigen Mädchen zu verbringen, das entweder depressiv oder aggressiv oder beides war. Aber andererseits wusste sie auch nichts von der Einsamkeit ihrer Mutter.

„Lass uns nach draußen gehen und den Rest von Julias Sachen holen", meinte Amelia und ging bereits zur Tür.

Elizabeth schluckte schwer. „Ah – der Koffer ist alles, was sie mitgebracht hat."

„Aber das reicht doch nicht! Wo sind ihre Wintersachen? Du weißt doch, die braucht sie hier. Und ihre Schuluniform? Ihre Bücher?", fragte Amelia, immer noch ahnungslos darüber, was hier vorging.

„Mutter, Julia glaubt, sie wird zum Ende des Sommers abreisen." Elizabeth seufzte vor Erleichterung darüber, dass das Geheimnis ausgesprochen war und ignorierte den Blutstropfen, der an ihrem Daumen nach unten lief.

„Elizabeth wie konntest du nur? Was um Himmels Willen ist in dich gefahren, ihr nicht die Wahrheit zu sagen? Was du getan hast, war einfach schrecklich!" Amelia war außer sich.

Nur was du früher mit mir getan hast, immer über meinen Kopf hinweg zu entscheiden – die unausgesprochenen Worte brannten fast Löcher in Elizabeths Mund. Aber es brachte nichts, ihre Mutter noch mehr zu verärgern. Sie brauchte all die Unterstützung, die sie bekommen konnte, wenn sie mit Julia sprach.

„Nun, ich dachte, es wäre das Beste, sie wäre bereits hier, wenn ich es ihr sage. Du weißt, wie sie ist. Sie hat sich dieses Mal wirklich gewehrt herzukommen, meint für die Berge ist sie zu erwachsen. Nennt John Freeman ein Landei. Aber wenn sie erst etwas Zeit hier verbracht hat, wird es ihr gefallen, das weiß ich. Und das Medium sagte auch, es sei eine gute Sache für sie, hier zu sein."

Sobald sie das Medium erwähnte, bereute sie es. Sie wollte keine weitere Diskussion über ihr Leben und all die Dinge, die sie falsch machte.

Aber Amelia war zu erschüttert, um darauf zu reagieren. „Warum? Warum kann sie nicht bei dir bleiben?", war alles was sie sagen konnte.

„Erinnerst du dich an das große Projekt, an dem ich nun fast zwei Jahre lang arbeite? Die japanische Firma?"

„Natürlich erinnere ich mich. Wegen denen hast du die Gelegenheit versäumt, dich von deinem Vater zu verabschieden. Aber was haben die mit Julia und mir zu tun?"

„Stell dir vor, sie haben mir einen Probelauf unseres Energie-Konzeptes in einer ihrer Produktionsstätten in der Nähe von Tokio angeboten. Aber das bedeutet, ich muss vor Ort sein und es könnte mehr als ein halbes Jahr dauern, um das Projekt auf die Beine zu stellen und zum Laufen zu bringen. Das ist was ich mir erhofft, erträumt und erarbeitet habe, Mutter. Und du kannst nicht erwarten, dass ich Julia mit nach Japan nehme. Eine fremde Umgebung und eine Sprache, die sie nicht versteht, geschweige denn spricht. Also das wäre wirklich schwer für sie."

„Japan! Sechs Monate oder länger?" Amelia schien nun völlig verwirrt. „Ich verstehe das nicht. Und warum musst du gehen? Warum kannst du nicht einen deiner Angestellten hinschicken? Du bist nicht die einzige Person in der Firma, wie du mir so oft sagst, wenn du dich über deine Verantwortung beschwerst. Und plötzlich verlässt du sie alle – uns alle und gehst nach Japan! Ich bin so froh, dass dein Vater das nicht miterleben muss!" Tränen beendeten Amelias Gezeter.

„Ich konnte das Projekt niemand anderem geben", sagte Elizabeth. „Im Moment will ich nicht weiter darauf eingehen. Ich befürchte, Julia könnte herunterkommen und zufällig mithören, über was wir reden. Also das wäre wirklich schrecklich." Sie nahm einen tiefen Atemzug. „Bitte Mutter, es ist lange her, seit ich dich um etwas gebeten habe und wenn du es nicht für mich tun kannst, tu es für Julia."

Amelia trocknete sich ihre Augen mit einem großen weißen Taschentuch. Es besaß eine feine Spitzenbordüre, die sie selbst gehäkelt hatte.

Elizabeth vertraute der Beziehung mit ihrer Mutter nicht genug um sicher zu sein, die Dinge bewegten sich in die richtige Richtung. Das rohe Fleisch an der Seite ihres Daumens brannte wie ihr Magen nach einem Fressgelage mit Junk Food. Sie spielte ihren letzten Trumpf aus. „Aber natürlich, wenn du sie nicht hier haben willst, kann ich sie noch immer in ein Internat stecken."

„Sei nicht albern. Natürlich will ich sie hier haben", sagte Amelia und stopfte ihr Taschentuch wieder in die Schürzentasche zurück, „es gefällt mir nur nicht, wie du mit dieser Situation umgehst. Es gefällt mir kein bisschen. Wie soll dir Julia jemals wieder vertrauen können, wenn du sie so behandelst?"

„Es wird alles gut", meinte Elizabeth und fügte mit ihrem süßesten Lächeln, normalerweise nur ihren besten Klienten vorbehalten, hinzu: „Schließlich vertraue ich dir und ich war auch nicht immer damit einverstanden, wie du Situationen gehandhabt hast."

Amelia schluckte die Lüge; sie war erschöpft. „Wann wirst du es ihr sagen?", fragte sie.

„Wenn die Zeit reif ist", meinte Elizabeth. Sie rang mit sich, zu ihrer Mutter zu gehen und sie zu umarmen, als sie die quietschenden Bremsen eines Fahrrads hörte. Sie schaute über ihre Schulter und sah John Freeman die Verandatreppen vor dem Haus hinaufgehen. Sie realisierte, dass sie noch immer an der Tür stand mit ihren Taschen neben sich am Boden.

„Schaut ganz so aus, als hättest du einen Besucher", sie hob ihre Koffer auf, „Ich gehe nach oben und sage es Julia."

Normalerweise stürzte Amelia nach draußen, um ihre Besucher zu begrüßen und sie Willkommen zu heißen, aber im Moment war sie zu erschüttert, um sich zu bewegen. Sie fühlte sich, als sei ihr gewohntes Ich durch die Konfrontation mit ihrer Tochter in Stücke zerbrochen und zur Seite geschoben worden. Sie benötigte etwas Zeit, um sich an das Nette-Großmutter-Selbst zu erinnern und es wieder zusammenzusetzen, das einzige Selbst, welches sie Personen außerhalb der Familie erlaubte zu sehen. So wie die guten Manieren und der Anstand es verlangten. *Amelia, lass dich nicht gehen. Es geht niemanden etwas an, wie du dich fühlst.* Amelia spürte die übermächtige Präsenz ihrer Mutter so stark, als ob diese direkt vor ihr stand und sie beschimpfte, weil sie entweder zu glücklich, zu traurig oder ihr Benehmen einfach insgesamt zu unberechenbar und ungebändigt war.

Die lebhafte Erinnerung erschütterte Amelia wie ein Granatschlag und sie wollte davonlaufen und sich verstecken, wie sie es als Mädchen getan hatte, wann immer ihre Mutter mit dem Kritisieren fertig war. Dazu unfähig, schützte sie sich vor ihren Gefühlen, indem sie sich von ihnen abspaltete und flüchtete an diesen sicheren Platz in ihrem Inneren, wohin ihr niemand folgen konnte. Zeitgleich kam die nette Oma Livingston wieder zum Vorschein und verhüllte Amelias Kummer wie ein ehemals schöner, nun abgenutzter samtener Bühnenvorhang Zuschauern eines Schauspiels den Wechsel der Bühnenbilder verbarg.

„Also wenn das nicht John ist! Komm nur rein! Julia wird sich so freuen, dich zu sehen. Sie wird gleich herunterkommen.

Warum nimmst du dir nicht ein Stück Kuchen und versüßt dir dein Warten?"

***

Elizabeth schleppte ihre Koffer die Treppen hinauf und bewegte sich auf ihr altes Zimmer zu. Sie hätte viel lieber im Gästezimmer übernachtet aber die geschlossene Tür vermittelte sehr deutlich Julias stumme Nachricht. „Das ist mein Zimmer und du bist nicht willkommen." *Es sind ja nur ein paar Nächte!* Tröstete sich Elizabeth und schleuderte ihre Sachen aufs Bett.

Sie schaute sich im Zimmer um und schauderte vor Ekel. Uralte Erinnerungen kamen aus jeder Ecke hervorgekrochen. Sie fühlten sich wie mit unzähligen Tentakeln versehene Monster an, die ihr jegliches Glücksgefühl direkt aus ihrer Seele saugten und sie zu einem überflüssigen Statisten in ihrem Lebensfilm machten. Es war immer das Gleiche und begann in dem Moment, in dem sie Cedarwood Ridge betrat, kam in Fahrt sobald sie ihre Mutter traf und erreichte seinen Höhepunkt hier, in ihrem alten Zimmer. Bis sie bemerkte, was vor sich ging, war es in der Regel schon zu spät.

Da sie ihre armen zerschundenen Daumen nicht noch mehr quälen wollte, beschloss sie, dem nahenden Rückfall in die Identität ihres verletzten Kindes zu entfliehen, indem sie eine Affirmation anwendete, die sie in einer ihrer Selbsthilfegruppen gelernt hatte. „Ich bin eine erfolgreiche Geschäftsfrau und niemand hat Macht über mich", sagte sie sich in der Hoffnung vor, dies würde als ausreichende Erinnerung dafür dienen, wie sehr sie sich von der Person unterschied, die einst diesen Raum belegt hatte. Während sie die Affirmation wie ein Mantra benutzte, in der Weise wie sie sich vorstellte, dass Hexen aus alter Zeit ihre Zauberformeln sprachen, verließ sie das Zimmer und klopfte an Julias Tür. Als sie keine Antwort erhielt, öffnete sie die Tür vorsichtig, gerade weit genug, um ihren Kopf hindurchstecken zu können. Ihre Tochter saß auf dem Bett und starrte mutlos aus dem Fenster.

„Julia geh mal nach unten, du hast Besuch", sagte Elizabeth mit gespreizter Fröhlichkeit, „John ist da, er schaut wirklich putzig aus."

„Mann, der hat's aber eilig", antwortete Julia ohne ihren Kopf zu drehen, „also wenn uns das nicht zeigt, wie stumpf dieses Nest ist. Hing wahrscheinlich in einem der Bäume rum und hat sich vorgestellt, er sei ein Ritter, der Ausschau nach feindlichen Truppen hält."

„Ach, das ist es was ihr zusammen spielt? Prinzessin und Ritter? Ist ja süß! Nun dann lasst den Edelmann lieber nicht warten, Eure Hoheit."

„Ha, ha, ha, sehr witzig."

Schließlich wendete sich Julia um, um ihre Mutter anzusehen. Sie studierte sie, wie sie irgendeinen seltsam aussehenden Käfer in einem naturwissenschaftlichen Projekt analysiert hätte, versuchte zu bestimmen, ob er ihrer akademischen Beachtung würdig sei oder ob es vernünftiger war, ihn einfach zu zerquetschen. Sie entschied sich gnädig zu sein, erinnerte sich daran, dass bemitleidenswerte Mutter einfach meilenweit zu alt war, um irgendeine Vorstellung über die Vorlieben und Abneigungen von Teenagern zu haben.

„Jetzt komm schon, Schatz, es fällt dir kein Zacken aus der Krone, einen Blick auf ihn zu werfen. Wenn nicht mehr ist, kann er dir aufs Dach steigen!", schlug Elizabeth vor, offensichtlich nicht ganz so weit von unreifem Verhalten entfernt, wie sie es der Welt weismachen wollte.

„Das ist das Sinnvollste, das ich von dir seit einer Ewigkeit gehört habe. Bin froh, dass du noch nicht komplett unbrauchbar bist."

Julia sprang vom Bett und schnappte sich ihren Schminkbeutel. Sie wühlte nach ihrem Lippenstift, beschloss, dies könnte eine falsche Botschaft vermitteln und machte sich mit dem Gesichtsausdruck, den Kellie als „arktisch cool" bezeichnete, auf ihren Weg nach unten.

***

John, der sich gerade eine Ladung von Amelias Karottenkuchen hineinstopfte, verschluckte sich fast, als er Julia die Küche betreten sah.

Das ist ein Albtraum, dachte er. Es war deutlich: Julia hatte sich seit ihrer letzten Begegnung in ein Mädchen verwandelt und zudem schien es – aus Kopfschmerzen wurde eine Migräne – als wäre sie zu einem dieser fürchterlichen Wesen mutiert, auf die Andy & Co. so scharf waren. Aber wie konnte sie nur so schnell gewachsen sein?

John kümmerten Äußerlichkeiten nicht genügend, um an Mode interessiert zu sein. Sonst hätte er möglicherweise erkannt, dass Julia ihre imposante Größe vor allem ihren acqua-alta-Turnschuhen mit den 10 cm hohen Plateau-Sohlen verdankte, die von ihrer Jeans fast völlig verdeckt wurden. Ahnungslos über diesen Umstand, zweifelte er einen Moment an seiner Entscheidung, keine Milch zu trinken. Er erinnerte sich an Werbespots die das Konsumieren von Milch anpriesen, weil „es deinem Körper wachsen hilft". Mann, wenn das stimmte, musste Julia literweise von dem Zeug tanken, genauso wie Paps Benzin in seinen alten Cadillac reinschüttete. Er befürchtete sie käme näher und hatte Angst, er würde ihr nicht weiter als bis zum Schlüsselbein reichen. Und obwohl ihr eng anliegendes weißes T-Shirt einen blauen Tennisschläger zeigte, in dessen Kopf „LOVE means NOTHING" stand, war es offensichtlich, die zwei den Druck umrahmenden Ausbuchtungen waren keine Tennisbälle sondern Busen!

Er war furchtbar enttäuscht. Seine Gedanken rasten, um eine akzeptable Methode zu finden, wie er sich aus dem Staub machen könnte. Doch anstatt einen intelligenten Fluchtplan zu produzieren – wie etwa reibungslos in einem aufgerollten String zu verschwinden – tönte die Stimme seiner Mutter in seinem Kopf, die ihn daran erinnerte, ihrer Freundschaft eine Chance zu geben. Er schluckte den Kuchen und lautlos versprach er den Göttern der Heranwachsenden, oder wer auch immer zuständig für pubertierende Jungs war, einen Tag ohne Lesen zu verbringen, wenn nur jetzt seine Stimme nicht brach. „Hallo Julia", sagte er, Gebet erhört, Stimme klar wie eine Glocke.

Julia hingegen bemühte sich ihre eisige Miene zu halten. Echt nicht schlecht. Ausnahmsweise hatte ihre Mutter einmal nicht übertrieben. John sah wirklich auf eine rückständige Art und Weise irgendwie süß aus. Nichts was ein Trip ins Einkaufszentrum nicht beheben konnte. Noch ein Ohrring und ein selbstklebendes Tattoo und es würde ihr absolut nichts ausmachen, mit ihm gesehen zu werden.

„Hey John, was läuft?", meinte sie und schaffte es ausreichend gelangweilt zu klingen. „Irgendwas passiert, seit ich weg war?"

John völlig unbedarft und daher nicht in der Lage, den Sarkasmus in ihrer Stimme zu entdecken, wurde von ihrer Frage sofort gepackt und konnte sich kaum noch zurückhalten, seine geheimen Begegnungen mit Opa auszuplaudern.

„Na ja, so ein paar Sachen", antwortete er und strengte sich an in Amelias Anwesenheit beiläufig zu klingen, „Ich sag's dir dann später."

Amelia verstand die Andeutung. „Warum geht Ihr nicht ein bisschen raus und holt alles nach? Es wird mindestens zwei Stunden dauern, bis das Abendessen fertig ist", ihre Tage nach wie vor portioniert in die Zubereitung von Speisen, das Essen von Speisen, die Reinigung von Speiseresten und die erneute Zubereitung von Speisen. „Wenn du bis sechs Uhr zurück bist, hast du noch genügend Zeit den Tisch zu decken."

„Was meinst du mit Tisch decken?", fragte Julia so daran gewöhnt, sich vor den Fernseher mit einem Fertiggericht aus der Mikrowelle zu knallen oder einen Hamburger vom Einkaufszentrum zu holen, konnte sich nicht schnell genug auf diese Wir-sind-eine-glückliche-Familie-Übung einlassen, um Johns überraschten Blick zu vermeiden.

„Arbeitende Mütter", tsktskte Amelia vor sich hin und schaute ihre Enkelin mitleidig an. „John, vielleicht magst du auch zum Abendessen bleiben?"

Es war immer ein Genuss bei den Livingston zu essen, aber wie die Dinge heute standen, wollte er erst sicher sein, dass Julia noch immer sein Freund war, bevor er sich verpflichtete mehr Zeit mit ihr zu verbringen.

„Danke Frau Livingston, vielleicht an einem anderen Tag. Ich habe versprochen, selbst um sechs Uhr zuhause zu sein." In der Hoffnung Amelia würde seine Lüge nicht entdecken, näherte er sich der Hintertür, die auf das weitläufige Grundstück von Fragrant Meadows hinausführte, als er plötzlich von einer Mauer aus Unsicherheit gestoppt wurde. Sollte er einfach rausgehen oder sollte er für Julia die Türe aufhalten, wie es ihm seine Mutter, als Benimmregel in Gesellschaft, antrainiert hatte. Während er noch vor der geschlossenen Tür stand und sein Dilemma debattierte, rettete Amelia den peinlichen Moment, indem sie ihn sanft beiseite schob und an ihm vorbei hinaus auf die rückseitige Veranda ging, wo sie einen Korb mit frisch gepflückten, sonnengereiften Tomaten aus ihrem Garten deponiert hatte.

„Die brauche ich fürs Abendessen.", erklärte sie, als John und Julia in Richtung See an ihr vorbeischlenderten.

***

John zerbrach sich den Kopf um mit einem Spruch zu kommen der das Schweigen durchbrach, das rasch zu einer peinlichen Stille ausuferte. Wieder einmal eilte ihm die Stimme seiner Mutter zu Hilfe. Er vertraute ihr so vollkommen, dass er tatsächlich zu glauben begann, die Schwingungen die er von Julia spürte bedeuteten, sie war ebenso verwirrt und unsicher über ihre Begegnung wie er und alles was er tun musste, war er selbst zu sein. Und alles was er jetzt gerade tun wollte, war über Opa Sam zu sprechen.

Als ob Julia dieses stille Stichwort aufgeschnappt hätte, fragte sie „Also John, willst du warten bis der Sommer vorbei ist, bis du mir die Insider-Story gibst, was neu ist in dieser vergessenen Ecke von Jurassic Park?"

„Es wäre einfacher für meine Stimmbänder, wenn du für einen Moment aus Cool-Welt heraussteigen könntest, weil ich nicht sicher bin, ob meine Stimme den Abgrund überbrücken wird, der die Dimensionen trennt, in denen wir leben", erwiderte John, Wut schwoll an wie eine Riesenwelle am Nordufer von Hawaii. „Wenn du glaubst, du bist mit einem Mal zu gut für alte Freunde, dann habe ich eine Überraschung für dich: Wir haben schon mehr als genug Möchtegern-Abschlussball-Königinnen im Ort und ich habe es echt nicht nötig, meinen Sommer mit einer weiteren aus der Stadt zu vergeuden!"

Wow, dachte Julia, *beeindruckend. Schau den kleinen John an. Vielleicht ist er am Ende doch nicht so ein Mutant.* Aber tatsächlich wusste sie nicht wirklich wovon er sprach, außer dass da mögliche Konkurrenz in der einen oder anderen Scheune lauerte. Oh Gott, wie sie Kellie bereits vermisste. Mit der Besten-Freundin-Für-Immer an der Seite war jeder Ansturm von Home-Coming-Queen-Missbilligung nur halb so schlimm. Da jedoch Kellie Lichtjahre weit weg war und angesichts der konkreten Bedrohung völlig ausgestoßen zu sein - ihre Großmutter komplett mit Plätzchen ihre einzige Gesellschaft - verbot ihr der gesunde Menschenverstand sich mit John schlecht zu stellen. Schweigend wertete sie John zum freundlichen Feind auf und drehte ihren Charme-Regler auf mittelhoch.

„Schwierig für mich jetzt überhaupt was zu sagen, nachdem du mir meinen Kopf abgerissen hast. Seit wann bist du so empfindlich? Ich wollte nicht ruppig klingen, ich hab nur Interesse gezeigt." Sie seufzte. John sendete noch immer ziemlich feindselige Schwingungen aus. „Jetzt komm schon, mach nicht so einen Aufstand wegen nichts. Sind doch nur Worte."

„Genau mein Punkt. Nur Worte. Und woher kommen Worte, hmm? Sieht ganz danach aus, als kämen sie direkt aus deinem Mund. Also wenn deine Worte Mist sind, sagt mir die Logik, du musst voll davon sein."

„Mann, du kannst es aber mit Mädchen --", war alles was Julia sagen konnte, bevor sie John unterbrach.

Seinem ehrlichen Wesen treu, gab er zu: „Das ist ja das Problem, du hast dich in ein Mädchen verwandelt, aber so kenne ich dich einfach nicht. Du warst immer mein Kumpel und ich vermute, ich bin einfach ein wenig frustriert."

Er streckte seine Hand aus, ein entschuldigendes Lächeln hing schief in seinem Gesicht. „Datei gelöscht und John trifft Julia Klappe zwei, was meinst du?"

Julia nahm seine Hand und erlebte sehr zu ihrem Entsetzen die versprochene Überraschung: sie begann zu weinen. Wie von Johns Ehrlichkeits-Bazillus angesteckt, fiel ihre arktisch-cool Maske ab. „Ach John, ich fühle mich so verloren. Es war so ein hartes Jahr durch die Scheidung meiner Eltern, meine Mutter arbeitete die ganze Zeit, ich aaste Therapeuten als wäre es eine Naschorgie, dann starb Großvater....das ist alles so traurig und es fühlt sich an als müsste ich die ganze Zeit nur Kämpfen. Ich glaube, wenn ich aufhöre zu kämpfen, dann sterbe ich. Kämpfen hält mich am Leben."

Julia schluchzte jetzt wirklich heftig.

Oh Mann, das ist nicht meine Liga, dachte John. Er wünschte seine Mutter wäre hier, sie würde ganz sicher wissen, was zu tun war.

Um ihr Gesicht zu verdecken, befreite Julia ihre Hand mit so einer Wucht aus der seinen, dass die Schlüssel in Johns Hosentasche zu klimpern anfingen.

Während John noch immer versuchte, sich an irgendwelche tröstenden Worte zu erinnern, die irgendein Superheld in irgendeinem seiner Bücher benutzen würde, um die Heldin in intensiven Momenten emotionaler Krisen zu retten, hörte er seine Stimme zu Julia sagen: „Mach dir keine Sorgen, Julia, Dinge werden von nun an anders sein, deine Freunde sind hier."

Verunsichert lauschte er dem abebbenden Klang dieser Aussage während er Julias Reaktion beobachtete. Sie starrte ihn an. Und kein bisschen freundlich. Noch schaute sie getröstet aus. Tatsächlich hatte er noch nie jemanden gesehen, dessen Augen so schnell von tiefem Wasser zu feurigem Vulkan wechselten wie die ihren und er machte sich auf die Auswirkung gefasst.

Das war gut gedacht, denn Julia war im Begriff ihm zu sagen, er solle den Mund halten und dass sie auf die Wird-Schon-Werden-Plattheiten eines herablassenden Langweilers verzichten könne und danke für die Blumen. Aber, bevor sie ihn zum Verlierer erster Klasse stempeln konnte, drängte eine ihr völlig unbekannte Welle der Selbsterkenntnis ihre automatische erste Antwort zur Seite, und gab ihr den Mut verletzlich zu sein, und ehrlich ihre Gefühle zu begutachten. Zu ihrer unbeschreiblichen Verwunderung stellte sie fest, sie fühlte sich besser als in Ewigkeiten und, verrückt wie es war, genau genommen glaubte sie sogar, Johns Worte waren nicht von oben herab sondern wahr. Ein kleinlautes „WOW" fasste das Ergebnis ihrer Selbstbetrachtung in Worte.

John, unentschlossen ob sein oder Julias Verhalten die höchste Punktzahl auf einer Skala von seltsam erreichte, verharrte schweigend. „Was war denn das?", fragte er schließlich nur um irgendetwas zu sagen. Julia noch immer unter dem Bann ihrer Erfahrung murmelte ein weiteres „WOW".

ZEILE 12

Zurück im Konferenzraum applaudierten die dreiundzwanzig Freunde, klopften sich gegenseitig auf die Schultern und hoben ihre Daumen. Regina und Helena umarmten sich und Leona Strongs Schmuse-Löwe brüllte lauter als es sogar Herr Kaiser konnte. Nur Mirra Prestessi saß unbeteiligt wie immer da.

Herr Kaiser, großzügig in Anbetracht ihres Erfolges, erlaubte der Begeisterung natürlich abzuklingen. Erst als alle wieder auf ihren Plätzen waren und, Augen auf Herrn Kaiser gerichtet, gespannt auf eine Anweisung warteten, begann Mirra zu sprechen.

„Entschuldigung, ich möchte den Moment ja nicht verderben, aber damit das klar ist, ich verstehe nicht, worüber ihr alle so aufgeregt seid."

„Aber Mirra", meinte Dora Bell und drehte nachdrücklich ihren Kopf, ihr Geschmeide klang noch immer etwas wie die Schlüssel in Johns Hosentasche, „wir haben sie erreicht! Es hat funktioniert! Wir hatten Recht – mit diesem entzückenden John an ihrer Seite ist es einfach, Julias Aufmerksamkeit zu erhalten. Siehst du das denn nicht! Alles wird sich wunderbar entwickeln, jetzt wo sie weiß, wir sind hier!"

Jeder drückte seine Zustimmung aus.

„Ich sagte, ich möchte den Moment nicht verderben, aber nun meine ich, verdorben zu werden ist alles was der Moment braucht! Habt ihr denn alle den Verstand verloren? Lasst mich für einen Augenblick euer Gedächtnis sein. Julia hatte eine flüchtige Erfahrung ehrlicher Selbstreflexion, kurz gesagt, das ist alles, was war. Falls jemand eine bildliche Wiederholung braucht, bin ich sicher, das Buch schafft das. Also was glaubt ihr wird als Nächstes passieren? Und sagt bloß nicht, ihr glaubt, ihr Leben sei durch diesen einzigen Augenblick von Klarheit für immer verändert?" Sie schaute provozierend um den Tisch herum und forderte ihre Freunde heraus, anderer Meinung zu sein. Ihre Augen, so kalt wie der gleißende Stahl eines Sub-Zero Kühlschranks, stoppten bei Avi und sie richtete sich direkt an ihn. „Für dich ist es in Ordnung so naiv zu sein, du bist so, aber was den Rest von euch betrifft, also wirklich, hätte ich es in mir enttäuscht zu sein, wäre ich es. Ich kann euch genau sagen, was passieren wird und dafür muss ich nicht einmal in meinem Buch nachlesen. Julia wird die ganze Sache unter die Schwelle ihres Bewusstseins drängen noch bevor sie zurück zum Abendessen ist. Das ist was als Nächstes passieren wird!"

Senghe der Löwe knurrte und Leona Strong sprach zum ersten Mal. „Senghe betrachtet das Problem offenbar genauso. Vielleicht hat Mirra Recht und es stehen Julia einfach zu viele Dinge im Weg um bewusst zu bleiben und nicht gleich wieder dicht zu machen. Ich meine, wir alle haben es unzählige Male gesehen, alte Angewohnheiten lassen sich nur schwer überwinden. Wir sollten uns etwas ausdenken, was dieses Erlebnis verankert. Vielleicht etwas Eindringlicheres, etwas das sie nicht so leicht abschütteln kann."

„Ah – vielleicht könnte ja einer von uns als ein menschliches Wesen emanieren um eine – ah – in Ermangelung eines besseren Wortes, handfeste Erinnerung zu erzeugen", schlug Avi vor, die Möglichkeit eines neuen Abenteuers übermalte seine natürliche Schüchternheit mit Begeisterung. „Ich meine, vorläufig müssen wir ja nicht verraten, wer wir sind oder sonst etwas, aber es könnte Julia die Chance geben, mit ihrem Erlebnis in Verbindung zu bleiben."

„Und wie möchtest du, dass wir das anstellen?", wollte eine lässige Variante von Mirra wissen. „Sie anrempeln: oh hallo, ich fiel gerade vom Himmel mitten auf dieses große private Anwesen und übrigens schön dich kennenzulernen?"

„Also was das betrifft, stimme ich mit Mirra überein", sagte Herr Kaiser. „Ich bin sicher, es würde den Nachmittag unvergesslich machen, aber ahne, diese Option vergrößert unsere Probleme eher als uns deren Lösung näherzubringen." Er bewies der Gruppe seine noch immer ausgezeichnete Stimmung und fügte hinzu, „Wie Feuer mit Benzin löschen?"

Entzückt von diesem ungewöhnlichen Versuch der Leutseligkeit, brach er in brüllendes Gelächter aus, was Senghe veranlasste, sich unter den Tisch zu verkriechen.

„Wie wäre es mit dem Bild des Großvaters?", bot Regina an, die sanfte Stimmung ihres Ehemanns nutzend. „Immerhin funktioniert es mit John so gut und er ist ohnehin schon daran gewöhnt, unsere Führung auf diese Weise zu empfangen."

„Großartige Idee", meinte Dora Bell, ihr ganzes Wesen eine herrliche Hymne der Zustimmung, „und es könnte für John den Anknüpfungspunkt herstellen, sein Geheimnis mit Julia zu teilen, um so die Verbindung mit ihr zu erneuern, die er sich so verzweifelt wünscht."

„Exakt, exakt. Aber nun sagt mir, wer ist überhaupt für diesen unbefugten Eingriff verantwortlich, jetzt wo wir schon darüber sprechen?", fragte Herr Kaiser in seiner üblichen Strenge.

„Ach Liebling", meinte Regina ganz behutsam und duftete schwach nach Maiglöckchen, „John war so durcheinander und ich befand, es richte keinen Schaden an, ihn auf diese Weise zu trösten. Doch bevor dein Zorn die Oberhand gewinnt, bitte ich dich darum, dich an die Satzung #13576 Nachtrag 2.475 der ‚Verhaltensregeln im Dritten Jahrtausend' zu erinnern!" Nach Bestätigung suchend schaute sie fragend zu Mirra, die mit dem kleinsten Nicken ihres Kopfes zustimmte. „Unter Ziffer 3.3, mein Lieber, ist eindeutig festgelegt, dass diese Vorgehensweise rechtmäßig ist in Fällen, bei denen übersinnliche Fähigkeiten in Kombination mit einem reinen Herzen und echtem Interesse an der Angelegenheit vorliegen."

Selbst Herr Kaiser konnte schwerlich widerstehen, sobald seine Frau begann, ihre berauschende Maiglöckchen Art auszuspielen. Nicht, dass es da überhaupt etwas zu widerstehen gab. Eine Regel ist eine Regel und jeder musste sich daran halten; er war da keine Ausnahme von den Regeln über die Regeln. Vor allem, wenn er selbst in erster Linie für deren Implementierung verantwortlich war.

„Gut gut dann. Machen wir es", bestimmte er mürrisch. Selbst von diesem noch so betörenden Duft umgeben, einer musste schließlich klaren Kopf bewahren und seinem eigenen Stil treu bleiben. „Ideen irgendjemand, was dieses Großvater Trugbild sagen soll?"

„Wie du weißt, bin ich immer dafür, Dinge einfach zu halten", sagte Brian Liebermann, ohne das unterdrückte Gekicher von Regina und Helena wahrzunehmen. Angesichts Brians idealisierter Schau über sich selbst, konnte nicht einmal Mirra an sich halten, und die aufscheinenden Risse in ihrem uralt aussehenden Gesicht ähnelten einem Lächeln. „Somit glaube ich, ein kurzes Hallo würde vorerst völlig genügen um unser Ziel zu erreichen."

„Einverstanden. Regina, würdest du bitte." Mit diesen Worten genehmigte Herr Kaiser offiziell den Plan.

„Wollt Ihr zuschauen oder sollen Mirra und ich einfach loslegen?", fragte Regina begeistert.

„Aber natürlich wollen wir zusehen, nun da wir den Luxus von Mirras Buch haben", sagte Chester Magnussen und fühlte sich etwas betreten, daran erinnert zu werden – noch dazu öffentlich – dass in Mirras Anwesenheit die Dienste seines Zauberstabs völlig überflüssig und nur zur Schau waren. Insgeheim hätte er schwören können, das Buch zwinkerte ihm spöttisch zu, als er seinen magischen Stab zwischen die geschlossenen Buchdeckel schob. Aber das zustimmende

Gemurmel der Gruppe stellte sein Selbstvertrauen wieder her und der Bildschirm leuchtete erneut auf.

Spannungsgeladene Stille erfüllte den Raum als die Versammlung miterlebte, wie Regina sanft auf Mirras Kleid hauchte. Es war ganz und gar nicht wie die Brise die den Stoff bewegte, wann immer das Buch auf der Suche nach der passenden Markierung eines vorgegebenen Zeitpunkts seine Seiten umblätterte, es glich vielmehr der kaum sichtbaren Bewegung, die die untergehende Sonne nach einem heißen Sommertag auf der Wasseroberfläche eines Sees verursacht. Selbst die neon-grünen Zeichen „omega-000.9-Sam", schienen gedämpft auf dem Metallrahmen zu blinken, als ein Abbild von Großvater Livingston auf dem Bildschirm erschien.

***

... und während es sich für Uneingeweihte so anfühlen mag als wäre durch die Diskussion eine lange Zeit vergangen, sind wir aufgefordert uns daran zu erinnern, dass unsere Freunde ja in einer Umgebung wirken in der Zeit ohne Bedeutung ist, und so wird Julias großer Moment nicht verloren gehen wie so viele andere zuvor...

***

ZEILE 13

„Ich sage mal WOW fasst es für mich auch zusammen", war Johns Versuch wieder Kontrolle über die Situation zu gewinnen.

Er sah sich ja als den Typ der völlig in der Lage war, mit dem Außergewöhnlichen umzugehen. Immerhin wusste er, dass das ganze Universum nichts weiter als Muster von Schwingungen war, die in einem ständigen Quanten-Fluss tanzten.

Nein, sein Ehrlichkeits-Gen kickte ein. Er hatte das in einem seiner Bücher gelesen, aber er wusste wirklich nicht, was das bedeutete, noch ob es überhaupt stimmte. Ja aber was ist mit Opa Sam und den Feen und den Sachen im Buch von Tod und Geburt? Nun gut, keine Zeit jetzt darüber nachzudenken mit Julia so aufgebracht und allem. Er war sich vage darüber bewusst, dass er irgendwie in irgendeiner Art vielleicht ein bisschen zu ihrem Zustand beigetragen hatte. Letztendlich es war seine Stimme, die diese Worte sprach. Richtig, aber woher kamen sie. Bis zu diesem erschütternden Moment war er sich so sicher, er hatte schon alles auf der Reihe. Sollte er sich bei Julia dafür entschuldigen, dass er sie für die aus ihrem Munde kommenden Worte abgekanzelt hatte, da sie ausdrückten wer sie war und eine zuverlässige Beschreibung ihrer Gemütsverfassung darstellten? Oh Mann.

Er wusste – natürlich unter Berücksichtigung der subatomaren Möglichkeit eines Fehlers, die durch das quantenmechanische Unsicherheitsprinzip immer vorhanden war – dass jene Worte weit davon entfernt waren, ihn zu beschreiben. Außerdem erinnerte er sich mit beunruhigender Klarheit an seine völlige Hilflosigkeit angesichts Julias emotionalen Bankrotts. Folglich konnten jene Worte nicht einmal annähernd eine zuverlässige Beschreibung seines Geisteszustandes sein.

Ach, wie sehr vermisste er Großvater in solchen Momenten. Er hätte zweifellos die Antwort auf dieses Rätsel gewusst!

„Ich verspreche dir, bald wirst du es verstehen", meinte die vertraute Stimme von irgendwo hinter ihm kommend. John sagte sich, er musste sich nicht umdrehen. John sagte sich, für einen Tag hatte er mehr als genug merkwürdige Sachen erlebt. Wie gewöhnlich besaß Johns Neugier mehr Energie als seine Angst. Würde es keine Neugier gepaart mit Wagemut geben, glaubten wir noch immer, die Erde sei eine Scheibe, war einer von Opas Lieblingssprüchen und wenn er Julia ansah, brauchte er keine höhere Wissenschaft dazu um rauszufinden, was los war.

Sam Livingston stand in einer Aura schimmernden Lichts etwa drei Meter entfernt, sanftes Gesicht ein großzügiges Lächeln ausstrahlend, eine Hand nach oben gestreckt wie um eine unsichtbare Mütze anzutippen und sein bekannter Bariton schallte „Hallo Julia, ich freue mich so, dass du kommen konntest" bevor das Ganze verschwand.

Julia, in Mark und Bein erschüttert und unfähig weiterhin sicher am Rande des bodenlosen Abgrunds den sie als ihren gewohnten Alltag verstand zu balancieren, griff panisch nach dem sich in Auflösung befindlichen seidenen Faden ihres sich in Auflösung befindlichen Verstandes. Das muss ein Albtraum sein, beschloss sie. Sie würde gleich jeden Moment aufwachen und ihre Mutter in der Küche vorfinden, wie sie Frühstück machte. *Nein*, eine vergangene Version von Julia schrie auf, *das ist alles total falsch*! Richtig. Elizabeth war noch nie eine verlässliche Quelle des Trostes. Also vertausche nicht einen Albtraum mit einem anderen. Papi, das ist es. Er war immer für sie da mit seinem Witz und seinen guten Ratschlägen. *Nein, halt*! Nicht gut, nicht gut. Warum nur? Ach ja. *War*! Ein harmloses Wort mit Kummer beladen ausreichend für Äonen schlechter Träume. *War* für sie da, aber verließ sie für mehr Spaß mit einer neuen Familie. Kellie! Ja, gute alte bodenständige Kellie. Kellie ihre Stimme der Vernunft. Aber Kellie wäre natürlich begeistert, dass Julia ein übersinnliches Erlebnis hatte. Puh! Irrsinniges Erlebnis trifft es wohl besser. „Nicht in hundert Jahren!", hörte sie sich herausplatzen.

Und trotz der Tatsache, dass es ihr ein wenig danach klang als hätte ein unsichtbarer Ton-Ingenieur ihre Tonspur auf Zeitlupentempo umgestellt, brach die Anstrengung, es tatsächlich auszusprechen und sich dadurch mit einer Welt außerhalb ihres Kopfes zu verbinden, den Bann.

„Was nicht in hundert Jahren?", fragte John, erleichtert Julia flippte nicht aus.

Sie wandte sich ihm zu. „Nicht in hundert Jahren werde ich an übersinnlichen Kram glauben."

„Warum nicht?", John unschuldig.

Durch Johns Antwort wurde Julia auf sich selbst zurückgeworfen und wusste nicht, was sie sagen sollte. Sie war es so gewohnt, ihren Standpunkt zu verteidigen, abzuwehren, was auch immer ihr jemand erzählte. Und in ihrer Trotzhaltung war die gegenteilige Meinung anzunehmen alles, was sie jemals tun musste. Nun, da John sie dazu aufforderte sich einen echten eigenen Gedanken einfallen zu lassen stellte sie mit leichter Bestürzung fest, dass sie bisher nicht einmal versucht hatte herauszufinden, was ihre tatsächliche Meinung war.

Bis jetzt war ihre einzige Wahrheit „weil meine Mutter es tut", aber diese Erklärung war ein leichtes Opfer auf dem Altar ihrer Eitelkeit. Mit allem was sie heute durchgemacht hatte, konnte sie positiv auf Johns Diagnose, sie sei unreif, verzichten. Folglich entwickelte sich - wie es so oft in einer paradoxen Weise passiert - eine vermeintlich negative Eigenschaft wie Eitelkeit, während sie um die richtigen Worte rang, zu einer erlösenden Kraft.

„Komm schon, sag's mir, warum nicht?", drängte John.

Sie verwarf Gedanken nach Gedanken nach Gedanken, wie sie in einer anderen Welt Top, Hose und Strümpfe verworfen hätte um das passende Outfit für einen Nachmittag im Einkaufszentrum auszuwählen, und sagte schließlich: „Weil die Welt beängstigend genug ist auch ohne dass ich mir den Kopf über andere Dimensionen und Kram zerbreche. Ich bemühe mich so sehr zu verstehen, was mit Leuten los ist, warum sie tun, was sie tun und erhalte nicht einmal hier die leiseste Spur. Also die Vorstellung, dass es da noch mehr Sachen gibt, löst in mir eine Panikattacke aus. Ich meine, wie kann ich da je in Kontrolle von irgendwas sein, verstehst du?" Mit diesen Worten fing sie wieder zu weinen an. Nicht dieses hysterische Schluchzen, sondern stille Tränen der Verzweiflung, die langsam über ihre Wangen rollten.

„WOW, unglaublich", John konnte nicht anders. „Weißt du, ich glaube an übersinnliche Sachen genau aus dem gleichen Grund, warum du es nicht tust. Wenn da so viel mehr ist als wir jemals wissen oder verstehen können, brauche ich erst gar nicht versuchen, Kontrolle über irgendetwas zu haben. Also auf der Richterskala an Komfort erreicht das für mich eine 9,9."

„Du sagst also, dass dir das überhaupt keine Angst eingejagt hat? Dass dir das völlig egal ist? Mein toter Großvater poppt aus dem Nichts heraus oder ist es donnert von Nirgendwo herein? Siehst du, eine vernünftige Person wie ich, kann nicht einmal beschreiben, was gerade geschehen ist und dich stört das nicht mal?" Julia konnte sich nicht entscheiden, ob sie John als Mr.-Eis-Kalt-Superheld bewundern oder ihn als Extrem-Hirnlosen-Superdepp abstempeln sollte. Heimlich hoffte sie, er hatte das nur gesagt, um sie zu beeindrucken.

„Stören? Natürlich nicht. Und ohnehin war es nicht das erste Mal, dass es passierte. Also vielleicht bin ich ja schon daran gewöhnt, Opa um mich zu haben."

Er stoppte. Er biss sich auf die Lippen und eine Flut von Bildern rauschte durch seinen Kopf. All die unzähligen Augenblicke, die er fantasierend damit verbracht hatte, wie er Julia sein großes Geheimnis anvertrauen würde. Und obwohl fantastische Geschichten ausbrüten definitiv in seiner Familie lag, hätte er niemals erträumen können, wie die Situation sich nun abspielte. Ohne Frage erstreckte sich das Ganze jenseits von Vorstellungskraft.

Julia, nach wie vor auf ihren narzisstischen Imperativ fokussiert, sich besonders zu fühlen komme was da wolle, brauchte einen Moment, um Johns Worte zu verstehen. „Also wirklich John. Du brauchst nicht lügen, um mich zu beeindrucken. Sag einfach ehrlich: hast du Angst oder nicht?"

„Was meinst du mit, ich brauche nicht lügen, um dich zu beeindrucken?", sagte John verwirrt, sein ganzes Wesen ein großes Fragezeichen. Hundertprozentig keine seiner Fantasie-Antworten! Dann kam es ihm. „Das darf nicht wahr sein, dass du das denkst. Du bist ätzend, Julia! Echt wenn du wüsstest, was aus dir seit letztem Jahr geworden ist!" Die Verwirrung reduzierte sein ganzes Wesen auf Angst. „Weißt du, ich dachte wir sind Freunde und Freunde halten zusammen, egal was passiert, aber das ist zu viel. Da gebe ich mich lieber mit Geistern und Gespenstern und so Zeugs ab, weil die erschrecken mich nur halb so viel wie du." Angst programmierte sein ganzes Wesen auf Kampf und Flucht. „Ich habe mich wirklich darauf gefreut, mit dir den Sommer zu verbringen, aber nun reicht es mir total. Du bist so was von übel, ich glaube, nicht einmal Andy wäre an dir interessiert!" Und bevor seine Enttäuschung die Chance bekam, seine kochende Wut in lähmende Traurigkeit zu wandeln, drehte er sich um und rannte der Sicherheit des Hauses und seinem Fahrrad entgegen. Die Bewegung befreite ihn aus den Klauen der Ur-Emotionen und seine Verwirrung löste sich in jene Klarheit auf, die mit Weite kommt. Der Supercomputer, der sein Wesen ausmachte vermerkte „Zyklus abgeschlossen", als er erkannte, dass ein Teil seiner kindlichen Unschuld für immer verloren war.

***

Julia fühlte sich wie vor den Kopf geschlagen. Sie hatte keine Ahnung, was hier gerade passiert war, außer, dass sie keine Ahnung hatte, was hier gerade passiert war.

Na toll. Ich zeige meine Zuneigung und John verpufft. Das bekomme ich also, wenn ich zu offen bin. Danke für nichts, ätziger Winsel-Schleicher. Die einzige Person, bei der ich sicher meine Gefühle zeigen kann, ist, war und wird für immer Kellie sein. Der Nachhall ihrer jüngsten Selbsterfahrung drängte sie dem Gedanken Raum zu geben, dass Kellie sie niemals dazu gebracht hatte, den wahren Grund ihrer Vorbehalte übernatürlichen Dingen gegenüber zu bekennen.

Die Aussicht, den Abend als Publikum für eine Wiederholung des Trauerspiels „Elizabeth und Amelia" verbringen zu müssen, stand erdrückend wie ein Besuch beim Zahnarzt vor ihr und ließ sie den Gedanken nicht weiter verfolgen.

Also dann, mach's gut John. Wirst schon sehen, ob es mir was ausmacht.

Morgen würde sie die sogenannte Stadt röntgen, was da – wenn überhaupt –los war. Da musste es doch andere coole Einwohner der Realoshpäre geben die ihr Schicksal teilten und von Prä-Generation-X-Eltern dazu vergewaltigt worden waren, einen langweiligen Sommer auf dem Land zu verbringen. Folglich warteten die nur auf jemand Abgefahrenen wie sie, um das Beste aus einer sonst katastrophal öden Situation zu machen.

Wie in Trance begann sie sich in Richtung Haus zu bewegen und trotz ihrer preisverdächtigen Bemühung sich von ihren wahren Gefühlen zu distanzieren, konnte sie den Teil nicht völlig unterdrücken, der traurig über den Bruch mit John war.

ZEILE 14

Im Konferenzraum saßen die dreiundzwanzig Freunde in verdutztem Schweigen da. Wie üblich in solchen Situationen sprach Mirra als Erste.

„Nun, wer nicht probiert, der nicht verliert, wie meine Mutter zu sagen pflegte. Also lasst uns zusammenpacken und heimgehen."

„Echt Mirra, ich wusste nicht, dass du eine Mutter hast", platzte Avi heraus. "Wie kommt es, dass ich sie noch nie getroffen habe?"

„Sei nicht töricht, Cliffton", meinte Brian Liebermann, „natürlich hat sie keine Mutter. Die Mutter aller Dinge kann keine Mutter haben. Das ergäbe doch keinen Sinn, oder? Mirra kannst du zur Abwechslung nicht einmal seriös sein?"

Sie hakte sich mit Hilfe ihrer magnetisierenden blauen Augen in das Innerste von Brians Wesen ein und sagte mit einem Anflug ernsthafter Empörung, „Ich bin immer seriös. Und mich die Mutter aller Dinge zu nennen, klingt ganz danach, mir die Schuld an dem Desaster zu geben, von dem wir gerade Zeuge wurden. Schön, wie du willst, ich kann es verkraften. Aber lass mich dich daran erinnern, dass ihr zwei, namentlich Helena und dein mickriges Selbst, angeblich die Beziehungsexperten seid. Also vielleicht könnt Ihr mir ja den Gefallen tun und erklären, was sich da draußen abgespielt hat."

„Bitte bitte, liebe Kolleginnen und Kollegen! Lasst uns ihre Zeit nicht damit vergeuden, unter uns nach Fehlern zu suchen", befahl die Stimme der Autorität. „Es ist viel nützlicher auf die Fakten zu schauen. Also hier ist, was wir wissen: wir haben es versucht, aber sind gescheitert an --"

„Also, wenn das nicht ist, was ich gerade sagte und Doktor, würdest du gefälligst das Ding aus meinem Buch nehmen? Es fühlt sich einfach etwas zu limitierend für mich an, auf einer Seite festzustecken."

„Kein Grund verletzend zu sein", meinte Chester Magnussen und steckte seinen Galaxie-Stab zurück in den Pilotenkoffer. Als Nächstes schlüpfte er in seinen roten Umhang. Er wirkte noch immer ein wenig verletzt und zog ihn eng um seine Schultern, als ob die leuchtend rote Farbe ihn von der vernichtenden Kraft Mirras blauer Augen abschirmen könnte.

„Ah, viel besser!", Mirras Ausatmung so kühl als komme sie aus den Tiefen des Weltraums.

„Wie kommt es, dass es plötzlich nur um dich und deine Behaglichkeit geht, wenn es so viel wichtigere Dinge gibt, um die wir uns kümmern müssen?", fauchte Leona Strong und spielte mit ihrer Halskette. „Ich beobachte dieses Muster nun schon eine Weile und muss sagen, es gefällt mir kein bisschen. Aber Julias ich-bezogener Verleugnung ähnelt es sehr."

Senghe der Löwe reagierte auf die Spannung in der Stimme seiner Herrin, indem er seine Ohren spitzte.

„Hey, halte du mal lieber dein Kätzchen im Zaum anstatt mich anzugreifen." Mirra völlig unbeeindruckt, ihrem Wesen treu. „Ja, wie ich vorher schon darlegte und nein, es war nicht meine Mutter, die dies sagte, es war Willhelm, wir versuchten zu helfen und scheiterten, und unsere Nachstellung ihrer verwirrten, bruchstückhaften Kommunikation ist nicht hilfreich. Und Regina könntest du mit diesem Maiglöckchen-Duft aufhören. Scheint mir, als sei jeder etwas zu sehr von sich selbst berauscht. Danke. Ok, Willhelm, du bist dran."

Herr Kaiser räusperte sich und mit der großzügigen Fairness die einen echten Führer ausmacht gestand er sich ein, dass es sich hier eindeutig um eine jener Gelegenheiten handelte in denen er verloren wäre, gäbe es da nicht Mirras unbestechliche Distanziertheit. Und dies war eine ausreichende Entschädigung für alle ärgerlichen Zwischenfälle, die diese unbestechliche Distanziertheit sonst verursachte.

„Ja Mirra, danke, danke. Berater, wie würdest du den Ist-Zustand deuten?"

Stille war das einzige Geräusch, das Dora Bell ausströmte, während sie aufmerksam auf etwas tief in ihrem Inneren lauschte. Als sie schließlich sprach durchdrang ihre Stimme wie die Obertöne eines gregorianischen Chors den gesamten Raum.

„Ich denke, es ist nicht so schlimm wie es aussieht. Sicherlich, wir alle bevorzugen Harmonie, aber Reiberei besitzt eine wunderbare Aufladung, welche Dinge ins Rollen bringt, und ich rate davon ab, so schnell aufzugeben. Ich meine, wir waren erfolgreich darin einen Eindruck zu schaffen, den Julia so leicht nicht vergessen wird und das war unser Ziel mit dem aufscheinenden Großvaterbild. Das ist alles, was ich zu sagen habe."

Zaghaft bot Moni Lunaluna an: „Vielleicht, mit allem was passiert ist und in der relativen Einsamkeit von Fragrant Meadows, könnte ja ein Traum funktionieren?"

ZEILE 15

Sarah saß in ihrem Büro und schrieb an einem Kapitel ihres neuesten Buches, als das Geräusch von Füßen die den Flur entlangstampften, in den Grenzbereich ihres Bewusstseins vordrang. Sie schaute auf ihre Armbanduhr und stellte mit Befriedigung fest, dass sie die letzten Stunden, ohne eine einzige Ablenkung, in der Welt ihrer Charaktere verbracht hatte. Sie legte ihren Stift nieder und gab sich einen Moment, um die Energie des Hauses zu spüren.

Während sie für eine Tasse Tee in die Küche schlenderte, zwang sie sich ihr Leben als Sarah Freeman, Ehefrau von Tom, Mutter von John, wieder in Besitz zu nehmen. Ach ja, John. Sie fragte sich, was wohl geschehen sein könnte, dass er so bald zurück war und tat ihr Bestes, ihre Neugier in Schach zu halten. Mütterliches Einfühlungsvermögen sagte ihr, John brauche etwas Privatsphäre um die Aufregung des Tages zu verdauen. Dennoch schepperte sie mit dem Teekessel ein bisschen lauter als nötig und schloss den Geschirrschrank geräuschvoll, um zu signalisieren, sie war hier und bereit für seine Gesellschaft.

Als John nicht aufkreuzte, kümmerte sie sich um das Abendessen, nichts Aufwendiges, da es nur für sie beide sein sollte. Tom war noch immer irgendwo in der Tiefe des Waldes zelten, um Informationen über diese schreckliche Krankheit zu sammeln, die tausende von Eichen zerstörte. Nicht, dass sie sonst ein Fünf-Gänge-Menü gekocht hätte – über ihre häuslichen Qualitäten machte sie sich nichts vor – aber immerhin war sie stets aufrichtig bemüht, ihre Jungs ordentlich zu ernähren, auch wenn das bedeutete, sich Feinkost von einem der Spezialitätenrestaurants in der Stadt liefern zu lassen.

Sie richtete einen Teller mit Antipasti vom griechischen Delikatessenladen her und schlich in Richtung Johns Zimmer. Er liebte gefüllte Auberginen und sie hoffte, dieser Köder würde ihn in eine gesellige Stimmung versetzen. Sie stand vor der Tür und lauschte, aber kein Ton war zu hören. Komisch, sie hätte schwören können, er war heimgekommen. Sie schlich zurück in die Küche und öffnete die Tür zur Garage ohne den Teller abzustellen.

Sein Fahrrad war da und weil dies das echte Leben war und nicht eine ihrer Geschichten, bedeutete das, auch ihr Sohn musste hier sein. Und weil dies das echte Leben war und nicht eine ihrer Geschichten, hatte sie keine Ahnung, was vor sich ging. Und weil dies das echte Leben war und nicht eine ihrer Geschichten, fing sie an, sich ein bisschen zu sorgen.

Es war ungewöhnlich für John, so ruhig zu sein. Obwohl er einen großen Teil seiner Zeit verloren in der fantastischen Welt von Büchern verbrachte, sprach er doch ständig mit sich selbst, lieferte Kommentare ab, stellte Fragen auf, oder lachte einfach laut über etwas, was er gerade gelesen hatte.

***

Während Sarah versuchte herauszufinden, was los war, tat John in seinem Zimmer genau das Gleiche. Er lag auf seinem Bett, starrte an die Decke und war völlig unfähig, aus den unbekannten Emotionen die er gerade erlebte, schlau zu werden. Sobald er sich auf eine bestimmte Empfindung konzentrierte, war sofort etwas Anderes da, was ihn ablenkte und davon abhielt, den Dingen auf den Grund zu gehen – was dieses Andere war, konnte er jedoch einfach nicht genau bestimmen. Während er Zuflucht zu seinem wissenschaftlichen Verstand nahm entschied er, dies musste es sein, was seine Mutter ihre emotionale Achterbahn nannte.

Mam! Vielleicht sollte er mit ihr darüber reden. Vielleicht könnte sie ihm ja helfen den Aufhänger zu finden um etwas Kontur in diese vernebelte Gedankenbrühe zu bringen. Mam, schließlich war sie ein Mädchen und Julias seltsames Verhalten war definitiv ein Merkmal der Region Reine-Mädchen-Sache.

Aber ihr von seinem Dilemma mit Julia zu erzählen bedeutete auch, ihr von Opa zu erzählen und dazu war er noch nicht ganz bereit. Dann wiederum lag dieser ganze Nachmittag sowieso gut im 9. Grad von abgedreht – mit oder ohne Opas Auftritt – was es zum Kinderspiel machen sollte ihr etwas Klarheit abzuzocken, und sich dabei gefahrlos unterhalb ihres

Bullshit-Radars zu bewegen. Und sein Magen sagte ihm, es sei Zeit fürs Abendessen.

Gerade als er zu diesem Entschluss kam, hatte Sarah für sich einen eigenen Entschluss gefasst. Bei heranwachsenden Söhnen aufgrund von Neugier keine Punkte zu verlieren war gelinde gesagt: kompliziert. Dessen ungeachtet ließ sie ihre Besorgnis das Risiko eingehen und so stand sie erneut vor Johns Zimmertür. Während sie den Teller mit den Leckereien fürs Abendessen hochhielt, blieben ihre klopfenden Finger in der Luft hängen, zeigten durch die offene Tür auf John und verpassten sein Kinn um weniger als einen Zentimeter. Die als Folge dieser Situationskomik auftretende Pause erzeugte den Raum, in dem sich ihre jeweiligen Anspannungen auflösten und sie brachen in Gelächter aus. Als Nächstes begannen sie gleichzeitig zu sprechen, stoppten, lachten noch mehr.

Sarah, überglücklich ihre Sorgen als nichtig zu sehen, fischte eine gefüllte Aubergine vom Teller und ließ sie verführerisch vor Johns Gesicht hin und her tanzen.

„Das ist das Lockmittel. Wenn du was willst, dann folge mir besser nach."

John für seinen Teil, dankte dem Schicksal dafür wie einfach sich das fügte und ließ sich bereitwillig von Sarah in die Küche abschleppen. Sie machten es sich am Frühstückstisch bequem, ihrem gesellschaftlichen Treffpunkt, wenn Tom nicht da war. John konnte nicht glauben, dass nach der Uhr nur einige Stunden vergangen waren, seit sie hier saßen und seine Mutter ihm letzte Hinweise auftischte, wie er sich Julia gegenüber verhalten sollte. Es fühlte sich vielmehr an, als wäre ein ganzes Leben vergangen und intuitiv erkannte er dies als eine sehr erwachsene Art und Weise, das Leben zu erfahren.

Sarah, ermutigt durch Johns Kontaktbereitschaft, kam gleich zum Kern der Sache. „Also wie war's. Wurde sie zu einem Mädchen?"

„Schätze Ungeheuer trifft es besser."

Sarah wusste nicht, was sie von dieser Aussage halten sollte und gab dem Schweigen Raum. Kurz bevor es unangenehm wurde, lehnte sie sich zurück und fragte beiläufig: „So, du hättest also ein Mädchen bevorzugt?"

Wie beabsichtigt, diese Äußerung brachte John in die Gänge.

„Ach Mam, es war einfach so schrecklich und dann passierte diese seltsame Sache und Julia flippte komplett aus und ich fühlte mich so hilflos und sie sagte, sie hätte ständig nur Angst und wir kamen uns für einen Augenblick wirklich nahe und ich dachte, ich könnte ihr egal was erzählen und sie würde es verstehen und dann glaubte sie, ich tat das nur um sie zu beeindrucken und da bin ich weggelaufen und jetzt weiß ich überhaupt nicht mehr, was ich fühle."

Sarah hatte aufmerksam zugehört – auf Johns Worte genauso wie auf seine intensiven Emotionen. Armer Schatz! Nicht dass seine Worte irgendeinen Sinn ergaben. Mit mütterlichem Instinkt wusste sie, sein Dilemma ging nicht bloß von Einzelheiten über ihren Nachmittag aus. Klang für sie, als ob er sich mit seinem Sandkasten-Freund wirklich wohl gefühlt hatte, allerdings musste womöglich auch die abgelehnte Jungen-Mädchen-Sache laufen, sonst wäre er nicht so verstört. Sie wünschte Tom wäre hier, um der Situation einen Männer-Blickwinkel aufzusetzen. Aber er war es nicht und da konnte man auch nichts ändern. Alles was sie tun konnte war, John Einblick aus der Sicht eines Mädchens zu verschaffen und darauf hoffen, dass er mit dieser neuen Perspektive in der Lage wäre auch das zu entziffern, was sonst noch los war. Und sollte es unbedingt nötig werden Details zu erfahren, vertraute sie ihrer Fähigkeit eine Geschichte herauszukitzeln.

„Wow, klingt heftig! Ich verstehe nur nicht, was so unentschuldbar daran ist, sie beeindrucken zu wollen?"

John musste über die Frage nicht nachdenken, die Worte fielen schneller aus seinem Mund als Würfel aus einem Spielbecher.

„Weißt du, so etwas würde Andy machen. Es ist wie dieser – weißt schon, dieser hirnlose Alpha-Männchen-Schwachsinn, ein Mädchen zu beeindrucken", seine Worte verloren so schnell an Schwung wie vorgenannte Würfel von der Kante des Spieltischs gebremst werden. „Ich finde es ist widerlich!"

Nun, das brachte uns schnell auf den Punkt, dachte Sarah, während sie gleichzeitig ihre Sarah-Die-Weltbeste-Eierschalen-Geherin Persönlichkeit anlegte.

„Aha! Lass mich das auf die Reihe bringen. Julia dachte, du wolltest sie beeindrucken und anstatt ihr ja oder nein oder zu sagen was auch immer du getan hast, bist du weggelaufen. Ist es das?"

„Natürlich nicht! Ich war nur ich selbst, wie du gesagt hast, und Julia meinte, ich bräuchte sie nicht beeindrucken.

Und dann bin ich weggelaufen." Entrüstung färbte Johns Gefühle der Frustration mit einem Klecks von „Ich-kann-nicht-glauben-ich-spreche-mit-meiner-Mutter-über-diese-Sache".

„Hmm. Natürlich, ich war ja nicht dabei, aber von was du sagst höre ich, dass Julia dich tatsächlich dabei unterstützt hat, eben gerade nicht den ‚Alpa-Männchen-Schwachsinn' mit ihr zu betreiben. Dass sie dich mag, genau so wie du bist."

Zurückprallende Würfel kommen zum Stillstand. „Aber warum denkt sie das überhaupt, ist was ich einfach nicht kapiere", er widerstand dem Drang seinen Kopf im Schoß seiner Mutter zu vergraben.

„Du weißt doch, im Allgemeinen ist es reine Zeitverschwendung, die Motivationen für die Handlungen von Leuten herausfinden zu wollen, herumzuraten, warum sie bestimmte Dinge tun und keine anderen. Vor diesem Hintergrund habe ich wirklich keine Ahnung, warum Julia das überhaupt gedacht hat. Aber natürlich gibt es eine Geschichte, die ich mir vorstellen kann, wenn ich mich in ihre Lage versetze. Da wäre sie: Du hast etwas gesagt oder getan, was von meinen Bezugspunkten aus so weit hergeholt ist, dass ich mir beim besten Willen nicht vorstellen kann, wie jemand so etwas überhaupt tun kann, also ist meine erste Reaktion wahrscheinlich zu glauben, die Person lügt --"

„Aber Mam, du weißt doch, ich habe dieses, wie du es nennst Ehrlichkeitsgen", meinte John und unterbrach sie, etwas was er so gut wie nie tat.

„Nun, du musst bei meiner Geschichte bleiben, so wie ich sie erzähle und nicht in deinem Kopf deine eigene Geschichte schreiben, während du so tust als würdest du zuhören, ok? Ich habe nicht behauptet, du oder die hypothetische Person unserer Geschichte würde lügen. Ich sagte, um mich aus eigenen Gründen vor etwas zu schützen, das meine Vorstellungskraft übersteigt, wäre meine erste unbewusste Reaktion zu denken, die andere Person muss wohl lügen. Also wenn diese Person jemand ist, den ich sowieso nicht mag oder auf den ich eifersüchtig bin oder so, würde ich sie einfach als Großmaul oder Angeber bezeichnen und fertig. Wenn andererseits die Person jedoch jemand ist, den ich mag, würde ich ihr versichern, sie bräuchte nicht lügen um in meinen Augen gut dazustehen, weil ich sie bereits klasse finde. Also von da wo ich stehe, ist das ein großes Kompliment. Und wenn dann die andere Person sich einfach abwendet und davonläuft, bin ich mir sicher, ich würde mich jetzt wirklich verletzt, zurückgewiesen und wütend fühlen."

Sarah beobachtete aufmerksam wie ihr Sohn auf seinem Stuhl hin- und herrutschte, sich eine gefüllte Olive nahm und sie zerlegte, als ob sich die Antwort auf seine Probleme irgendwie zwischen der weißen Paste aus Ziegenkäse und dem schwarzen Fleisch der Olive versteckt hatte. Es war offensichtlich, dass er noch nicht bereit war, sich für ihre Einsicht zu öffnen. Sarah spann erfolgreich weitere Handlungsstränge in ihrem Kopf und nutzte seine Versunkenheit als Aufforderung, das Thema auszuweiten.

„Schau mal Schatz, das Leben, Situationen und die Handlungen der Menschen sind nie schwarz und weiß wie diese gefüllte Olive auf deinem Teller. Jede einzelne unserer Erfahrungen ist immens vielschichtig – das weißt du viel besser als ich, wo ich doch nur ein Mädchen bin und so. Also möglicherweise, wenn du das Geschehene von einem anderen Blickwinkel aus betrachten kannst, beruhigst du dich ausreichend um zu erkennen, was wirklich los ist?"

Nach einem langen Schweigen schaute John in ihre Augen und schob die Reste von Käse und Oliven in seinen Mund. „Muss diese schwarz und weiß Sache verdauen", und während er seinen Stuhl zurückschob, blitzte ein Anflug des schiefen Lächelns auf, das sie so sehr liebte.

„Mach das", antwortete sie und füllte ihren Mund mit ihrer eigenen gefüllten Olive und dabei erfüllte ein fast unhörbarer Seufzer der Erleichterung sie von Innen heraus. Ihren imaginären Füllhalter zur Seite legend stand sie auf, um sich um den etwas weniger imaginären Abwasch zu kümmern.

ZEILE 16

Wieder in Fragrant Meadows deckte Amelia gerade den Tisch als Elizabeth die Treppe herunterkam und geradewegs an ihr vorbei ins Wohnzimmer ging um den altmodischen Fernseher einzuschalten.

Vielleicht hatte sie ja Glück und einer der fünf verfügbaren Kanäle würde ihr mehr als Nachrichten aus der Nachbarschaft bringen. Sie hatte viele Male angeboten, eine Satellitenschüssel installieren zu lassen, aber ihr Vater wollte davon nichts hören.

„Weißt du Mutti, du solltest wirklich Satelliten-Fernsehen haben, vielleicht würdest du dich dann nicht so einsam fühlen. Ich meine, es gibt dutzende Kanäle, die sich nur dem Kochen widmen. Ich bin sicher, das würde dir gefallen."

„Sei nicht albern. Du weißt, wie dein Vater übers Fernsehen dachte."

„Ja, aber er ist nicht mehr hier, um dir zu sagen, was oder was nicht zu tun ist!"

Hin- und Hergerissen zwischen Entsetzen, Genugtuung, und Entsetzen über das Gefühl der Genugtuung, traf Amelias schlagfertige Erwiderung Elizabeth völlig unvorbereitet.

„Zumindest muss ich nicht mit dem Wissen leben, er hat mich wegen einer anderen Frau verlassen. Also glaube nicht, du kannst mich mit deiner wichtigen Arbeit und allem täuschen. In Wahrheit läufst du nur vor deiner Verbitterung davon. Nun geh und wasch dir die Hände, wir essen gleich."

Mit dem kompletten Rückfall in ihr Teenager-Selbst zog Elizabeth nicht einmal flüchtig in Erwägung, eine weitere Antwort zu schlucken.

„Ich glaube, mir ist der Appetit vergangen, vielen Dank. Ich verstehe wirklich nicht, was ich erwartet habe, du hast mich schon immer gehasst und nun, da Vater gegangen ist, hätte ich es besser wissen müssen, als dich um deine Hilfe zu bitten. Ich weiß, Julia ist nicht immer einfach, aber selbst ihre schlimmste pubertäre Seite hat etwas Besseres verdient, als ein ganzes Jahr in deiner Gesellschaft zu verbringen. Wer weiß, Japan oder das Internat mag es gerade sein, was ihr hilft, die Sache mit ihrem Vater oder Großvater zu überwinden."

„Und du findest es nicht seltsam, dass du außerstande bist, die Sache mit ihrem Vater beim Namen zu nennen? Oder die Sache mit ihrem Großvater? Ist deine Verleugnung so groß, dass du nicht einmal Worte wie Verlust oder Verlassen oder Tod verwenden kannst?"

Interessanterweise, war alles was Amelia in diesem Augenblick fühlen konnte, großes Mitgefühl für das Leiden ihrer Tochter und sie zog es halbwegs in Erwägung, sich für ihren Anteil zu entschuldigen, als Julia durch die Terrassentür das Esszimmer betrat.

Weder Elizabeth noch Amelia schienen zu bemerken, dass Julias Lächeln, wie dem Japan-Thema entsprechend, große Ähnlichkeit mit der aufgemalten Mimik eines Kabuki-Schauspielers hatte.

Später würden sie sagen, dass Julia vielleicht ein wenig blass und ihr Gesicht bar jeden Ausdrucks war, aber im Moment richtete Elizabeth ihre Aufmerksamkeit auf den Nachrichtensprecher während Amelia sie dafür schalt, und sie benutzten Normalität als Tarnkappe, als sofortige Vertuschung, um ihre emotionale Erregtheit mit der gesellschaftlich weit akzeptableren Uneinigkeit über Belanglosigkeiten zu überspielen.

„Also wenn das nicht mein kleiner Engel ist und genau pünktlich zum Abendessen", süße Oma Livingston kam wieder zum Vorschein und wandte sich an Julia. „Geh wasch dir die Hände und dann komm. Ich habe Makkaroni mit Käse gemacht, dein Lieblingsessen. Elizabeth, schalte bitte den Fernseher aus."

Und da Normalität unsere verschiedensten Leidenschaften wirksamer erstickt als ein Beruhigungsmittel das je könnte, spielte jeder wie auf Stichwort seine entsprechende Rolle. Alle drei waren so damit beschäftigt, den Schein zu bewahren, dass da kein Raum für irgendeine Art von sinnvollem Gespräch blieb. Das Unvermeidliche: schmeckt gut – ja, ich hatte eine gute Zeit – nein danke, ich werde früh ins Bett gehen – wäre alles, was Mirras Buch, falls dazu befragt, angezeigt hätte.

***

In der relativen Geborgenheit ihres Zimmers sank Julia aufs Bett. Obwohl sie den Zustand schockierter Verwunderung geheuchelt hatte, wann immer sie Verantwortung vermeiden wollte, nahm sie ihn nun da sie ihn erlebte, nicht wirklich wahr. Seitdem sie vor nur wenigen Stunden dieses Zimmer verlassen hatte, fühlte sie sich als bewege sie sich unter Wasser, und unter Wasser macht nichts viel Sinn – außer für Tiefsee-Lebewesen natürlich.

Wenn nur Kellie hier wäre und ihr helfen würde, mit dieser gruseligen Ansammlung an Wahnsinn umzugehen, in die ihr wunderbares Leben mutiert war. Sie war sogar bereit, übersinnliche Wahrnehmung zuzulassen, falls Kellie sagte, dies würde helfen. Sie kramte ihr Handy aus dem Rucksack und starrte auf die Anzeige des Signalstärkebalkens oder besser gesagt auf den Balken, der fehlte. Kein Service. Keine Überraschung. Keine Kellie. Kein Trost.

Natürlich könnte Sie jederzeit nach unten gehen und das normale Telefon in der Küche benutzen, aber die Vorstellung, ihre Psychose in Hörweite ihrer grasigen Großmutter offenzulegen oder, noch schlimmer, ihrer selbstgefälligen Mutter, löste sofort Niedergeschlagenheit aus. Heiße Tränen der Verzweiflung füllten ihre Augen. Da musste es doch jemand geben, irgendjemand, mit dem sie sprechen konnte, von dem sie Hilfe bekam. Am liebsten hätte sie aufgeheult wie die Gitarre eines frustrierten Metal-Heads, jedoch die Erinnerung an Kellies Warnung bezüglich hässlicher roter geschwollener Augen plus Krähenfüßen wie Frau Vabersky sie hatte, dämmte ihr aufwallendes Selbstmitleid sofort ein. Aber wie es so ist, ein Gedanke führt zum anderen und der Gedanke an Frau Vabersky brachte die Erinnerung an Doktor Kline und seinen Ratschlag, es herauszuschreiben anstatt herauszuschreien, und etwas befreit vom inneren Druck durchsuchte Julia ihre Tasche nach ihrem Tagebuch.

Auf der Innenseite klebte eine Haftnotiz mit drei Schlüsselfragen, die sie laut Doktor Kline anwenden sollte, wann immer sie von Emotionen überwältigt wurde und Struktur brauchte, um sich ein klareres Bild der Lage zu verschaffen. Doktor Kline forderte sie auf, das Tagebuch zu behandeln als wäre es ihr vertrautester Freund und sich auf einen Dialog einzulassen, den sie mit Hilfe von verschiedenen Farbstiften führte. Er legte größten Wert darauf, dass sie in diesem Prozess jeden Gedanken, der ihr in den Sinn kam, niederschrieb. Bisher hatte Julia diese Übung noch nie gemacht. Dann wiederum, bisher hatte sie auch noch nie ein Gespenst gesehen. Vor-Gespenst Opa pflegte zu sagen, „außergewöhnliche Situationen verlangen außergewöhnliche Reaktionen" und das Chaos in dem sie sich befand, entsprach zu Hundertprozent ihrer Definition von Außergewöhnlich. Überzeugt dass sie nichts mehr zu verlieren hatte, nahm Julia ihren Lieblings-Tanzende-Feen-Stift und begann zu schreiben.

Sie schrieb „Lieber vertrauenswürdiger Freund".

Das ist idiotisch, meinte ihr innerer Kritiker und brachte sie zum Stoppen. Sie legte ihren Stift nieder und griff nach ihrem Smartphone. Sie befestigte ihre Ohrstöpsel, tippte auf den Bildschirm, wählte ihren Nummer-Eins-Stimmungsheber aus ihrer Lebens-Retter-Playliste, schloss die Augen und wartete darauf, von dem Song weggetragen zu werden. Aber es passierte nicht. Sie hörte nur die rappende Stimme ihrer Mutter „...ein ganzes Jahr in deiner Gesellschaft. Wer weiß, Japan oder das Internat. Ein ganzes Jahr in deiner Gesellschaft. Wer weiß, Japan oder das Internat..." Die Bilder zum Rap waren eine sich endlos wiederholende Abfolge von John wie er davonlief und Opa als Gespenst.

Ihr ganzer Körper war so starr vor Entsetzen, dass es einer größeren Anstrengung bedurfte als sie dachte aufbringen zu können, um an ihr Ohr zu fassen und das Headset auszuschalten. Mit der Kraft äußerster Verzweiflung schleuderte sie ihr Lieblingsspielzeug in den Rucksack. Sie würgte fast an dem fauligen Geschmack von Verrat und Verlassenheit und ihr Augenmerk fiel wieder auf das geöffnete Tagebuch. Wie betäubt wandte sie sich Doktor Klines Fragen zu.

„Was hat meine Mutter kürzlich für mich getan?"

Die Antwort erschien, bevor sie sich die Frage auch nur stellte.

„Sie ruiniert mein Leben, indem sie mich für ein ganzes Jahr in dieses No-Signal-Land verbannt, mich nach Japan entführt oder mich in ein Internat sperrt", der Stift raste über eine leere Seite ihres Tagesbuches ohne dass Julia bemerkte, dass sie die Übung überhaupt nicht machte, da sie schrieb, was sie dachte, ihre Mutter hätte ihr angetan anstatt für sie getan, wie Doktor Kline es beabsichtigt hatte. Schaudernd ging Julia an die nächste Frage heran.

„Was habe ich kürzlich für meine Mutter getan?"

„Bin hierhergekommen, damit sie keine Zeit allein mit Oma verbringen muss. Sehe einen Therapeuten, damit sie sich nicht um meine ‚schwierige Umstellungsphase' nachdem Papi ging, kümmern muss. Und vor allem, sie nicht dafür zu töten, Papi vertrieben zu haben!" Winzige Feen-Figürchen tanzten im Stift auf und ab.

Papi.

Papi.

Papi.

Papi.

Das Wort fing an wie ein Mantra zu klingen und übertönte alle anderen Gedanken und Gefühle.

In traumgleicher Leichtigkeit setzte sich Julia aufs Bett und schnappte sich ihr Tagebuch. Sie nahm ihren Tanzende-Feen-Stift, warf ihn in ihren Schminkbeutel und schmiss dann beides in ihren Rucksack. Der Umstand, dass sie nur die besten Teile ihrer Garderobe mitgebracht hatte, beseitigte jeglichen Bedarf an zusätzlichen Überlegungen, was mitzunehmen war. Blind griff sie nach ein paar T-Shirts aus ihrem Koffer und stopfte sie neben den Schminkbeutel. Es war so einfach! Sie kramte nach Zahnbürste und magischem Pickel-Zerstörenden-Gesichtsreiniger, fand beides und schlüpfte in ihren Lieblings-Hoodie. Den mit dem Tigeraufdruck. Wann immer sie ihn im Einkaufszentrum trug, fühlte sie sich so, als wäre sie in einen magischen Selbstvertrauen-Umhang gehüllt. Und das war genau, was sie jetzt brauchte.

Nach wie vor von ihren Gefühlen weit entfernt, öffnete sie die Tür und lauschte aufmerksam nach irgendwelchen Anzeichen von ihrer Mutter oder Großmutter. Im Haus war es dunkel und still. Wow! Sie musste eine ganze Weile im Abgrund ihrer emotionalen Hölle verbracht haben, wenn die beiden bereits im Bett waren. Blitzartig erinnerte sie sich daran, dass ihre Mutter beim Abendessen erwähnt hatte sie plane, ‚sich früh zurückzuziehen'. Ausgezeichnet. Julia sah es als ein Omen dafür, genau das Richtige zu tun. Du meine Güte. Wenn Kellie sie jetzt sehen könnte! Zuflucht in Aberglauben zu nehmen! Auf Zehenspitzen schlich sie die Treppe hinunter und ihr Herz hörte fast zu schlagen auf, als sie auf die knarrende Stufe trat.

Bitte, bitte, lass sie bitte nicht aufwachen, flehte sie stumm zu niemand speziellem.

Sie bewegte sich so schnell es ihre Plateauschuhe erlaubten, betrat die Küche, erinnerte sich daran eine Taschenlampe aus der Krims-Krams-Schublade zu nehmen, öffnete vorsichtig die Hintertüre, huschte hinaus und wäre beinahe in einer von Großmutters Topfpflanzen gelandet. Im Schatten eines Mauervorsprungs nahm sie einen tiefen Atemzug.

Und weiter? Eine neue Welle panischer Angst kam rasch auf sie zu. Falls sie verhindern wollte, von einem herumschnüffelnden Nachtwächter entdeckt zu werden, musste sie außerhalb der Stadt auf die Straße treffen, weit genug von Fragrant Meadows entfernt, um jeglichem Verdacht vorzubeugen, sie könnte dort hingehören. Zum Glück sagte ihr jeder, wie sehr sie doch im vergangenen Jahr gewachsen war, und mit ihren scharfen Schuhen schaute sie sogar noch grösser aus. Sie war überzeugt, sollte sie jemand aus dem Zusammenhang heraus sehen, würde er sie nicht mit Amelia Livingstons niedlicher kleiner Enkelin in Verbindung bringen, der mit den kleinen Rüschenkleidern und dem hüpfenden kleinen Pferdeschwanz. Sie begrüßte die Vorstellung nicht wirklich, den Wald zu durchqueren mit Opas altmodischer Taschenlampe als einzigem Wegbereiter, aber die Alternative, aufzugeben und folglich nach Japan verschifft, in ein Internat abgeschoben oder in Cedarwood Ridge eingesperrt zu werden, war sogar noch beängstigender. Mit dem nächsten Atemzug bewegte sie sich vom Haus weg in die weite Dunkelheit der Nacht hinein. Obwohl kein Mond zu sehen und die Atmosphäre nicht verschmutzt durch die rötliche Farbe der Stadtlichter war, reichte die unendliche Anzahl funkelnder Sterne dennoch nicht aus um Julias Angst zu durchdringen, und so wurde ihre natürliche Leuchtkraft ziemlich wirkungslos um Julias Weg zu erhellen.

Der Ruf einer Eule zwang sie, die fast übernatürliche Disziplin aufzubringen, nur nach Luft zu schnappen anstatt einen Schrei des Entsetzens loszulassen, aber als ihr irgendein unsichtbares Monster ein Bein stellte und sie auf dem Bauch landete, konnte keine noch so große Selbstbeherrschung sie vom Weinen abhalten. Unfähig darüber zu entscheiden was schlimmer war – ihre Mutter schleifte sie zurück ins Haus oder das Monster schleifte sie in sein Versteck – lag Julia einfach da und wartete ab, was das Schicksal ihr bescherte. Als weder das eine noch das andere geschah, wagte sie es aufzustehen und die

Taschenlampe einzuschalten. Sie unterdrückte ein hysterisches Kichern als sie entdeckte, das Monster war nichts weiter als ein Maulwurfshügel. Allerdings währte ihr Moment der Erleichterung nur bis sie es als die Stelle erkannte, wo nur wenige Stunden vorher Opa aus dem Nichts erschienen war.

Nein, nein, nein! Befahl sich Julia selbst und lautlos rief sie nach ihrem Vater, zu kommen und sie zu retten. *Ich weigere mich, jetzt daran zu denken. Nein, nein, nein!* Und während sie die Lampe ausschaltete, begann sie in Richtung Wald zu laufen.

Der gleichmäßige Schritt ihrer langen Beine kombiniert mit der Notwendigkeit, ihren Atem zu kontrollieren, beruhigte sie. Wie dankbar sie für ihren athletischen Körper war und für all die Stunden des Trainings, das sie aufgebracht hatte, um den All-Star-Level zu schaffen! Sie hätte zwar nie gedacht, ihre Fähigkeiten einmal zu benutzen, um vor Monstern davonzulaufen, aber gelegen kam es dennoch. Und während ihr Gehirn auf den anaeroben Rausch zusteuerte, fühlte sich Julia erneut, als bewege sie sich in einem Traum. Aber keine gute Sache hält ewig, und der Traum wurde rasch zum Albtraum als sie gezwungen war anzuhalten und Atem zu holen. Während sie sich umsah bemerkte sie mit Schrecken, dass sie den Wald schon vor einer ganzen Weile betreten haben musste, da sie nun von völliger Dunkelheit umgeben war. Das Stakkato ihrer forcierten Ausatmung klang wie Donner in ihren Ohren und Schweiß rann ihr in die Augen. Sie hob den Arm um ihn abzuwischen und strich gegen etwas Weiches. Eine winzige Stimme sagte ihr, dass die seidigen Nadeln eines niedrig hängenden Astes einer jungen Zeder ihre Haut kitzelten, nichtsdestotrotz hielt sie nur der Umstand, dass ihr die Luft völlig ausgegangen war, vom Schreien ab. Ihre Furcht war jenseits aller Vorstellung. Ihre Knie gaben nach und sie sank langsam auf den Waldboden. Ihre Sinne waren so geschärft, dass sie den Duft von Zedernholz-Zapfen, den Kot unzähliger Geschöpfe des Waldes und den schimmeligen Geruch von faulenden Bäumen unterscheiden konnte. Gerade als sie dachte, sie könne es keinen Moment länger ertragen ohne ohnmächtig zu werden, sah sie in Blickrichtung ein Licht aufscheinen.

Die Straße! Die Woge der Begeisterung, die durch ihr System schwappte, war beinahe zu viel. Sobald sie aufstand, gaben ihre Knie wieder nach. Mehr rutschend als laufend eroberte sie ein paar Meter. Als das Licht schwächer wurde, setzte sie sich auf den Boden.

„Keine Sorge", tröstete sie sich, „wenn da ein Auto ist, dann wird es auch ein weiteres geben."

Sie war so weit gekommen. Kein Bedarf, ihre Fluchtpläne zu vermasseln, indem sie aus dem Wald wabbelte und den Fahrer darauf aufmerksam machte, dass mit diesem Szenario etwas nicht stimmte. Sie fummelte am Reißverschluss ihres Rucksacks und kramte in ihrem Schminkbeutel nach dem kleinen Spiegel. Die Erinnerung an Kellie und sie im Einkaufszentrum, an dem katastrophalen Tag der diese ganze Reihe von Ereignissen in Gang gesetzt hatte, drängte sich in den Vordergrund ihres Bewusstseins. Sie plünderten gerade ihr Lieblingsgeschäft, The Dusty Nick-Nacks Collector #27, als sie diesen putzigen, mit winzigen Lichtern umrahmten Spiegel sah, der den Garderobenspiegel eines Stars nachahmte. Kichernd verwandelte sich Kellie wieder in die Wahrsagerin und ermunterte sie, ihn zu kaufen.

„Ich kann sehen, Sie werden dieses fantastische kleine Symbol der Drittes-Jahrtausend-Eitelkeitologie in der Dunkelheit einer romantischen Nacht brauchen -- "

„ -- und wie bitte ist Dunkelheit romantisch, Fräulein Schwachsinnsager? Kerzenlicht ist romantisch, Dunkelheit ist unheimlich", verdarb Julia das Spiel ihrer Freundin - für einen Tag hatte sie mehr als genug von diesem überirdischen Quatsch. Der Stern auf dem Deckel war genug, um den Spiegel als perfekte Ergänzung für ihre anderen Sachen auszuweisen und sie fügte ihn dem Einkaufskorb ohne einen weiteren Gedanken hinzu.

Oh Kellie! Wenn ich dir nur sagen könnte, wie Recht du hattest! Ich brauche die Spiegellichter hier in der unheimlichen Dunkelheit auf Planet Fragrant Meadows und ich bin nah dran für ein Signal zu töten. Eine Welle der Übelkeit ließ sie würgen. Was, wenn sie einen Notfall hatte? Was, wenn sie sich einen Knöchel gebrochen hätte oder schlimmer? Ohne Signal konnte sie nicht einmal 911 wählen...

„Hör auf, Julia", befahl sie sich. „Du hast dir keinen Knöchel gebrochen und du brauchst 911 nicht zu wählen, da die Straße nur wenige hundert Meter entfernt ist. Und diese Straße wird dich in den Gespenst-nein/Signal-ja Teil der Welt zurückbringen."

Was sie im Spiegel sah, wirkte nicht vertraut. Aufgerissene Augen wie unter Schock, verschmierte Wimperntusche die ihr Gesicht ungleichmäßig in Tränen- und tränenlose-Gebiete teilte, verschwitzte Haarsträhnen die an ihrer Stirn klebten; Julia fand sie ähnelte den Darstellern sämtlicher Opfer in sämtlichen Horrorfilmen.

„Nein, nein, nein! Ich bin nicht irgendein Statist, der hier platziert wurde, um die Anzahl an Toten zu erhöhen. Ich bin der Star, der Star, der Star! Und der Star überlebt immer und am Ende ist für ihn alles besser. Also reiß dich zusammen, Jammerlappen. Ansonsten verspukst du deinen heldenhaften Retter und er wird dich bei der nächsten Autobahnpolizei abliefern, Ende der Geschichte, keine Fortsetzung", Julia war traurigerweise davon überzeugt, außer Hörweite eines jeden menschlichen Wesens zu sein und es war ihr deshalb egal, ob sie Selbstgespräche führte. Ohne weitere Verzögerung begann sie ihr Aussehen wieder in Ordnung zu bringen, bevor ihr frisch entdeckter Mut auf eine neue Welle panischer Angst prallte. Ein Taschentuch trocknete ihr feuchtes Gesicht, ein weiteres entfernte die Spuren der Wimperntusche. Etwas Puder um den Kontrast zwischen roten Flecken der Anstrengung und Blässe einer Haut, der durch die jüngsten Schrecken das Blut entwichen war, auszugleichen. Einen Tupfer Lipgloss und ein paar tiefe Atemzüge später bestätigte der Spiegel, für einen Fremden sah sie normal genug aus. Mit einem Seufzer stand sie auf und steuerte auf die Straße zu.

ZEILE 17

Sarah Freeman war mit dem Abwasch fertig und kuschelte sich aufs Sofa, bereit ihre Flucht in die spannende Welt zu genießen, die Ihre Freundin Laurie Viera Rigler mit „Rude Awakenings of a Jane Austen Addict" geschaffen hatte. Sie zog die leichte Decke vom Ende des Sofas hoch und wickelte sich damit ein. Keiner ihrer Freunde verstand, wie sie in einer absolut traumhaften Sommernacht in eine Decke gehüllt herumsitzen und heißen Tee schlürfen konnte. Aber für Sarah hatte dies nichts mit Temperatur und alles mit einem gemütlichen Gefühl der Beschaulichkeit zu tun – ihr Mittel, nach einem Tag kreativer Arbeit wieder herunterzukommen. Außerdem, in der gänzlich Temperatur-kontrollierten Umgebung die durch Klimaanlage und Wärmepumpe verfügbar wurde, waren zweiundzwanzig Grad einfach zweiundzwanzig Grad, unabhängig von Sommer oder Winter. In der Regel antworteten ihre Freunde auf diese Argumentation mit jenem Lächeln, das Erwachsene aufsetzen, wenn sie den Phantasien kleiner Kinder mit Nachsicht begegnen oder in ihrem Fall, den Eigenheiten exzentrischer Künstler.

Heute jedoch, anstatt in ihr Buch abzutauchen, ertappte sie sich dabei, wie sie auf das Telefon starrte, welches sie etwas außer Reichweite auf dem Noguchi-Stil Couchtisch vor ihr, platziert hatte. Sie hätte gerne Tom angerufen und mit ihm über John gesprochen, aber die einzige Möglichkeit ihn in den Tiefen des Waldes zu erreichen, war auf seinem ihm von der Regierung ausgehändigten Satellitentelefon, und bei $12,50 in der Minute ein Luxus strikt für Notfälle vorbehalten. Aber ihr Sohn manövrierte aus der Sicherheit bekannter Dinge seiner Knabenwelt in die ihm unbekannten Gefilde eines jungen Mannes, und es fühlte sich schäbig an, die heikle Gefühlslage dieser außergewöhnlichen Reise gegen die Kosten eines Satelliten-Telefonats abzuwägen. Seit Johns Rückzug in sein Zimmer hatte sie ihn weder gesehen noch gehört, aber wusste, dies war nicht der Zeitpunkt etwas zu forcieren.

Obwohl sie ihrer Intuition zum Junge-trifft-Mädchen Teil des Dramas komplett vertraute, sagte ihr Johns Benehmen, das war nicht das ganze Bild. Was war diese „seltsame Sache", die er erwähnt hatte? Warum flippte Julia aus? Was hatte er ihr erzählt? Warum bedeutete, was auch immer es war, so viel für ihn, dass er nichts anderes tun konnte als weglaufen, sobald er sich missverstanden fühlte? Angesichts ihrer Kapazität Geschichten zu erfinden, scheute sie sich auszumalen, welche Art von Geheimnis ihr Sohn schützen mochte. Über all das grübelnd, begann sie an dem Wert ihres Ratschlags zu zweifeln und fragte sich, was Tom getan hätte. Geistesabwesend nippte sie an ihrem Tee und empfand großes Mitgefühl für Alleinerziehende.

Zu anderen Zeiten, genau gesagt immer dann, wenn Tom mit ihrem Erziehungsstil nicht einverstanden war, fantasierte sie darüber, wie viel einfacher es wäre, Regelungen für John festzulegen, ohne ihre Gründe erklären, die Notwendigkeit von Regeln diskutieren, oder gegebenenfalls sogar revidieren zu müssen. Unabhängig von der Mühe die das erforderte, war sie dankbar dafür, wie Toms Präsenz sie kontinuierlich dazu zwang, liebgewonnene Ansichten wieder und wieder zu überprüfen und sie somit davor bewahrte, ichbezogene Ängste, Vorurteile und Meinungen unbeabsichtigt ihrem Kind überzustülpen.

„Ok", sagte sie getreu dem Stil der Freemans mit sich selbst zu sprechen, „das ist es, was ich tue. Ich rufe ihn an und sage ihm, er soll mich zurückrufen. Was für eine Mutter bin ich, wenn mir der Eintritt meines Sohnes in die komplexe Welt des weiblichen Verhaltens keine mickrigen $12,50 wert ist."

Ihre Hand griff nach dem Telefon genau als dieses zu klingeln begann. Die vertraute, körperlich spürbare Sensation, dass ihr Herzschlag für einen Moment aussetzte, kündigte den Anrufer als Tom an.

„Ach Liebling, ich bin so froh, dass du anrufst! Ich muss wirklich mit dir reden!"

„Nun Frau Freeman, das nenne ich eine Begrüßung!", Tom herzlich. „Wie immer gerne zu Diensten. Wie geht es dir Mami? Alles in Ordnung mit dir und John?"

„Uns geht's gut. Es ist nur, Julia kam heute an und es scheint ihr Wiedersehen entpuppte sich nicht so, wie beide es erwartet hatten. John hat nicht wirklich mit mir darüber gesprochen, aber er blieb nicht zum Abendessen dort und das sagt dir sofort, etwas muss schiefgelaufen sein", antwortete Sarah und debattierte mit sich, wie viel sie preisgeben sollte. In Anbetracht ihrer unklaren Schau auf die Situation, beschloss sie, sich Tom seine eigene Meinung bilden zu lassen.

„Wie wär's damit, ich hole John ans Telefon und vielleicht erzählt er dir ja, was los ist", regte sie an und befreite sich gleichzeitig aus der Decke.

„Hey Baby, nicht so schnell! Hast du mich nicht eben damit begrüßt, wie sehr du mit mir reden wolltest?" Der Tonfall in Toms tiefer Stimme sagte Sarah, dass er dieses schiefe Lächeln trug, dem sie bei keinem ihrer Männer widerstehen konnte.

„Natürlich will ich mit dir reden, aber lieber mit meinem Kopf auf deiner Schulter. Ich vermisse dich. Wie lang glaubst du, musst du noch da draußen sein?"

„Wir müssen noch viel mehr Daten sammeln, wenn wir eine Heilung für diese schreckliche Krankheit finden wollen, die Tausende unserer Eichen tötet", der Klang des schiefen Lächelns verschwand aus Toms Stimme. Er sorgte sich zutiefst und die Möglichkeit, dass sie vielleicht kein Heilmittel für SOD finden würden, beunruhigte ihn ernsthaft. „Injektionen mit Pestiziden nachdem sie infiziert sind, ist wie jemanden HIV Hemmwirkstoffe zu verabreichen. Ich meine, natürlich ist es toll, das Leben zu verlängern, aber es ist nicht dasselbe wie Heilung. Und nur, weil sich Bäume nicht beschweren können, bedeutet das nicht zwangsläufig, dass sie nicht leiden."

„In meiner Welt tun sie beides", warf Sarah ein und versuchte das Lächeln zurückzubringen, „Ich verbrachte meinen ganzen Nachmittag mit Feen und dergleichen. Nicht, dass ich ihre Gesellschaft nicht genieße, aber wann sagtest du, wirst du wieder zuhause sein?"

„In einem Monat vielleicht. Sechs Wochen im totalen Abseits. Falls es keine Brände gibt, die uns vertreiben. Und leider auch keine große Chance für einen Kurzurlaub. Wir stecken hier ganz schön tief drin", Lächeln kam langsam zurück. „Es würde dir hier gefallen! Natürlich, was wir sehen, ist nicht einmal annähernd wie Methusalem im Großen Becken, allerdings wäre ein fünftausend Jahre alter Baum überall die Ausnahme. Ich meine, das ist wildgewachsener, unberührter Wald hier und ich sage dir, wirklich etwas Besonderes. Ich wette, die meisten Bestände in dieser Gegend kommen nahezu an die tausend Jahre. Stell dir die Geschichten vor, die sie erzählen könnten! Neulich kamen wir an eine Lichtung mit großen alten Steinen, angeordnet in einem Halbkreis mit einer großen Steinplatte in der Mitte und selbst für das begrenzte Vorstellungsvermögen meines Biochemiker-Verstandes sah es wie ein altes Amphitheater aus! Ich dachte, wie sehr es dir gefallen würde, hier zu sein und so zu tun, als guckst du Feen bei ihrer ureigensten Aufführung des Mittsommer-Tag-Traums zu."

„Mein Gott, du und dein Biochemiker-Verstand! Wie oft muss ich dir versichern, dass ich bei all meiner wilden Fantasie mir niemals die Dinge vorstellen könnte, auf die du kommen musst. Ich meine, diese ganze Welt der Mikrobiologie ist ein großes Geheimnis für uns Uneingeweihte. Jedenfalls bin ich sicher, John würde sehr gerne die wissenschaftlichen Fakten über Elfen und Feen von seinem Vater hören", Sarah kicherte nun wie ein Teenager, „und ich weiß, ich wäre inspiriert, einfach nur auf den Wind in den Bäumen zu lauschen. Also, wenn du nicht weg kannst, vielleicht könnten wir dich ja besuchen kommen, nun da es so viel länger dauert?"

„Würde mich riesig freuen, aber wir glauben, eine Möglichkeit wie sich die Krankheit verbreitet ist, dass sich die Sporen aus infizierten Gebieten an Kleider und Schuhe hängen. Also dieser Teil des Waldes ist tabu, es sei denn, du kommst in einem Dekontaminationsschutzanzug. Und selbst wenn das nicht wäre, dürfte deine Begeisterung angesichts einer 10-Tage-ohne-Pfad-Wanderung schwinden, mit oder ohne wie Michelin-Männchen auszusehen."

„Erinnere mich nicht. Ich werde verrückt, wenn ich daran denke, was dir da draußen alles passieren könnte und niemand würde jemals wissen, wo du zu finden bist."

„Ganz meine bezaubernde Frau! Ich liebe dich und deinen romantischen Blick auf die Welt, aber wie glaubst du wohl sind wir jetzt gerade in der Lage, miteinander zu telefonieren? Also, keine Sorge Schatz, das GPS weiß immer, wo es unser kleines Team findet. Apropos, lass uns nicht vergessen, Onkel Sam zahlt für diesen Anruf gerade sehr viel Geld und ich bezweifle er möchte, dass wir kostbare Satellitenzeit für unser eheliches Vergnügen in Anspruch nehmen. Aber! Es gibt Gerüchte über den neuen Satelliten, den sie morgen starten, und er soll so mächtig sein, dass er selbst in unzugänglichsten

Randbezirken ein dickes Signal erzeugen kann. Vielleicht kommt uns das ja zugute? Wie auch immer, lass uns fürs Erste verantwortungsbewusste Bürger sein und hol unseren Sohnemann an die Strippe. Sorge nur dafür, dass er nicht aufhängt, bevor ich mich von dir verabschieden kann."

ZEILE 18

Mit der Klarheit, die ihr die enorme Menge an Adrenalin lieferte, die durch Ihr System rauschte, zwang sich Julia, nicht in Richtung Straße zu rennen, sondern sich ihr langsam zu nähern. Ihr Plan war lässig zu gehen, um ihren möglichen Transporteur nicht zu alarmieren, indem sie aus dem Wald stolperte wie von einer Horde flammender Dämonen verfolgt. Als sie endlich den harten Asphalt unter ihren Füssen spürte, stieß sie einen Megaseufzer der Erleichterung aus. Das Einzige was sie zurückhielt einen ihrer kleinen Cheerleader Tänze aufzuführen, beruhte auf dem Detail, dass es keine weiteren Autos gegeben hatte, seit sie das Licht vor einer Weile bemerkte. Allerdings, die jahrelange Praxis Unerfreuliches zu verleugnen, ließ sie ihre Finger als Kamm benutzen und ihre Haare auflockern, während sie zu gehen anfing – nichts wie weg von dem Horror, den das Zusammenleben mit ihrer Mutter gezeitigt hatte und hin zu einer viel glücklicheren Zukunft mit ihrem Vater.

Ich erinnere dich nur ungern daran, aber er hat nicht nur deine Mutter verlassen. Er hat auch dich verlassen, Kellies Stimme klar und deutlich.

„Halt die Klappe, Kellie. Mir reicht es, deiner fehlenden Begeisterung zuzuhören. Wenn ich Paranoia will, bleibe ich bei meiner Mutter und erspare mir diese Trips durch Wälder mitten in der Nacht. Und wenn du mich nur ein kleines bisschen unterstützt hättest anstatt diesen ganzen Mist auf mich abzuladen, dann wäre ich nicht einmal in dieser Situation!" Bevor sie sich dafür schlecht fühlen konnte, ihrer Besten-Freundin-Für-Immer geistig die Schuld für die Missstände in ihrem Leben zu geben, erhellte das grelle Licht von Scheinwerfern ein ganzes Stück Straße vor ihr.

„Lieber Gott, falls es dich überhaupt gibt, lass dies meine Eintrittskarte in eine bessere Zukunft sein", flehte Julia als sie von der Straße einen Schritt zurück auf den Kiesstreifen trat. Sie streckte ihren Daumen hoch, genauso wie es in unzähligen Filmen die sie gesehen hatte, gemacht wurde. Die Erinnerung an besagte Filme, weckte umgehend Szenen von üblen Gestalten die ahnungslosen Anhaltern allerlei üble Dinge antun, und ohne einen weiteren Gedanken ging sie einige Schritte rückwärts. Sie machte eine halbe Umdrehung und versteckte sich hinter dem Stamm eines großen alten Baumes, gerade noch rechtzeitig um wahrzunehmen, wie ein Taxi vorbeifuhr. Alles was sie in diesem Moment wirklich tun wollte, war sich hinsetzen und weinen, aber die Aussicht, erneut ihr Gesicht herrichten zu müssen, schien eine unüberwindliche Aufgabe. Sie hatte sich noch nie so einsam gefühlt. „Idiot, Idiot, Idiot", beschimpfte sie sich und unterdrückte ihre Tränen, „du bist so was von unnütz. Geh nur heim zu Mami und bleibe im Gefängnisland, du erbärmliche Heulsuse."

Die rasende Wut auf ihre Feigheit gab ihr den nötigen Energieschub, um zurück auf die Straße zu gehen. Nach einem, wie es schien stundenlangen Fußmarsch, was aber nicht länger als einige Minuten gewesen sein konnte, sah sie das Licht eines sich nähernden Fahrzeugs. Und jetzt? Ausnahmsweise einmal nicht darauf aus, Aufmerksamkeit zu erregen, beschloss sie, sich ein weiteres Mal in den Wald zurückzuziehen. Versteckt hinter einem anderen Baum überkam Julia das unheimliche Gefühl eines Déjà-Vu. Sie beobachtete das Fahrzeug beim Vorbeifahren und hätte schwören können, es sei dasselbe Taxi wie vorher.

Komm schon, Julia! Du brauchst kein Superhirn um zu verstehen, dass mitten in der Nacht auf einer unbeleuchteten-welche-Art-auch-immer Landstraße alle Taxis gleich aussehen. Die Erinnerung an Kellies praktische Herangehensweise ans Leben war ihre Rettung. Ein schrilles hysterisches Kichern entschlüpfte Julias Mund und quälte ihr Trommelfell wie quietschende Nägel auf einer Tafel; der nervenaufreibende Ton erzeugte fast ein Echo als er zwischen den Bäumen verklang. Der unerwartete Lärm schickte eine neue Schockwelle durch Julias Körper und löste den gleichen traumähnlichen Zustand aus, den sie erfahren hatte, als sie vor einer Weile durch den Wald gelaufen war, was wiederum den auftauchenden zweifelnden Gedanken wegwischte, dass dies ein privater Weg inmitten von Großmutters Anwesen und nicht New York, New York war, mit Unmengen an Taxen zu jeder Zeit, Tag oder Nacht. Sie verließ die relative Sicherheit ihres Verstecks und entdeckte das Taxi erst, als es wenige Meter vor ihr anhielt. Die Taxilizenz von New York City auf der Kühlerhaube hätte ihr nichts gesagt, selbst wenn sie diese gesehen hätte; auch war ihr die Automarke unbekannt, die wie eine futuristische Version eines traditionellen Londoner Taxis aussah. Alles was sie sah, war das „Frei"-Zeichen oben auf dem Dach. Ihr Zögern dauerte nicht länger als einen Atemzug. Sie merkte nicht, dass sich ihre Füße bewegten, sondern es fühlte sich an, als würde sie von einer mysteriösen Kraft in Richtung Fahrzeug getrieben. Es schien als erzeugte jede Einatmung einen Sog während jede Ausatmung sie näher schubste. Es war ein angenehmes, fast beseligtes Gefühl, leicht und frei, bis ihre Hand auf kaltes Metall prallte und sie zurück zur Besinnung brachte.

Das Innere des Taxis war nur schwach von einem bläulichen, vom Armaturenbrett ausgehenden Schimmer erhellt, aber bevor sie die Möglichkeit hatte, sich das durch diesen Umstand erzeugte Unbehagen einzugestehen, nahm sie eine verschwommene Bewegung wahr und das Seitenfenster des Beifahrersitzes schob sich nach unten. Als Nächstes ging die Innenbeleuchtung an und sie blickte direkt in das Gesicht des Fahrers. Unter normaleren Bedingungen hätte Julia vielleicht bemerkt, dass es glatt rasiert war, mit klaren Zügen, die sich harmonisch um eine prominente Nase arrangierten. Die Augen waren dunkelblau, vielleicht fast schwarz und standen in einem interessanten Kontrast zu den blonden Augenbrauen, welche wiederum zu den goldenen Haaren passten, die lose auf die Schultern des Mannes fielen und mittels einer hellblauen, mit gelben und weißen Sternen gesprenkelten Bandana aus dem Gesicht gehalten wurden. Die vollen, rosafarbenen Lippen hatten sich schon eine Zeitlang bewegt, bis die Töne die sie aussendeten Julias Hörbewusstsein erreichten. Ein weiterer Atemzug und Julia registrierte die Bedeutung besagter Töne.

„Hallo junge Dame, kann ich behilflich sein und mein bescheidenes Transportmittel anbieten, dich irgendwohin mitzunehmen?", die Melodie war angenehm, doch Julias instinktive Reaktion war zurückzuschrecken und sich genervt zu fühlen.

Volltreffer, dachte sie. *Junge Dame? Bescheidenes Transportmittel?* Ganz und gar nicht, wie Taxifahrer eigentlich reden sollten. Und weil ihre Nerven so überreizt waren von all den Eindrücken, die sie in weniger als zwölf Stunden verdauen musste, verwandelte sich das attraktive Gesicht, das an jedem anderen Tag romantische Fantasien ausgelöst hätte, in das Abbild eines entflohenen, epochalen Psychopathen, der mitten in der Nacht unterwegs war um seiner Lieblingsbeschäftigung nachzugehen, nämlich der Jagd nach – hm – „jungen Damen".

„Jetzt warte mal ein Sekunde", hörte sie sich selbst sagen und erkannte schockiert, dass sie laut gesprochen hatte. *Also wer ist hier der Spinner, du Schrumpfhirn? Und wer ist hier auf der Flucht und durch den Wald gekrochen während die restliche Welt schläft* - abgesehen natürlich von Taxifahrern, die getreulich ihre Fahrgäste befördern.

„Ich warte", verkündete die Stimme aus der Kabine, „nimm dir Zeit. Ich bin bereit, noch viele Sekunden zu warten, falls dies nötig ist."

„Nein, nein", stammelte Julia, „So meinte ich das nicht."

„Du willst also nicht, dass ich eine Sekunde warte? Ich verstehe. Nichts für ungut! Ich sah dich mit erhobenem Arm da an der Straßenseite stehen, und deutete dies als Befehl anzuhalten. Dann, dir alles Gute", sagte der Mann und lehnte sich zurück in seinen Sitz. „Eine Sache noch, könntest du möglicherweise den Türgriff loslassen, sofern du nicht beabsichtigst, die Mitfahrgelegenheit anzunehmen."

Da Julias Gedankengänge eine Berg- und Talfahrt zwischen intellektueller Verstopfung und mentalem Durchfall waren, machte sie nicht einmal den Versuch einer weiteren Antwort, öffnete die hintere Beifahrertür und stieg in den Wagen.

ZEILE 19

John hingegen arbeitete sich mithilfe seines Computers und seiner Kopfhörer aus seinen emotionalen Verdauungsstörungen heraus: er spielte „Schlange" während er sich einige seiner beliebtesten Trance-Songs anhörte. Jahre später würde er die Logik hinter dieser intuitiven Wahl erfassen, nämlich, dass der hypnotische Rhythmus der Trommel es ihm ermöglichte in einen niedrigen Alpha-Gehirnwellen-Zustand zu treten, wohingegen die Menge an erforderlicher Konzentration, schnell auf die Herausforderungen des Spiels zu reagieren ihn davor bewahrte, zu sehr zu entspannen oder abzudriften oder einzuschlafen, und somit sein Bewusstsein wirkungsvoll in einen sogenannten veränderten Geisteszustand versetzte – eine äußerst geschickte Weise, um Einsicht zu erlangen. Obwohl er zu diesem Zeitpunkt nichts darüber wusste, wirkte dieser kleine Trick dennoch wie ein Zaubermittel.

Er kontemplierte über die Geschichte seiner Mutter, wie Julia die Ereignisse dieses verhängnisvollen Nachmittags erlebt haben könnte und kam zu dem Schluss, dass alles in allem, sein Verhalten ihr nicht viel Sinn gemacht haben konnte. Er erinnerte sich, dass er tatsächlich selbst eine ziemliche Gänsehaut bekommen hatte, als ihm Opa das erste Mal am See erschienen war und ihm von den Kobolden erzählte, die direkt neben seinem Baumhaus wohnten. Und Julia war sowieso schon verflüssigt, sogar bevor Opa Sam sich zeigte, schluchzte, gab zu, wie verloren sie sich fühlte, weil ihre Mutter nicht für sie da ist und ihr Vater ausgezogen war und alles. Also es war wirklich nicht ihre Schuld, das Pech zu haben in der Großstadt zu leben, wo alles laut war und der üble Gestank, der aus allen Richtungen kam, war nochmal ganz was anderes! Kein Wunder, dass die bloße Anstrengung dort zu überleben, ihr Hirn zum Brodeln brachte.

Wann immer er und seine Eltern einen Ausflug in die Stadt machten, parkte er sofort in seinem Lieblings-Hightech-Geschäft und glücklicherweise vergaß er seine Umgebung sobald er all die neuen Sachen ausprobierte. Oder die riesigen Buchhandlungen! Die fehlten ihm wirklich. Doch insgesamt wusste er, er passte nicht so gut in die Stadt und vielleicht war ja alles, an was Julia litt, nur ein chronischer Einkaufs-Kater.

All das half ihm Julia freizusprechen und er beschloss sie anzurufen und sich für sein unbedachtes Verhalten zu entschuldigen. Neue Zeit-Linie aufrollen. Daten löschen und John trifft Julia Klappe drei. Er ließ die Schlange gegen eine Wand knallen und setzte seine Kopfhörer gerade rechtzeitig ab um seine Mutter zu hören, wie sie an die Tür klopfte.

„John? Darf ich reinkommen? Paps ist am Telefon."

„Wow, super!", John sprang auf um die Tür zu öffnen und schnappte sich das Telefon aus Sarahs ausgestreckter

Hand. „Hallo Paps! Genial! Ist schon irre, wie meine Stimme den ganzen Weg nach oben in die Umlaufbahn und dann irgendwo mitten im Wald wieder runter zu dir geht!" Seine Begeisterung für technische Magie überlagerte augenblicklich jegliche Restqualen hinsichtlich seiner Beziehung zu Mädchen oder Kindheitsfreunden.

„Hi Kumpel, schön dich zu hören", Tom erinnerte sich an den Grund für diesen Anruf, begrenzte die Diskussion über Satellitentechnik und da einfache, arglose Kommunikation das Nummer-Eins-Gesetz im Hause Freeman war, sagte er: „Also Mam erzählte mir, dass dein Freund aus der Großstadt heute ankam und du nicht so ganz glücklich mit dem Wiedersehen warst. Nun, falls du die Sicht eines Typens auf die Situation willst, da wäre ich."

„Schon gut. Danke Paps, aber bin damit durch. Weißt du, wie Oma Kate immer sagt, es ist das Beste, du versetzt dich in die Lage des Anderen, bevor du über etwas entscheidest? Schätze mal, habe ich getan und hat funktioniert. So klasse, dass du anrufst! Wo genau befindest du dich?"

Tom war klar, John hatte - zumindest für den Moment - ziemlich das Interesse verloren, an was auch immer zwischen ihm und Julia vorgefallen war, und er hielt es am besten, es gehen zu lassen. „Dem Nachwuchs vertrauen" war die Grundlage der Freemans für elterliche Entscheidungen.

„Nun, wo genau weiß nur Gott und das GPS. Alles was ich weiß ist, es ist dunkel, ich kann ein paar Sterne sehen aber nur, weil sich unser Lager auf einer kleinen Lichtung befindet, ich hoffe wir machen in punkto Arbeit einige Fortschritte, habe noch keinen Yeti gesehen, würde mich aber nicht wundern, falls sie uns beobachten und vermisse euch schrecklich. Wie gefällt dir das als Antwort, Großer?"

„Vermiss dich auch Paps. Wünschte ich wäre alt genug, um da mitzumachen. Ich finde, du hast den coolsten Beruf, den ganzen Sommer zu campen und dafür noch bezahlt zu werden!" Die Bewunderung in Johns Stimme nahm Tom beinahe den Atem.

„Ja, aber was ist mit dem Teil, wo ich böse Dämonen bekämpfen muss, die unsere Bäume angreifen und so lange von euch weg bin?"

Toms wissenschaftlicher Geist, der lange darin geschult war, selbst winzigste Veränderungen in einem gegebenen Umfeld wahrzunehmen, befähigte ihn nun dazu, eine kleine Verschiebung in Johns Empfänglichkeit festzustellen. War es etwas, das er gesagt hatte? Er hörte auf zu reden und erlaubte einen Moment der Stille. Als John zu sprechen begann, war er zurückhaltend, fast scheu. Obwohl er es offensichtlich herunterspielen wollte, hatte die vorherige Leichtigkeit seine Stimme verlassen und gab den Ernst der Angelegenheit preis.

„Paps? Glaubst du wirklich, es gibt Dämonen?"

Herzklopfen.

„Oder – "

Herzklopfen.

„Gespenster?"

Tom konnte fast sehen, wie Johns Blick sich irgendwo in Nähe der Nasenspitze fokussierte, Lippen zusammengepresst, so wie er es immer tat, wenn er etwas mitteilte was ihm sehr wichtig war während er vorgab, dem wäre nicht so. Für Tom bedeutete das eine Gratwanderung in der Erziehung. Während er die Vor- und Nachteile abwog, seinem Sohn bei einem offensichtlich heiklen Thema zu helfen ohne dabei persönlich anwesend zu sein, entschied er, John die Führung zu lassen.

„Meinst du als Wissenschaftler oder als persönliche Überzeugung?"

Die Frage verblüffte John. „Echt! Du sagst, es könnte wissenschaftliche Beweise für Gespenster geben?"

Aha, grübelte Tom, *es geht also um Geister.* Selbst auch immer ein bisschen schüchtern gewesen, war er sensibel dafür wie schwer es seinem verschlossenen Skorpion-Sohn fiel, darüber zu reden. Ein Teil von ihm betrachtete Sarah als viel kompetenter, wenn es um unsichtbare Dinge ging, jedoch nur eine Sekunde vorher, bezeichnete er John als seinen „verschlossenen Skorpion-Sohn".

Folglich gestand er sich ein, dass wohl einige Ideen seiner eigenen Mutter auf ihn abgefärbt hatten. Kate besaß den festen Glauben an eine wie sie es nannte „mehr natürliche Welt", bevölkert von unzähligen sichtbaren und unsichtbaren Wesen, die mehr oder weniger friedlich nebeneinander lebten.

„Nun es gibt bekannte Fälle, wo Ektoplasma fotografiert wurde, verstehst du, eine Art Materie, die wir normalerweise mit unseren Augen nicht sehen. Also, ob das als wissenschaftlicher Nachweis für Geister zählt, weiß ich nicht. Dann wiederum, ist so ziemlich nichts von den Dingen, die ich tagtäglich in meinem Labor behandle, mit bloßem Auge sichtbar, jedoch wird meine Beschäftigung als rein wissenschaftlich angesehen. Schätze, es liegt nur an der eigenen Sichtweise, oder?" Auf vertrauterem Boden erwärmte sich Tom für das Thema. „Und unser neues Paradigma in der Wissenschaft zeigt uns ohnehin, dass wir unsere Überzeugungen nicht von unseren Erfahrungen trennen können. Also ich weiß nicht John, ich denke, wenn man glaubt was Oma Kate sagt, dann existieren Gespenster oder auf jeden Fall zahlreiche andere Geistwesen nicht nur, sondern sind viel mehr ein Teil unserer natürlichen Welt. Sie glaubt, der einzige Grund, warum wir sie nicht sehen, ist unsere Überheblichkeit."

„Was ist denn ein Paradigma?", wollte John wissen. Natürlich, er hatte das Wort schon früher gehört, war sich jedoch über dessen Bedeutung nicht wirklich im Klaren.

„Tut mir leid, ein Fremdwort benutzt zu haben, ohne es zu erklären. Ein Paradigma. Hmm. Du kannst es als eine Art Modell betrachten, ein Modell, das seine eigenen Symbole zur Beschreibung benutzt. Also ist es in gewisser Weise stets der Frosch, der seinen Brunnen beschreibt und glaubt, es ist der Ozean, aber es ist das Beste, was wir tun können."

Lippen noch immer zusammengepresst, genau wie sein Vater es sich vorgestellt hatte, wanderten Johns Augen nun langsam nach oben, um zu kontemplieren, was Tom gesagt hatte.

„Ok, danke Paps. Ich hole Mam für dich zurück ans Telefon" und noch bevor Tom sich richtig verabschieden konnte, hörte er Johns Füße den Gang hinuntertrampeln und dabei laut brüllen „Mam, für dich". Ein lautes Scheppern sagte ihm, das Telefon wurde auf den Tisch gelegt und während er wehmütig die ungenutzten Sekunden an Satellitenzeit zählte schien es ihm als brauche Sarah eine Ewigkeit, um an den Hörer zu gelangen.

„Also, das heißt wohl, mach's gut, Geliebter", neckisch.

„Gibt es noch etwas, was ich wissen sollte, bevor ich aufhänge?" Sarah dachte, für den Fall dass John noch in Hörweite war, würde er dies als Erwachsenen-Geplapper abtun.

„Wir haben eine Tür geöffnet und du kennst unseren Sohn, er wird durchgehen. Alles was ich bis jetzt sagen kann ist, achte auf jegliches Geister-bezogene, aber drängle nicht. Und vor allem Mami, mach dir keine Sorgen. Es geht ihm gut." Ein tiefer Seufzer. „Ach Liebling, ich vermisse dich. Melde mich in ein paar Tagen wieder, aber du weißt, falls irgendetwas passiert, falls Ihr zwei mich braucht, rufe und ich komme angerannt."

„Ich liebe dich auch." Sarah, Herz weit geöffnet, legte den Hörer auf.

***

Wieder auf seinem Zimmer drehte sich alles in Johns Kopf. Zu viele Fragen surften hohe Amplituden in seinem Gehirn. Wie zuvor, würde er viele Jahre später dahin kommen zu verstehen, wie gewisse Erfahrungen die Macht haben unser ganzes Wesen zu durchdringen und dabei dauerhafte Veränderungen in der Chemie des Gehirns bewirken. Auf seiner Reise zu dieser Einsicht würde er lernen, dass die freiwillige Erzeugung solcher Erfahrungen in bestimmten Arten von Meditation praktiziert, wenn nicht sogar gemeistert werden kann. Für den Moment stürzte er auf sein Bett und starrte an die Decke, als ob die Antwort von der makellosen weißen Wand über ihm abzulesen wäre.

Also sein Vater glaubte tatsächlich, dass Geister existieren könnten. Und Oma Kate glaubte es auch. Vielleicht sollte er an ihr nicht so desinteressiert sein, nur weil sie keine Schokoladenplätzchen backte und flippige Kleidung anstatt gestärkte Schürzen trug. Vielleicht lagen ihre Gaben an ihn woanders, wie neue interessante Sichtweisen in sein Leben bringen. Also wenn sie das nächste Mal aufkreuzte, würde er sich die Mühe machen, sie besser kennenzulernen. Nun erwähnte Paps, sie spricht von Gespenstern und anderen Geistwesen, die in dieser natürlichen Welt leben, was immer das sein mag. Und machte nicht Opa den gleichen Unterschied zwischen Geistern und Gespenstern? Fragen Fragen Fragen!

Das Buch! Wie konnte er nur auf das Buch vergessen? Mit einem energischen Sprung war er aus dem Bett und stöberte in einer Ecke, wo ein riesiger Stapel Bücher auf seine Zuwendung wartete. Spiderman. Flachland. Neil Gaiman. King Arthur. Alice im Wunderland. Gänsehaut. Die Scheibenwelt. Sophies Welt. Professor Vibes. Douglas Adams Trilogie „Per Anhalter durch die Galaxis", Charlie und die Schokoladenfabrik. Wo war das Buch? Blitzartig erschien die Antwort in Form eines Bildes: „Die Alchemie von Tod und Geburt" lag auf der Matratze in seinem Baumhaus am See. Verdammt! Er schaute auf die Uhr. 9 Uhr abends. Zu spät um heute noch hinzufahren und es zu holen. Ein neues Paradigma. Unsere Überzeugungen sind von unseren Erfahrungen untrennbar. Natürlich, das ist es, was einer der Helden seiner Lieblingsbücher, Professor Vibes, auch sagte, aber was bedeutet das alles? Und warum reichte es nicht zu sagen „Ich glaube, mein Buch ist genau hier vor mir" für ‚Die Alchemie von Tod und Geburt' das Baumhaus zu verlassen und in seinem Zimmer zu erscheinen? Wohingegen er nicht einmal wusste, ob er an Geister glaubte und Opa Sam zeigte sich trotzdem? Zum verrückt werden! Mehr Fragen!

Ein Frosch im Brunnen, der glaubt, es sei der Ozean. Nun wenigstens das machte ihm absolut Sinn. Dieses Beispiel hatte Paps schon früher verwendet, wann immer er sich über engstirnige Arbeitskollegen beschwerte oder wenn er John herausforderte, über den Tellerrand hinauszuschauen. Wie auch immer. Die wichtigste Sache für ihn im Moment war die Information, dass da zwei Personen in seiner Familie glaubten, Geister könnten tatsächlich existieren.

Er verließ sein Zimmer um seine Mutter aufzusuchen und fand sie eingekuschelt in eine Decke auf dem Sofa, lesend. Sobald er auf sie zuging, legte sie das Buch beiseite.

„Hey", sagte sie, klopfte auf das Polster neben sich und bat ihn wortlos zu ihr zu kommen. Ohne die Einladung zu berücksichtigen, ließ sich John auf das Lammfell vor dem Couchtisch fallen. Seine Mutter nannte ihn manchmal scherzhaft ihren kleinen Yogi, da er es immer vorzog mit gekreuzten Beinen auf dem Boden zu sitzen anstatt in einem noch so bequemen Sessel zu lümmeln. Das ließ ihn wieder an seinen Vater denken und wie er in seinem Zelt jetzt auch auf dem Boden sitzen musste; jugendlicher Idealismus trübte seine Wahrnehmung hinsichtlich der Tatsache, dass Toms Zelt mit den modernsten tragbaren Hightech-Laborgeräten ausgestattet war, die es nur gab. Ein Schreibtisch und ein Stuhl waren gewiss keine Gegenstände die fehlten.

„Mam?", nachdenklich. „Paps sagte, Oma Kate glaubt an eine natürliche Welt. Weißt du, was das bedeutet?"

Sarah, sofort bewusst, dass diese Frage zu einem der „Geister-bezogenen-Themen" führen könnte die sie laut Toms Rat beachten sollte, brauchte einen Moment, bevor sie antwortete.

„Nun, ich kann natürlich nicht für Oma Kate sprechen und was das für sie bedeutet, aber falls du mich frägst und was es für mich bedeutet, vielleicht tut es das?"

John konnte sein Glück kaum fassen. „Also, dann glaubst du auch an diese natürliche Welt?"

„Ich schätze schon und für mich dreht sich alles um meine Definition des Wortes ‚natürlich'. Natürlich ist für mich lediglich eine andere Bezeichnung für das Leben oder besser gesagt für die Lebenskraft, die sich mühelos, natürlich und in zig-Milliarden verschiedenen Formen zum Ausdruck bringt. Und obwohl wir mit unseren jeweiligen Wissenschaften schon so weit fortgeschritten sind, sind wir mit unserem Verständnis darüber, was diese Lebenskraft tatsächlich ist, keinen Schritt weiter als es unsere Vorfahren, die Höhlenmenschen, waren. Das Einzige, was sich in diesem Zusammenhang geändert hat, sind unsere Symbole, die vielfältige Art und Weise wie wir versuchen, sie zu beschreiben."

Sarah nippte an ihrem Tee und John nutzte die Pause, um zu fragen, „Unsere Paradigmen haben sich verändert, ist es das?"

„Ja, das ist es, unsere Modelle zu beschreiben was wir sehen, verändern sich ständig während wir uns geistig weiterentwickeln und wir glauben, ein besseres Verständnis darüber zu erreichen, um was es geht. Aber im Kern wissen wir es nicht. Diese Tatsache demütig zu akzeptieren bedeutet für mich den Raum zu schaffen, eine Welt jenseits von künstlich erzeugten Erscheinungen zu erleben, eine mehr natürlichere Welt", und zögernd, „im Grunde genommen erlaube ich so dem Mysteriösen, mit etwas Glück sogar dem Mystischen, in mein Bewusstsein einzutreten..." Eine Schulter nach oben gezogen und mit einem skeptischen Ausdruck auf ihrem attraktiven Gesicht, so als hinke ihr Verstand ihren Worten hinterher, fügte sie hinzu, „Natürlich, dies ist nur meine persönliche Meinung und sie könnte komplett falsch sein", Schultern fielen nach unten, skeptisches Stirnrunzeln verklärte sich zu einem strahlendem Lächeln, „aber es funktioniert für mich, weil es mich neugierig und offen hält, Dinge zu erkunden, die für andere verrückt und selbstgefällig klingen mögen."

„Warum machst du einen Unterschied zwischen mysteriös und mystisch", wollte John wissen. *Das läuft echt gut*, dachte er.

Mit neuem Selbstvertrauen antwortete Sarah, „Weil mir manche Dinge völlig mysteriös sind, wie die Sachen die Paps in seinem Labor macht, für ihn jedoch macht es völligen Sinn. Das bedeutet, es ist mysteriös, weil ich nicht die nötigen Informationen habe. Mir fehlt der Bezugsrahmen zum Verständnis wohingegen Paps ihn in diesem Fall hat. Mystisch andererseits ist alles was jenseits irgendeines intellektuellen Bezugsrahmens liegt, außerhalb jeden Paradigmas, um dieses Wort erneut zu verwenden. Etwas, das nur auf einer viel tieferen Ebene als erkenntnismäßigem Verstehen realisiert werden kann." Als sich Sarah reden hörte, konnte sie kaum glauben, dass sie diese anspruchsvolle philosophische Diskussion mit ihrem zwölf Jahre alten Sohn führte. *Wie gesegnet wir sind!* Sie formulierte einen stillen Wunsch für alle Eltern, diese Art von Beziehung mit ihren Kindern zu haben.

Als hätte er ihre Gedanken gelesen, sagte John: „Ach Mam, ich vermisse Opa Sam wirklich! Er hat die ganze Zeit mit mir über diese Sachen geredet und nun ist er fort und mir bleiben eine Menge Fragen."

„Ich weiß, Schatz", meinte Sara und spürte die Trauer ihres Sohnes, „aber glücklicherweise bist du erst zwölf Jahre alt..."

„...fast dreizehn..."

„...sorry. Fast dreizehn Jahre alt und lebst hoffentlich noch bis du hundert bist. Also ich schlage vor, wir lösen das Rätsel, alles über alles zu verstehen, an einem anderen Tag. Heute war viel los und ein überladenes Gehirn wird leicht Teil des Problems statt zur Lösung beizutragen."

„Ja, ich glaube, da hast du Recht. All die Sachen wirbeln in meinem Kopf herum, wie Sterne in der Whirlpool Galaxie."

„Nun, hier ist ein perfektes Beispiel all der Dinge, die mir mysteriös sind", sagte Sarah nur halb im Scherz.

„Ok, also", John großzügig, „sie wirbeln in meinem Kopf herum, wie Staub in einem Staubsauger, reicht das als Bezugsrahmen für ein Mädchen?"

„Herzlichen Dank, gnädiger Herr. Bleibt nur zu hoffen, ich habe hier nicht ein sexistisches Monster erschaffen, aber es ist wahr, ich weiß mehr über Staub, als mir lieb ist. Schau dich nur um!" Die Haushälterin, die für den Erhalt einer blitzsauberen Umgebung der Freemans sorgte, kam morgen. „Anders als der Staub in diesem Wohnzimmer, erledigt sich Staub in der natürlichen Welt gerne von selbst, wenn wir nicht zu viel mitmischen. Also was meinst du, ich mache uns eine Tasse heiße Schokolade und wir lassen es gut sein?"

„Danke Mam", sagte John, stand von seinem Schneidersitz in einer einzigen, eleganten Bewegung auf und eilte zurück in sein Zimmer.

„Das war ein ,nein danke', nehme ich mal an", Sarah war zu sehr in ihre eigenen Gedanken vertieft, um von dem abrupten Ende ihres Gipfeltreffens in Sachen alles-was-es-zu-wissen-gibt beunruhigt zu sein. Sie rieb sich mit der flachen Hand über die Stirn so als wollte sie ihren Kopf klären und zwang sich, nicht mehr daran zu denken, was dieser lange Tag alles mit sich gebracht hatte. Sie befolgte ihren eigenen Rat, machte sich eine heiße Schokolade und zog sich für die Nacht zurück.

ZEILE 20

Julia versuchte, es sich in dem geräumigen Sitz des geräumigen hinteren Teils der geräumigen Limousine bequem zu machen. Als sie sich umsah, drängte ein Moment kindlicher Begeisterung ihre pubertären Probleme zur Seite. Auf der Rückseite des Sitzes vor ihr war ein 20-Zoll-Flachbildschirm befestigt und ein großes Dachfenster vermittelte den Eindruck als wäre die Decke mit nachtblauem Samt ausgeschlagen, bestickt mit phosphoreszierenden Sternen. Sie kicherte als sie bemerkte, der Beifahrersitz war entfernt worden um für einen alten Holzkoffer Platz zu machen, der im starken Kontrast zu der, den Innenraum ausleuchtenden Quelle bläulichen Lichts stand, nämlich einem Monitor am Armaturenbrett wie aus einem Science-Fiktion-Film. Das war so ein Bonus! Nicht nur, dass sie der beschränkten Welt von Cedarwood Ridge entkam, sie verließ diese Roter-Teppich-Stil in einem Luxus-Taxi!

„Ich bin höchst erfreut, dich lachen zu hören", sagte ihr wunderlicher Psycho-Fahrer in seiner altmodischen Sprechweise. „Darf ich mich erkundigen, was dich amüsiert?"

Während sie debattierte, ob sie auf eine derart seltsame Rede überhaupt antworten sollte schien es, als hätte ihr Mund einen eigenen Willen bekommen.

„Habe mir gerade das Gesicht meiner Großmutter vorgestellt, falls sie mich sehen könnte, wie ich mit dieser Promi-Kutsche unterwegs bin!" Platzte Julia heraus. *Fehler! Warum musste ich das sagen*, platzte sie in sich hinein.

Mit angehaltenem Atem erwartete sie eine Flut von Fragen über ihre Familie und war überrascht, in der Stimme ihres Reisebegleiters ebenso eine gewisse Aufgeregtheit zu hören, „Ja, dies ist ein ganz wunderbares Gefährt! Ich muss gestehen, ich bin äußerst angetan, auf diese Art zu reisen. Ich hätte mir nicht vorstellen können, es sei so einfach zu manövrieren. Und es geht auch zügig dahin, relativ gesehen natürlich."

Relativ gesehen natürlich! Darauf hatte Julia keine Antwort, nicht einmal ihre gängige quälende Ungeduld. Ganz im Gegenteil! Sie stellte fest, sie fühlte sich in der Gegenwart dieses befremdlichen Fremden äußerst behaglich und als sie erkannte, dass sie sich nicht mehr so gefühlt hatte seit sie ihr Vater für eine neue Familie verlassen hatte, kehrte ihre Anspannung umgehend zurück.

„Das ist ein ziemlich schräges Gerät, dass Sie da haben und ehrlich gesagt, so einen Wagen habe ich auch noch nie gesehen", war Ausdruck ihrer Bemühung um eine Ablenkung die den Fahrer veranlasste weiter über sein Fahrzeug nachzudenken anstatt ihn einzuladen, sich über Ihren Aufenthalt inmitten des Waldes inmitten der Nacht zu wundern.

„Auf welches Gerät genau beziehst du dich, liebes Kind?", der Mann drehte seinen Kopf und in dem Bruchteil der Sekunde, die sie brauchte um die Bedeutung der Frage des Mannes zu begreifen, nahm Julia sein Gesicht als höchst attraktiv war. Aber das Zeitfenster schloss sich und Bilder von Drogen, Waffen oder noch schlimmer, zerstückelten und im Holzkoffer verstauten Leichen, verwandelten es zurück in die erschreckende Maske des Bösen.

„Na den Computer, was sollte ich sonst meinen?", sie versuchte entschieden zu klingen und tauschte alle ihre Vorstellungen von Serienmörder-Taxifahrern gegen Korben Dallas aus, wie er das 5. Element in Sicherheit brachte.

„Ich habe keine Erinnerung an was es sein könnte, auf das du Bezug nimmst."

„Darf ich dann nachhelfen? Ich finde es auf jeden Fall komisch, dass Sie in einem Privatwald mit diesem Weltraum-Computer und einem mittelalterlichen Koffer herumfahren", Julia streitlustig. Das anschwellende Adrenalin der Wut setzte ihre aus der Kontrolle geratenen Emotionen auf einen willkommenen Normalzustand zurück.

„Ach das", versuchte der Mann sie zu beruhigen, „meine Entschuldigung hier zu sein lautet folgendermaßen: mein Freund besitzt ein Fuhrunternehmen an der Ostküste und einer seiner Fahrer beförderte ein Touristen-Ehepaar querfeldein nach Westen. Dann fand dieser Fahrer einen, wie er annimmt, begehrenswerteren Beruf in der Großstadt und kündigte seine Beschäftigung. Also fragte mich mein Freund, ob ich ihm den Gefallen tun könnte, das Taxi zurück in den

Fuhrpark zu bringen. Bar anderer Verpflichtungen, stimmte ich zu. Und nun sind wir hier. Übrigens, mein Name ist Victor Wagner."

Seltsamerweise fühlte sich Julia durch Victors Rede sofort getröstet und ihre Ruhe kehrte zurück. Zumindest erklärte seine etwas langatmige Geschichte, warum er nicht wie ein Taxifahrer sprach – er war keiner! Und die Erwähnung des Wortes „Ost" klang wie Musik in Julias Ohren.

„Sie fahren nach Osten! Ich bin auch nach Osten unterwegs!" Sie betrachtete ihn mit neuen Augen. Und da diese neuen Augen ausnahmsweise nicht durch Angst getrübt waren, erblickte sie ein freundliches Gesicht, von dem etwas ausstrahlte, das sie nicht einmal in Worte fassen konnte. Das natürlich machte ihr sofort Angst und der Moment verstrich.

„Ich denke, Sie haben Recht. Es geht mich wirklich nichts an, welche Ausrüstung sie mitschleppen und es leuchtet ein, dass Sie von uns beiden derjenige sind, der weiß, warum Sie wohin wollen", räumte sie unsicher ein, so als könnte ihre eigene Aussage sie von deren Wahrheit überzeugen, „aber ich hätte schwören können, dass ich zwei andere Taxis auf der Straße gesehen habe, bevor Sie angehalten haben und ich glaube, das hat mich irgendwie austicken lassen."

„Nun Julia, dies kann eine ziemlich normale Reaktion auf deine Situation sein. Du standest da in der Mitte des Waldes ganz allein in der Dunkelheit der Nacht und obwohl du auf ein Transportmittel gehofft hast, machte es dir auch Angst, von jemandem mit schlimmen Absichten mitgenommen zu werden, vielleicht von einem Geisteskranken, der hier in dieser einsamen Gegend herumfährt. Folglich war es keine schlechte Wahl deines Bewusstseins ein zertifiziertes Taxi zu projizieren, um dir in dieser außergewöhnlichen Situation irgendetwas Vertrautes zu zeigen", erklärte Viktor, versuchte hilfreich zu sein.

Julia erstarrte. Sie hatte von den Sachen, die Victor erzählte, nichts gehört, abgesehen davon, dass er ihren Namen benutzte. Den sie ihm nicht genannt hatte! Keine Geschichte würde sie vom Gegenteil überzeugen. Sie riss sich zusammen um eine weitere Panikattacke zu vermeiden und sagte, „Und woher genau kennen Sie meinen Namen?"

„Ach das! Ich bitte um Entschuldigung für mein derart unhöfliches Benehmen, mich nicht ordnungsgemäß danach erkundigt zu haben, aber dieser kleine Anhänger an deinem Rucksack erklärt eindeutig, er gehört einer gewissen Julia Livingston-Banes und da ich dich nicht für einen Dieb halte, habe ich vermutet, man würde dich Julia nennen."

Julia stieß einen stillen Seufzer aus und wurde von der nächsten Woge der Angst erfasst. Sie war so ein Möchtegern. Wie konnte sie nur auf das Namensschild vergessen haben? Sie sah ihren Rucksack unschuldig auf ihrem Schoß liegen, die Minidiskette aus Papier baumelte daran, der Schriftzug „Julia Livingston-Banes" stach hervor und war in dem übergroßen Rückspiegel ganz gewiss deutlich sichtbar, genau wie Victor es gesagt hatte. *So viel zum Unerkannt bleiben.* Der Schaden war angerichtet. Alles was sie nun tun konnte war herauszufinden, wie schwerwiegend er war.

„Sie sind nicht von hier, oder?", fragte sie in dem Versuch von ihrer eigenen Person abzulenken, „Sie reden irgendwie lustig, wissen Sie."

„Nein, in der Tat, über diese Angelegenheit wüsste ich absolut nichts, aber deine Ahnung, fremd in dieser Umgebung zu sein, ist völlig zutreffend. Mein letzter Besuch ist schon eine Weile her und es scheint, als würdest du mir sagen, ich sollte eine passendere Sprechweise erlangen. Ich werde mir die größte Mühe geben – ich werde danach streben, sozusagen", Victor lachte über sein Wortspiel. Oder zumindest dachte Julia, dass er das tat. Ihre größten unmittelbaren Sorgen gelindert, starrte sie auf die lange dunkle Wegstrecke vor ihr, so als würde sie in die Zukunft blicken.

Sie fuhren schweigend. Die großen Bäume auf beiden Straßenseiten erzeugten den Eindruck in einem Tunnel zu fahren und wiegten Julia wirkungsvoll in den Schlaf.

ZEILE 21

Im Konferenzraum herrschte absolutes Schweigen, als ob die Mitglieder vermeiden wollten, Julias Schlaf zu stören. Alle Augen richteten sich auf Mirra, die als Erste sprach:

„Also Luna, wirst du ihr einen Traum schicken?"

Moni Lunaluna, die aussah als hätte sie ein paar Pfunde verloren, gluckste: „Nun wir wissen alle, du planst das nicht, aber manchmal bist du wirklich lustig! Ein Traum in einem Traum in einem Traum in einem Traum, wie diese drolligen kleinen Puppen, die uns Avi einmal von einer seiner Reisen mitbrachte?"

„Mein Rat ist, wir lassen sie ruhen, halten die Zeit für sie an, sozusagen", Dora Bells Stimme ein sanftes Wiegenlied, „sie hat viel durchgemacht und ich glaube es ist das Beste, wenn sie zur Abwechslung nun einen tiefen Heilschlaf erfährt."

„Willhelm, ist das ein Ja?", Mirra's Frage nur der Form halber da sich ihr Buch mittlerweile geschlossen hatte, und Julias schlafende Gesichtszüge auf dem Bildschirm langsam in ein leuchtendes Dunkelblau übergingen.

„Gut gut, meine lieben Damen und Herren." Selbst Herrn Kaisers Stimme schien ein, zwei Stufen leiser als gewöhnlich und das Schnurren des Löwen Senghe klang wie das Brummen des Automotors. „Seid ihr bereit, die Ergebnisse eurer Untersuchungen zu präsentieren, wie wir in dieser Angelegenheit, direkten Kontakt herzustellen, weiter vorgehen können?"

Herr Kaiser hatte die dreiundzwanzig Mitglieder der Konferenz in drei Gruppen zu jeweils sieben aufgeteilt; die Zwillinge zählten wie immer als Einheit, und Mirra Prestessi war nicht Teil irgendeiner Gruppe. In der Vergangenheit führte ihre Teilnahme an dieser Art von Teamarbeit regelmäßig dazu, dass sie umgehend das Fazit von jedem theoretischen Szenario, das sich ein anderes Mitglied der Gruppe ausgedacht hatte, demonstrierte. Selbstredend trug dieser Umstand nichts zur Entfaltung des kreativen Prozesses bei sondern führte lediglich zu endlos ausufernden Diskussionen über mögliche Zeit-Linien in wahrscheinlichen Zukünften. Es war nicht so, dass Mirra den Erfolg der Gruppenarbeit absichtlich zunichtemachen wollte indem sie mit ihrer Allwissenheit prahlte, es war einfach ihre Natur zu reagieren. Und so bescherte sie jedes Mal sofort eine Unzahl an Szenarien, wenn sich einer ihrer Kollegen lediglich fragte, wie diese Idee oder jenes System wohl funktionieren könnte.

Brian Liebermann stand auf und meldete sich, „Ja, wir sind bereit, vorzustellen", was Herr Kaiser schonungslos verhinderte, „Danke Brian, aber ich war Teil euer Gruppe, schon vergessen? Also weiß ich bereits, was Gruppe Nummer eins avisiert. Leona, was ist mit euch? Kannst du eine Konfiguration aufzeigen, mit der wir arbeiten können?"

Leona hob die vor ihr auf dem Tisch liegenden Unterlagen auf und löste die Blumengirlande, die die einzelnen Seiten zusammenhielt. „Danke, Willhelm. Unsere Gruppe denkt, es ist am besten beim Großvater-Trugbild zu bleiben. Zumindest für eine Weile, solange bis sich Julias Wachbewusstsein an diese Art von Erfahrungen etwas gewöhnt hat. Zu diesem Zeitpunkt werden wir die Illusion wandeln und sie wird zu einem Abbild von einem von uns – wir dachten, Avi eignet sich am besten für diese Herausforderung. Sobald wir wissen, wie ihr Bewusstsein darauf reagiert, bewerten wir es neu und dann sehen wir weiter."

„Danke danke, Gruppe Nummer zwei. Luna, welchen Rat hat eure Gruppe?"

Moni Lunaluna, nicht ganz so gut in der Speicherung von Daten wie Mirra, jedoch mit ausreichenden Fähigkeiten sich an das zu erinnern was ihre Gruppe vorbringen wollte ohne in ihren Notizen nachlesen zu müssen, stellte Blickkontakt mit Chester Magnussen her. „Wir dachten, wir könnten ihre Umgebung mit magisch erscheinenden Objekten und Situationen bestreuen, um ihre Wahrnehmung zu sensibilisieren."

„Magisch erscheinend? Wie mehr magisch als im Durchschnitt?", Mirra konnte es einfach nicht lassen.

Herr Kaiser schien ihren Zweifel jedoch nicht ihren Humor zu teilen. „Könntest du es bitte sorgfältiger darstellen, Luna. Ich vermisse die klare Vision eures Plans."

„Ich entschuldige mich für meinen vagen Ausdruck. Unsere Gruppe schlägt vor, wir präsentieren gewöhnliche

Sinnesobjekte, die für ihr Bewusstsein in dem jeweiligen Moment zusammenhanglos erscheinen. Anschließend bieten wir ihrem Freund John die Gelegenheit, mehr von seiner Meinung über die phänomenale Wirklichkeit zu erklären und sobald sie zur Wahrheit dessen erwacht, was sie jetzt übernatürliche Sachen nennt, treten wir auf."

„Hervorragend!", Regina Green atmete einen Hauch von Freesien aus, „und da wir in voller Übereinstimmung mit den vorherrschenden Glaubenssystemen wären, also dem, was sie ihr Quanten-Universum nennen, verletzen wir keine Verhaltensregeln!"

„Ja ja, meine Liebe, da hast du natürlich Recht. Aber bevor wir irgendetwas in dieser Art unternehmen, müssen wir dafür sorgen, dass Julia sicher nach Hause kommt. Mirra ich vermute, du kannst dich darum kümmern?"

„Habe alle in Frage kommenden Seiten gekennzeichnet, möchtest du eine Vorschau?"

„Nein nein, ich vertraue dir und Regina, alles zu erzeugen, was dafür benötigt wird", und zu seinem Leidwesen hörte Brian Liebermann Herrn Kaiser sagen, „Meine lieben Damen und Herren, wir haben einen Plan", aber mit der nächsten Einatmung zeichnete eine Spur von Freesien ein Lächeln auf sein Gesicht und mit neuer Begeisterung für das Projekt, setzte er seine Fähigkeiten dafür ein, die Einzelheiten besagten Plans auszuarbeiten.

ZEILE 22

Julia spürte ein leichtes Zupfen an ihrem Ärmel während eine behutsame Stimme verkündete, „Aufwachen Julia, ich würde gerne frühstücken."

Die bekannte Angst, sich einem neuen Tag und einer ihren Wünschen gegenüber feindlichen Welt stellen zu müssen, äußerte sich mit dem vertrauten Knoten in ihrem Magen, als ob da alle unverdauten Ereignisse ihrer Vergangenheit lagen, verknäuelt, darauf wartend geordnet zu werden oder anderenfalls zu einer immer größeren Last wurden, die sie herumschleppen musste. Bemüht dem Unvermeidlichen ein wenig länger auszuweichen tat sie so, als ob sie noch schlafen würde. *Moment mal!* Das war sowieso nicht, wie sie aufwachen sollte. Sie konnte sich zwar nicht genau daran erinnern letzte Nacht überhaupt einen Alarm gesetzt zu haben, aber ganz sicher stellte sie ihren Wecker niemals auf einen Talkshow Sender! Ihr Wecker hatte einen Steckplatz für das iPod und war darauf programmiert, sie willkürlich mit einigen ihrer Lieblings-Guten-Morgen-Songs zu wecken. Ein weiteres Zupfen am Ärmel. Ganz bestimmt nicht etwas, was ihr Wecker tun würde!

„Mami, geh weg! Ich schlafe noch." Während sie nach der Decke grabschte, um sie über ihren Kopf zu ziehen, prallten ihre Hände gegen etwas Hartes. Sie öffnete ihre Augen und blickte durch ein Fenster; ein hässliches grelles Schild beleidigte ihre morgendliche Empfindsamkeit. Wie ein unerwünschter Verehrer, übereifrig in seinem Versuch Aufmerksamkeit zu erregen, kündigte die grässlich blinkende Neonreklame, deren abscheulicher Holzständer ein Kreuzmuster in den grauen Morgenhimmel stieß, das nebenstehende Gebäude als eine Fernfahrerkneipe an. Den Zweck des Schildes erkennen und zusammenzucken als es ihre Erinnerung zurückbrachte, passierte quasi gleichzeitig.

„Ich bitte vielmals um Verzeihung, falls ich dich erschreckt habe", sagte die Stimme, die, wie sie sich nun erinnerte, zu einem gewissen Victor Wagner gehörte, dem Nicht-Taxifahrer, der ein bizarr aussehendes Taxi nach Osten fuhr.

„Wahnsinn, es ist schon Morgen", murmelte sie und klang krächzend, ihre Stimmbänder von all dem Weinen angegriffen.

„Ja das ist es. Du hast sehr tief geschlafen und da ich dich früher verkünden hörte, dein Ziel sei die Ostküste, dachte ich mir, es richte keinen Schaden an, dich ungestört schlafen zu lassen. Aber jetzt brauche ich eine Pause um Nahrung aufzunehmen und es fühlt sich nicht richtig an, dich in dem Taxi ohne Schutz zurückzulassen."

Mit der Sprach-Sache liegt noch einiges vor ihm, dachte Julia, „Ok", sagte sie. „Super, danke. Wo sind wir überhaupt?", und zeigte auf den Bordcomputer gerade als Victor den Motor abschaltete und der Bildschirm schwarz wurde.

„Wir fuhren viele Stunden, demzufolge haben wir gute Fortschritte gemacht. Nun bitte, sei so freundlich und begleite mich", und mit einer für Julias trägen Morgen Verstand einzigen, geschmeidigen Bewegung, hatte er den Fahrersitz verlassen, öffnete ihre Tür und bot ihr seine Hand, zweifellos um ihr aus dem Wagen zu helfen. Du meine Güte, dieser Kerl gehört wirklich in eine andere Welt, in ein anderes Jahrtausend allemal, dachte sie und während sie vortäuschte, nach einem Taschentusch zu suchen, verstaute sie die sich mit ihrem Namen rühmende, kleine Diskette im Reißverschlussfach ihres Rucksacks.

„Lebe um zu lernen", nuschelte sie vor sich hin.

„Wie bitte? Das habe ich nicht verstanden", meinte Victor als sie sich der Eingangstür der Raststätte näherten.

„Ich sagte, lebe um zu lernen, etwas das mir mein Therapeut dauernd sagt und wie eine Art Fahne für den Sinn des Lebens vor sich herträgt."

Victor wählte einen Tisch anstatt der Theke aus und bat sie, sich zu setzen. Sie überlegte für einen Moment, die Toilette aufzusuchen und ihr Aussehen zu überprüfen, wollte aber nicht unhöflich erscheinen, da sie Victor, während er ihr die Speisekarte reichte, sagen hörte, „Das muss folglich ein weiser Mann sein. Bitte erlaube mir, dich zum Frühstück einzuladen."

Julia bemerkte nun, wie hungrig sie war und bestellte das „Trucker's Delight", eine riesen Mahlzeit bestehend aus einem Steak mit Pommes, einer Unmenge anderer Sachen und einer heißen Schokolade zum Runterspülen.

„Naja ich weiß nicht, ich meine, dass Doktor Kline so ein weiser Mann ist. Wäre er es, hätte er mir einfach zugestimmt, dass es das Beste für mich ist, bei meinem Vater zu leben." Sie hatte sich bereits soweit an den seltsamen Umstand gewöhnt, dass ihr Mund die Kontrolle über ihre Absicht zu haben schien was oder was nicht sie sagen wollte, und so kam ihr nicht einmal mehr ein gedanklicher Kommentar dazu, dass sie das überhaupt zuließ. Schließlich, hätte ihr heldenhafter Retter sie wirklich loswerden wollen, hätte er das sicherlich schon viele Male auf dem Weg tun können.

Ihr Essen kam, Victor nahm einen Bissen von seinem Brötchen, und sagte nichts.

ZEILE 23

John erwachte und Gedanken schwirrten in seinem Kopf wie die Fliegen um den Kadaver in dem Video mit Szenen eines Basars in irgendeinem Land der Dritten Welt, den sie in der Schule hatten ansehen müssen. Als Vegetarier fand er solche Bilder besonders abstoßend und staunte wie so oft, über die kolossale menschliche Fähigkeit derart schauriges Filmmaterial zu erzeugen – im Geist und außerhalb gleichermaßen. So viel zu der witzigen Bemerkung seiner Mutter über den Staub der sich von selbst erledigt, wenn man ihn in Ruhe lässt. So weit er es beurteilen konnte, waren alle seine Fragen noch immer da, unbeantwortet. Er schnappte sich sein Handy und drückte ein paar Knöpfe. Kleine Finger, die ihre Transformation in die starken schönen Hände von Johns Erwachsenem-Selbst noch nicht vollendet hatten, berührten virtuelle Tasten auf einer virtuellen Tastatur mit der Leichtigkeit und Geschwindigkeit die Erwachsene, je nach ihrer entsprechenden Beziehung zu allen elektronischen Dingen, entweder mit Herablassung oder Bewunderung betrachteten.

„ :(4 dummes Verhalten BS John", zeigte die Nachricht und er drückte auf das Senden Symbol. Der nette kleine

Signalton bestätigte, dass seine winzigen Freunde die tief in den Eingeweiden des Geräts lebten, TripleO und TripleI Binaries, seinen Wunsch nach Kommunikation mit Julia ausgeführt hatten. Natürlich wusste er, dass abgesehen von den negativen und positiven elektrischen Zuständen nicht wirklich irgendwelche Binaries in seinem Handy existierten, aber er liebte die Idee. Gesegnet mit einer ordentlichen Portion Phantasie seiner Mutter, war seine Welt mit allen möglichen submikroskopischen Geschöpfen beseelt die dafür zuständig waren, allerlei Arten von Aufgaben zu erledigen. Selbst als der erwachsenere Teil von ihm damit begann über diese Vorstellung zu schmunzeln, war er im Ganzen gesehen doch immer noch in diese magische Welt vernarrt, die mit winzigen Freunden bevölkert war, die unermüdlich daran arbeiteten, ihm jeden Wunsch zu erfüllen. Er genoss die Idee, wie die Binaries ihre Nachricht an die Wellenreiter übergaben, die ihrerseits mit nahezu unvorstellbarer Geschwindigkeit durch den Raum surften, um Julias Binaries zu treffen und seine Botschaft weiterreichten, ähnlich wie die Läufer bei einem olympischen Staffellauf ihren Stab weitergaben.

Zum ersten Mal war er auf diese winzige Bevölkerung aufmerksam geworden, als er vor Jahren von seinem Fahrrad gefallen war und sich dabei sein Knie aufgeschürft hatte. Sarah hatte die Wunde behandelt und, in dem Bemühen ihn von seinem Schmerz abzulenken, hatte sie ihm erzählt, wie winzige Wesen aus den verschiedensten Bereichen seines Körpers zu der Stelle seiner Verletzung sausten. Einige brachten Fasern zum Ausbessern mit, andere beförderten Geräte um geplatzte

Äderchen zu reparieren, und wieder andere schaufelten kleinste Schmutzpartikel heraus, damit sich die Wunde nicht infizierte. Alles was sie tat war, diese Bemühungen zu unterstützen, indem sie zusätzliches Material zur Verfügung stellte.

Seitdem hatte er zellulare Geschehnisse als kleine Völker personifiziert und sie xms getauft, die Abkürzung für x-beliebige mini Sachen. Es gab xms die die Verdauung förderten, Schmerzen linderten, ihm beim Denken halfen während sie die Lösungen für seine vielfältigen Probleme von kleinen Zetteln ablasen. Na dann müssen sie noch schlafen, weil keine Antworten zum Vorschein kamen. Moment! Vielleicht war das ja alles nicht bloß eine nette Geschichte? Vielleicht existierten in Oma Kates Welt solche Sachen? Und was ist mit den Kobolden? Vielleicht waren sie nichts anderes als die xms der Bäume? Wie um ihm zu sagen, dass er mit seinen Phantasien vielleicht ein bisschen zu weit ging, erschien einer seiner Boten-Binaries und teilte ihm mit, dass sein Text nicht zugestellt werden konnte. Bam! Natürlich! Cedarwood-Ridge war ziemlich nah am No-Signal-Gebiet und Fragrant Meadows lag meilenweit innerhalb des Funklochs.

„Dann erwisch ich sie später", sagte er zu sich und steuerte in die Küche, wo seine Mutter von ihrer Morgenzeitung aufblickte - ihre Liebe für ihren Sohn strömte aus jeder Pore.

„Morgen Mam, ist das Frühstück fertig?"

„Noch nicht, aber sobald du aus dem Badezimmer kommst schon." Sie erinnerte sich an ihren philosophischen Austausch am Abend vorher und Sarah fragte sich, wie lange sie wohl ihr morgendliches Ritual noch durchführen würden, bevor John die Küche entweder vollständig bekleidet betrat oder sich berechtigt fühlte, im Pyjama zu frühstücken.

Mit einem Laut, der sowohl Zustimmung als auch Ablehnung bedeuten konnte, verließ er die Küche und Sarah stellte Müsli, Sojamilch und eine Schüssel voll in Scheiben geschnittenes Obst auf den Tisch und schob ein Zitronen-Mohn-Muffin in den Ofen.

Als John die Küche wieder betrat, war er vollständig bekleidet und schaute „chillig" aus. Er trug seine Lieblings-Cargo-Hose und das Kapuzen-Sweatshirt das aussah, als ob er einen weiteren Meter an Höhe wie auch an Umfang zulegen könnte, und es würde immer noch passen. Gemäß ihrer eigenen 22-Grad-Sommer-oder-Winter-egal-Theorie hatte er den Reißverschluss bis zum Kinn hochgezogen, aber Sarah hätte einen Tag Schreiben gegen Hausputz gewettet, dass sich darunter das gestreifte Poloshirt befand, für das sie Nachtschichten in der Waschküche einlegen musste, falls sie wollte, dass ihr Sohn saubere Kleidung trug.

Sie erinnerte sich daran, wie sie in Johns Alter darunter gelitten hatte, sobald die Not sie dazu zwang, Tag für Tag die gleichen Sachen anziehen zu müssen. Nach dem Tod ihrer Eltern hatte sie keine andere Wahl gehabt, als nach Cedarwood Ridge zu ziehen und bei ihren Großeltern zu leben, und da gab es nie genug Geld, um all die Kleider zu kaufen, die sie wollte. In ihrem Geist sah sie deutlich ihre Großmutter Nachtschichten schieben, in einer weit weniger komfortablen Waschküche als ihre eigene, damit sie ihren Schützling am nächsten Tag in sauberer Bekleidung in die Schule schicken konnte. Damals hätte Sarah wohl nie vermutet, wie sie in der Zukunft diese lästige Pflicht ihrer Großmutter wiederholen würde, um für ihren eigenen Schützling nicht Kummer sondern Glück zu bringen.

Fasziniert von dieser Gedankenkette und bereits dabei, dies in eine ihrer Geschichten einzuweben, hörte sie John sagen: „Mam, hörst du zu oder schreibst du eine Geschichte in deinem Kopf? Ich sagte, ich rieche Verbranntes und unter Berücksichtigung der vielen Vormittage, wo mir genau der gleiche Geruch entgegenströmte, ist meine Schlussfolgerung, es muss das Muffin im Ofen sein und du warst meilenweit weg."

„Tut mir leid, Schatz, du hast Recht. Ich bin abgedriftet." Sie nahm das verbrannte Muffin aus dem Ofen. „Denke mal, das Muffin ist Toast heute morgen."

„Ja, dieses Muffin ist ganz sicher Toast, aber danke, keinen Toast für mich. Ich werde sowieso bei Fragrant Meadows vorbeifahren und du weißt ja, wie bei Frau Livingston immer eine ganze Ladung Kekse wartet. Möchte Dinge mit Julia richtigstellen."

Sarah freute sich diese Neuigkeit zu hören und sah mit Erleichterung, wie auch Johns Appetit zurückgekommen war. Vorbei war der nachdenklich-im-Essen-herumstochernde-Stil des Abends zuvor. Mit der spannenden Aussicht einen neuen Tag zu erkunden, schaufelte er eine enorme Menge an Obst und Müsli in sich hinein, genauso wie es sich für einen Zwölf-,

Entschuldigung, fast Dreizehnjährigen ziemte, der auf vielen Ebenen Wachstumsschübe durchlief.

ZEILE 24

In ihrem alten Zimmer in Fragrant Meadows erwachte Elizabeth Livingston-Banes mit einem Gefühl der Angst, dem Gefühl der Angst nicht unähnlich, das ihre Tochter nach dem Aufwachen erlebt hatte. Das Gefühl war in ihrem Fall schlimmer, da sich die unzähligen unbefriedigten Wünsche, die ihr im Laufe ihres Lebens jeder neue Tag gebracht hatte, zu einem immer größeren Berg an Enttäuschungen aufgetürmt hatten, sich auf ihrer Brust niederließen und ihr das Atmen erschwerten. Wenn sie sich nur nach Japan beamen könnte oder zumindest in ihr eigenes Schlafzimmer in der Stadt! Oder, was das betraf, fast überall hin würde es tun, solange es nur weit genug weg von der Gegenwart ihrer Mutter und Fragrant Meadows Erinnerungen war. Aufwachen war nie besonders angenehm für sie, aber mit einem vollen Terminkalender den es einzuhalten gab, gelang es viel einfacher, die Tragik eines solchen Zustands zu leugnen. Soweit sie zurückdenken konnte, begrüßte sie der Druck, Selbstvertrauen ausstrahlen zu müssen wenn alles was sie fühlte nur Hilflosigkeit war, jeden Morgen wie ein Schatten, der an ihrer Bettseite stand. Dieser Schatten folgte ihr den ganzen Tag über bis sie abends, ohnmächtig vor Erschöpfung, einschlief. Und so zog sich der Schatten für einen flüchtigen Moment zurück, nur um ihr in ihren Träumen wieder zu begegnen.

Als Julia klein war, war das Aufwachen besonders schlimm gewesen. Angesichts der Verantwortung, welche die Sorge um ein anderes menschliches Wesen mit sich brachte, waren ihre Daumen über Monate hinweg nur Furchen von rohem Fleisch. Und wann immer Peter versucht hatte sie zu beruhigen, endete das unweigerlich in einem Streit. Peter. Eine Sache weniger, um die sie sich kümmern musste. Trotz allem was ihre Mutter dachte, fühlte Elizabeth eine große Erleichterung darüber, nicht mehr verheiratet zu sein. Sie wollte sowieso nie heiraten, noch wollte sie jemals eine Mutter sein. Alles was sie für sich selbst wollte war, einen Unterschied in der Welt zu machen. Aber solch eine Leidenschaft war verloren bei einer Mutter, deren Selbstwertgefühl darin gipfelte eine saubere Schürze anzulegen, Plätzchen zu backen und den Haushalt zu führen. Nicht dass Elizabeth dachte, dass daran irgendetwas falsch war, es war einfach nicht für sie und so sehr sie auch versucht hatte, es Amelia recht zu machen, hatten letztendlich ihre Bemühungen allen nur geschadet. Nun, viele Jahre und ein Vermögen das sie für Therapeuten ausgegeben hatte später, bekam sie endlich ihre Chance und sie sollte verdammt sein, wenn sie noch eine Minute vergeudete, ihren Traum zu erfüllen. Sie würde nach Japan gehen, egal ob Regen, Sonnenschein oder Flutwelle, wie ihr Vater zu sagen pflegte. Doch da unsere Emotionen paradoxerweise unabhängig von unserer Logik existieren, blieb das tiefe

Gefühl des Versagens, weil sie ihren Mann an eine andere Frau verloren hatte, trotz allem sehr lebendig.

Ein tiefer Seufzer verscheuchte den Schatten des neuen Tages aus ihrem Blickfeld, aber der Gedanke, sich mit ihrer Mutter nach dem gestrigen Streit erneut auseinandersetzen zu müssen, brachte ihn sofort wieder zurück – sie spürte, wie er in der Ecke bei der Tür lauerte und wollte am liebsten die Decke über ihren Kopf ziehen und wieder einschlafen. „Komm schon, Elizabeth, du schaffst es", ihr Mantra von unzähligen Morgen, „es sind nur noch wenige Tage und dann bist du unterwegs nach Japan, um das zu tun, was du tun sollst. Also steh auf und lächle."

Ohne zu bemerken, dass sie Amelias Benimmregel zu hundert Prozent befolgte, stand sie auf und lächelte.

***

Amelia Livingston stand am Herd in ihrer riesigen Küche, wo fünf der acht Gasbrenner fröhlich tanzende Flammen in verschiedenen Größen ausspuckten, und bereitete - von Pfannkuchen bis Würstchen - ein vollendetes Geschmackserlebnis vor. Sie summte zu einer beschwingten Melodie aus dem Radio, das in der Kommunikations-Konsole an der Wand neben der Hintertür eingebaut war. Die Sprechanlage selbst war schon lange abgeschaltet, ein Überbleibsel aus der Zeit als Sam ein kleiner Junge war, eine Zeit in der eine Heerschar an Bediensteten das Anwesen von Fragrant Meadows in Schuss hielt.

Amelia war froh, dass diese Tage vorbei waren. Sie fand den Gedanken schrecklich, die Fürsorge für ihre Lieben an Mägde und Köche zu übertragen, so wie es ihre Mutter getan hatte; ihre Aufgaben als Herrin des Hauses beschränkten sich darauf, eine Vielzahl an Arbeitern und Veranstaltungen zu organisieren. In einem Geistesblitz an Klarheit erkannte sie, dass dies gar nicht so unterschiedlich von dem war, was ihre Tochter machte: während sie eine Horde von Angestellten leitete, wurde ihre eigene Tochter von Fremden versorgt. Alles was sich verändert hatte waren die Namen dieser Fremden – Ammen und Erzieherinnen vergangener Tage wurden zu Babysittern, Kindertagesstätten und Therapeuten während die Hersteller von Fertiggerichten das Kochen übernahmen. *Der Unterschied ist, Elizabeth müsste dies nicht tun*, sagte sie zu sich selbst und verdrängte damit ihre mitfühlende Betrachtungsweise der Situation ihrer Tochter. *Aber Mutter musste es?*

Elizabeths Eintritt unterbrach ihre Träumereien und der zaghafte Einwand des verlassenen kleinen Mädchens, das in der dunklen Höhle von Amelias Vergangenheit still vor sich hin litt, wurde problemlos ignoriert.

„Guten Morgen Mutti. Bekomme ich einen Kaffee?"

„Guten Morgen, Liebes. Das Frühstück ist in ungefähr zwanzig Minuten fertig. Du kannst helfen und den Tisch decken." Nicht an der Ankündigung interessiert, dass ein brandneuer, hochmoderner Kommunikationssatellit in ein paar Stunden gestartet werden würde, schaltete Amelia das Radio aus.

„Ohne meinen Kaffee kann ich gar nichts tun. Weißt du das nach all den Jahren noch immer nicht?" *Oh nein*, dachte Elizabeth, *muss ich den Tag mit einem weiteren Vorwurf beginnen?*

Amelia seufzte während sie den hoffnungslosen Fall, zu dem ihre Tochter wurde, aufgab. „Musst du wirklich den Tag damit beginnen, mich für eine weitere Sache zu beschuldigen, die ich falsch mache? Ich hatte so gehofft, ein guter Schlaf würde helfen, deine Laune zu bessern, aber ich schätze, das war das Unmögliche zu wollen."

„Seltsam, das du das erwähnst. Ich denke, ich habe ganz tief geschlafen. Ein vorzüglicher traumloser Schlaf. Die Dunkelheit die diesen Ort umgibt, hat schon was", und indem sie versuchte, ihre vorherige Ungezogenheit auszugleichen, fügte sie hinzu, „wo willst du, dass ich den Tisch decke? Im Frühstücksraum? Esszimmer? Oder glaubst du, es ist warm genug, um draußen essen zu können? Bin überzeugt, das würde Julia gefallen."

Obwohl Amelia es hasste beim Kochen unterbrochen zu werden, hasste sie eine weitere Debatte genauso sehr. Sie drehte das Gas von einigen Brennern nach unten und ging in den Frühstücksraum, Elizabeth im Schlepptau. Der Frühstücksraum war eines von Elizabeths Lieblingszimmern im ganzen Haus. Eingebaut in ein überdimensional großes Erkerfenster, waren drei Wände ganz aus Glas und gaben dem Raum die Atmosphäre eines Wintergartens. Das Haus war eigentlich über einhundert Jahre alt, aber im Laufe der Zeit war es mehrfach entkernt, umgestaltet und modernisiert worden. Seine „kleine italienische Villa" nannte ihr Vater das Anwesen liebevoll in großer Untertreibung, und solange sie sich erinnern konnte, war ein Teil oder ein anderer stets im Umbau.

Sie öffneten die Flügeltüren und der Geruch von unwiderstehlicher Frische strömte auf einer Woge sauberer Landluft in den Raum. Mit diesem Geruch kam die Erinnerung an eine Geschichte, die ihr Vater ihr erzählt hatte als sie ein Kind war und Aufwachen die aufregendste Sache überhaupt war, eine Zeit in der der Schatten des neuen Tages nichts anderes als ein ferner Fremder war, von dem sie nie gedacht hätte, dass er es bis an die Türen ihres Bewusstseins schaffte.

Die Geschichte besagte, wie die vielen verschiedenen Pflanzen einen Teil ihres Duftes an den Tau abgaben, als Zeichen der Dankbarkeit dafür, dass er sie mit Wasser nährte während er sie mit dem Glanz unzähliger Diamanten schmückte. Dann, wenn das Feuer der Diamanten, geschürt durch die warmen Strahlen der Morgensonne, die Tautropfen dazu verlockte, ihre individuellen Formen hinzugeben und sie sich in der Vereinigung mit dem sie umgebenden Raum auflösten, wurde der Duft befreit und vom Wind in die letzten Winkel der Erde getragen. Sie lächelte bei der Erinnerung. Kein Wunder, dass sie sich von Aromatherapie so angezogen fühlte.

„Mein Gott, ist das wunderschön", Gesicht weich, Stimme sanft, die Schönheit der Landschaft spiegelte sich in ihrem Wesen.

„Ja, Papa genoss diese Aussicht immer sehr."

Elizabeths Augen füllten sich mit Tränen als sie den altmodischen Kosenamen hörte. Sie hatte ihren Vater immer Papa genannt, bis sie in einem Augenblick des jugendlichen Trotzes damit begann, ihn Dad zu nennen. Instinktiv hatte sie immer gewusst, dass diese eine Äußerung, gemacht um zu zeigen wie sehr sie sich von dem Leben in Fragrant Meadows unterschied, ihre Beziehung verändert hatte indem sie ihr etwas von ihrer besonderen, magischen Qualität nahm.

„Ja. Papa", flüsterte sie. „Ich vermisse dich sehr. Ich gehe nach Japan und mache dich stolz." Während sie es vermied, in die Augen ihrer Mutter zu blicken, um den Moment zwischen ihr und ihrem Vater für sich zu behalten, sagte sie mit fester Stimme, „das ist großartig. Ich decke den Tisch hier."

Amelia verbarg ihre eigenen Tränen, drehte sich um und ging in die Küche, zurück zu der tröstenden beruhigenden Pflicht für ihre Lieben zu sorgen - in der einzigen Art und Weise, die sie kannte.

ZEILE 25

Julia beobachtete Viktor, der sich in einsgerichteter Konzentration seinem Essen widmete.

„Wissen Sie, ich habe noch nie jemanden gesehen, der so isst wie Sie", etwas wie Bewunderung klang in ihrer Stimme an. „Ich meine, alle Leute die ich kenne, können essen und reden gleichzeitig, aber Sie haben mich nicht einmal angeschaut, seit Ihr Essen kam. Sie sind wirklich anders."

Da ihre Angst für den Moment geringer war, die Dunkelheit der Nacht hinter ihr lag und mit einigen anderen Mitgliedern der Spezies Mensch vor ihr, fühlte sie sich sicher genug, sich endlich die Attraktivität ihres Begleiters einzugestehen. Vielleicht ist er tatsächlich dieser mysteriöse Fremde, den Kellie in ihrer Kristallkugel gesehen hatte? *Oh Mann, ich bin gut dabei, meinen Verstand zu verlieren! Alles was wir taten, war herumalbern und eine echte Kristallkugel gab es da sowieso nicht und selbst wenn es sie gegeben hätte, dann gibt es da noch immer keine Hellseher die die Zukunft lesen. Oder? Und außerdem, Kellie war nicht einmal ein Hellseher. Oder?*

Viktor legte seine Gabel ab und schaute ihr direkt in die Augen. „Es tut mir leid, falls dir meine Manieren missfallen, aber es scheint, ich verdaue meine Nahrung besser, wenn ich ihr meine ungeteilte Aufmerksamkeit schenke. Und wenn ich jemanden zuhöre, werde ich geistig genährt und wie ich schon sagte, es scheint ich verdaue meine Nahrung besser, wenn ich ihr meine ungeteilte Aufmerksamkeit schenke", und ohne auch nur ein einziges Mal geblinzelt zu haben, fuhr er fort, „du zweifelst also an Doktor Klines Weisheit aufgrund seiner Nichtübereinstimmung, es sei das Beste für dich, bei deinem Vater zu leben. Davon leite ich ab, dass dein Vater woanders lebt. Aus geschäftlichen Gründen, möglicherweise?"

„Ach das. Nein. Meine Eltern sind geschieden und mein Vater lebt nun mit seiner neuen Freundin an der Ostküste."

„Dies zu hören tut mir natürlich aufrichtig leid." Aus unerklärlichen Gründen wurden Victors ohnehin schon sanfte schöne Augen noch sanfter in Mitgefühl. „Und der Anlass deiner Reise ist nun dort hinzufahren und ihn zu besuchen?"

„Na ja, wie man's nimmt." Unsicher wie viel sie preisgeben sollte, sagte ihr das gewohnte Misstrauen sie solle den Mund halten, und wie durch ein Wunder befolgte ihr Mund - ausnahmsweise in Gegenwart dieses Fremden - den Rat. „So ungefähr."

„Warum findest du keinen Gefallen daran, bei deiner Mutter zu leben, wenn ich so dreist sein darf, zu fragen."

„Ich weiß auch nicht. Meistens ist es gar nicht so schlimm. Es ist nur, wissen Sie, ich denke, irgendwie, dieser Mutter-Tochter-Kram?" Schultern, Mundwinkel, Augenbrauen gingen nach oben, als ob der Rhythmus einer solch eintönigen Choreographie einen unsicheren Geist davor bewahren könnte, in dem mysteriösen Raum besagten Krams verloren zu gehen.

„Aha, verstehe."

Das wiederum gab Julia zu verstehen, dass Victor keinen blassen Schimmer davon hatte, wovon sie redete. Da sie nicht wollte, dass ihr Gespräch in eine Therapiesitzung ausartete, änderte sie das Thema. „Und was ist mit Ihren Eltern? Sind die auch geschieden?"

„Aber nein!", Victor lächelte, „Ich habe keine Eltern."

„Das tut mir leid", war alles, was Julias augenblickliche Verlegenheit ihr zu sagen erlaubte. „Mein Opa ist vor kurzem gestorben. Es ist echt hart. Ich meine, Leute sterben die ganze Zeit, aber irgendwie habe ich darüber noch nie nachgedacht. Aber jetzt, wenn ich mir vorstelle, ich werde Opa nie nie – nie – mehr wiedersehen", das Bild ihres Großvaters, das auf der Wiese aus dem Nichts aufgetaucht war, leuchtete auf ihrem inneren Bildschirm auf. „Glauben Sie an Geister?", war der Soundtrack der dieses Bild begleitete.

„Ha! Was für eine interessante Frage! Und du?"

„Nicht in einer Million Jahren!"

„Eine Million Jahre! Das scheint aber eine sehr lange Zeit zu sein, nicht wahr? Und sogar noch interessanter, du scheinst sehr überzeugt, die Zukunft vorhersagen zu können. Ich habe eine Bekannte, die darin auch ziemlich kompetent ist."

„Was? Sie glauben an Psychokram?"

„Ich weiß nicht genau, wovon du sprichst. Natürlich glaube ich an eine Psyche, das griechische Wort für Seele, du etwa nicht?"

Julia lachte über Victors erstaunten Blick. „Mann, Sie sind echt schräg! Sie kennen jemanden, der die Zukunft voraussagt, aber wissen nicht was Psychokram ist? Das ist genial! Also, in meinem Jahrtausend ist es das, an was diese Hellseher glauben. Und ich glaube an nichts von all dem Zeug."

„Aha. An was glaubst du denn?", Victor beugte sich vor, wie um die Intimität einer solchen Frage zu unterstreichen.

„Ich weiß es tatsächlich nicht. Ich erkannte erst gestern, dass ich mir darüber noch nie Gedanken gemacht habe. Mein Leben war einfach wunderbar und dann hat uns Papi verlassen und dann finde ich heraus, dass ich nach Cedarwood Ridge muss und dann beginnen lauter verrückte Sachen zu passieren."

Als Viktor nicht reagierte, sprudelten noch mehr Worte aus tief unterhalb der Schwelle ihres Bewusstseins gelegenen, verborgenen Plätzen empor. „Also an dem Tag, an dem ich herausfand, ich könnte nicht ins Ferienlager gehen, da hatte ich diese, diese Art Vision Sache..." *Mein Gott, das ist so krank*, dachte sie.

„Dafür musst du dich nicht schämen. Im Laufe der Geschichte bekannten sich eine beträchtliche Anzahl großer Denker dazu, Visionen gehabt zu haben", sagte Victor, seine Behutsamkeit lud sie ein, mehr zu sagen, aber dieses Mal widerstand Julia dem Drang die Stille zu füllen und nach einer Weile fuhr Victor fort. „Ich habe einen Freund, einen Doktor der Geistwissenschaft, oder des Bewusstseins wenn du so willst, der dir ohne Zögern sagen würde dass, obwohl es scheint als säßen wir hier in diesem Restaurant, es sich dabei um nicht mehr als einen von unserem Geist hervorgebrachten Trugschluss handelt, den unsere Erinnerung mit Bedeutung füllt", und als er Julias Ausdruck völligen Unglaubens bemerkte, fügte er schnell hinzu, „denke nicht ich verstehe das auch alles, aber es ist, was er sagt."

„Mann, Ihr müsst ja ein Haufen sein! Ein Neurowissenschaftler, eine Wahrsagerin, und Sie! Euch alle zusammen würde ich gern mal sehen. Bin mir sicher, ihr seid eine Schau."

Ein Funken der Begeisterung flackerte in Victors Augen auf, malte filigrane Goldfäden auf die Oberfläche ihres einmalig himmlischen Blautons und verwandelte sie in ein Paar aus Lapislazuli. „Würdest du das wirklich?", fragte er, kaum fähig seine Freude über diese Möglichkeit in Schach zu halten.

Julias Schutzschild fuhr schneller hoch als die Sicherheitsschleusen bei einem Gefängnisausbruch. Das Leuchten in Victors Augen brachte Vorstellungen von Wes Craven Psychopaten zurück. „Nein, passt schon. Ist nur so eine Redewendung. Würden Sie mich kurz entschuldigen?", und als sie aufstand, um zur Toilette zu gehen konnte sie Victors Enttäuschung sehen, obwohl seine Aufmerksamkeit zu seinem Essen zurückgekehrt war.

***

Die Toilette der Raststätte sah heruntergekommen aus und stank schrecklich. Der scharfe Geruch eines chemischen Luftreinigers brannte in Julias Nasenlöchern aber trug ansonsten nicht dazu bei, den Gestank körperlicher Ausscheidungen erträglicher zu machen. Alle Arten vulgären Graffitis bedeckten jeden Zentimeter der Wände. Oberhalb des faulig riechenden Waschbeckens mit seinen Mustern aus Seifenschaum und Schmutz war ein Spiegel mit einem langen diagonalen Riss, der ihr Gesicht in zwei Hälften teilte. Als sie die Kabine betrat, würgte es Julia und sie kämpfte gegen den überwältigenden Drang, ihr Frühstück zu erbrechen. *Denn Göttern der Mode sei Dank für acqua-alta-Schuhe,* dachte sie, *zumindest werden meine Klamotten nicht verseucht!*

Da sie nichts berühren wollte verzichtete sie aufs Händewaschen, und da eine Armada an blinden Flecken die ehemals glänzende Oberfläche des Spiegels übersäte, konnte sie nicht einmal den Zustand ihres Aussehens überprüfen. *Auch gut,* sagte sie sich zur Ermutigung. *Je schneller ich hier rauskomme, desto besser.* Sie durchwühlte ihren Rucksack und suchte nach ihrem Smartphone. Hier. „Bitte, lass da ein Signal sein!", murmelte sie als sie das Gerät einschaltete. Ja! Es schien wie eine Ewigkeit, seit sie das letzte Mal Balken gesehen hatte. Ihre Finger tippten eine rasche Folge an Symbolen bis Kellies Gesicht, eine alberne Grimasse schneidend, auf dem Bildschirm erschien. Keine Antwort.

„Um Himmels Willen, Kellie, warum gehst du nie ans Telefon?", flüsterte sie sobald ihr Kellies Voicemail ganz unnötig sagte, dass sie im Moment nicht erreicht werden konnte und bitte hinterlasse eine Nachricht, wenn es sein muss. „Hör mal, ich erlebe hier einen totalen Albtraum. Bin hier an diesem unentschuldbaren Platz inmitten von socking US in-wer-weiß-wo A und kann mich nicht einmal schminken, weil der sogenannte Spiegel in diesem, diesem Höllenloch ausschaut wie etwas aus einem Geisterhaus-Movie. Wie auch immer, alles ging total turbo und ich bin unterwegs zu meinem Vater. Ruf mich an, wenn du das hörst. Muss los. Tschau."

Papi! Richtig! Am besten ist, ich rufe an und sag ihm, dass ich komme, waren ihre Gedankengänge als das Bild ihres Vaters auftauchte – gefolgt von seiner Voicemail. Enttäuschung schnürte ihr die Kehle zu, aber ein guter Heulanfall braucht ausreichend Luft und nie im Leben würde sie, nach all den schrecklichen Dingen die ihr in weniger als vierundzwanzig Stunden passiert waren, freiwillig eine Situation heraufbeschwören die sie dazu zwang, mehr von diesem Gestank einzuatmen als fürs reine Überleben unbedingt notwendig war. Ohne eine Nachricht zu hinterlassen, beendete sie den Anruf. Als sie ihre Hand die Tür öffnen sah die zurück ins Lokal führte, ließ sie das Bild unzähliger, mikroskopisch kleiner Lebensformen, die ihr bedeutungsloses Dasein glücklich auf der Oberfläche des Türgriffs auslebten, erschaudern. Mit ihrer freien Hand zog sie die antibakterielle Handlotion aus ihrem Rucksack und empfand dabei einen fast freundlichen Gedanken für ihre Mutter, die seit

Kindergartentagen stets dafür gesorgt hatte, dass Julia das Haus niemals ohne diese Lotion verließ.

ZEILE 26

In Niem Vidalgo Otens schwarzem Konferenzraum verkündete die künstliche Stimme seines hyper-modernen Kommunikationssystems erneut „Constellato für Herrn Oten" bis die nicht wirklich vorhandenen digitalen Ohren des Systems Otens Stimm-Imprint sagen hörten, „Leg los."

Constellatos überlebensgroßes Gesicht auf dem Bildschirm begann zu sprechen. „Ich störe Sie nur ungern, Sir, aber gerade bemerkte ich bei einem Handy einen Anruf, der nirgendwo herstammt."

„Wie bitte? Du bemerktest einen Anruf, der nirgendwo herstammt? Bedenke, dass ich ohne Millionen-Dollar-Gehirn auskommen muss, also könnte ich dies missverstanden haben", in der absoluten Dunkelheit des Raumes unsichtbar, konnte Otens Sarkasmus gerade noch seinen Ärger über die Unterbrechung überspielen. Sein State-of-the-Art Kommunikationssatellit würde in wenigen Stunden starten und er selbst sollte im wahrsten Sinne des Wortes gleichzeitig an mehreren Plätzen sein. „Vergeude nicht meine Zeit mit Andeutungen. Was ist so besonders an einem Anruf, der aus einem der nicht-digitalisierten Bereiche der Welt kommt?

Bedauerlicherweise müssen wir zugeben, dass es noch immer Orte gibt auf die wir nicht zugreifen können, da sie kein Signal haben und unser neuer Satellit wird uns bei diesem Problem sehr helfen. Also?"

„Ich bin nicht darauf programmiert, Ihre Zeit mit belanglosen Informationen zu vergeuden, Sir. Der Anruf den ich abgefangen habe, kam von Nirgendwo."

„Wie kann es einen Anruf geben, der keinen Ursprung hat? Das ist nicht möglich!", Oten dämpfte seine Stimme ein wenig und glich die Minderung an Lautstärke durch Schärfe aus.

„Ich ließ Analysen laufen, um zu sehen, wie das theoretisch zustande kommen konnte und denke, die Antwort wird Ihnen nicht gefallen", Constellatos Stimme vibrierte zwischen Stolz über die Leistung und Angst vor der Reaktion seines Chefs und er klang dabei fast wie eine Comicfigur. Der Stolz gewann und er ließ die Nachricht wie eine Bombe über Oten platzen. „Die einzige Möglichkeit, wie das theoretisch passieren könnte ist, wenn die Interaktion im Hyper-Kommunikationsraum geschieht ohne eine Spur in unserer dreidimensionalen Umgebung zu hinterlassen."

Nicht zum ersten Mal war Niem Vidalgo Oten dankbar für die künstliche Dunkelheit die ihn umgab. Es war um so vieles einfacher seine Lakaien in Zaum zu halten, wenn sie seine Reaktionen nicht mitbekamen. Und im Augenblick war sein Gesicht eine abscheuliche Fratze der Wut geschürt von seinem Neid. Sein multinationales Kommunikationsunternehmen beherrschte insgeheim weltweit alle Kommunikation, die digitalisierte Welt sowieso, aber die Vorstellung zu verwirklichen, nicht nur den multinationalen sondern den multidimensionalen Raum zu beherrschen und dadurch in der Lage zu sein die Zeit zu kontrollieren, war sein geheimer Ehrgeiz. Und herausfinden zu müssen, dass es ganz danach aussah, als hätte jemand genau das geschafft, war ein schwerer Schlag für sein übergroßes Ego. „Reiß dich zusammen", sagte die Stimme seines inneren Beraters, „es bringt nichts, wenn du noch mehr an Gesicht verlierst, weil du dich beunruhigt zeigst." Für einen kurzen Moment schloss er seine Augen und tauchte als der Mann wieder auf, als der er von der Welt gesehen werden wollte, ein Führer mit Kontrolle über jegliche und alle Situationen.

„Wenn du dich nicht irrst, ist das in der Tat eine interessante Nachricht", und mit einer herablassenden Betonung, wie um zu sagen, er sei bereits von Constellatos Fehldeutung der Information überzeugt, fügte er hinzu, „falls es nicht zu viel verlangt ist, könntest du schildern, wie du auf diese unmögliche Manifestation gestoßen bist?"

„Durch Zufall. Ich ließ eine Routine-Überwachung unserer Mitarbeiter laufen und da war es."

Oten ging auf den Bildschirm zu und sein weißes Gesicht wurde sichtbar. Er benötigte all seine Kraft, seine Maske aufrecht zu halten. „Nun, das ist wirklich günstig. Heißt das, du kannst mir ein Bild liefern?"

Constellatos Finger kamen aus dem Bildschirm und das holografische Bild eines gut aussehenden Mannes mit gepflegtem Kinnbart und dunkelbraunen, zu einem

Pferdeschwanz zusammengebundenen Haaren, erschien im Raum. „Ich habe das aus den Daten der Personalabteilung. Sein Name ist Peter Banes, kürzlich nach Ridgewood, New Jersey, umgezogen. Er arbeitet in der HVG-Entwicklung. Arbeitet meistens von zuhause aus und pendelt bei Bedarf in unsere New York City Niederlassung. Nicht ein einziges auffälliges Vorkommnis. Der perfekte Angestellte. Sieht sich selbst als gescheiterter Künstler. Einigermaßen gute Vorstellungskraft. Wir halten ihn leicht depressiv um so seine Fähigkeiten zu mindern, damit er nicht die Aufmerksamkeit der Konkurrenz auf sich zieht. Seine Einstufung ist wertvoll."

„In der Entwicklung Holografischer Video-Games, hmm?", Oten strich erneut diese widerspenstige schwarze Haarsträhne zurück, „Ich schätze, dann besteht kein Grund zur Sorge. Vielleicht testet er gerade eine neue Methode der Bildprojektion."

„Ja, vielleicht ist es das", obwohl Constellato davon nicht überzeugt war hütete er sich, seine Meinung unaufgefordert mitzuteilen.

„Halte ihn getaggt und falls sich weitere ungewöhnliche Aktivitäten zeigen, lass es mich sofort wissen." Oten schnippte kurzerhand mit den Fingern; mit dem Ausschalten des Bildschirms verschwand auch Peter Banes Gesicht und der Raum kehrte zu seiner tödlichen dunklen Stille zurück.

ZEILE 27

„Du siehst etwas blass aus, geht es dir gut?", fragte Victor als Julia aus der Toilette wieder zu ihrer Nische zurückkehrte.

„Dieser Platz ist eine Zumutung", antwortete sie, angewidert inspizierte sie den schmierigen Tisch und die senfgelbe Sitzbank, deren Füllung aus zahlreichen Rissen hervorquoll.

„Schauen Sie sich diese Sauerei an", zeigte auf ein Loch im Sitz, stummer Zeuge einer Zeit, als Rauchen so gut wie überall erlaubt war. „Und meine Mami sagt immer, man kann die Sauberkeit eines Restaurants an der Sauberkeit der Toilette beurteilen. Igitt! Ich denke lieber nicht darüber nach, wie die Küche in diesem Loch ausschaut, sonst kommt mir noch mein Frühstück hoch."

Victor benutzte sein letztes Stück Brot, um den letzten Bissen seines eigenen Frühstücks auf dem Teller aufzuwischen und betrachtete sie nachdenklich.

„Es tut mir leid zu hören, dass dir deine Welt verschlissen und abstoßend erscheint. Schließlich bist du noch so jung. Deine Sichtweise sollte eine von Schönheit und Abenteuer sein. Ich habe diesen Freund --"

„Hören Sie. Nichts für ungut, ok? Aber meine Nerven sind im Moment gerade etwas angeknackst. Also, wenn es Ihnen nichts ausmacht, lassen Sie das seltsame Gerede einfach für eine Weile, hmm? Ich glaube, das würde echt helfen."

„Kein Problem", Victor nicht im geringsten beleidigt, schenkte ihr sein strahlendes Lächeln, „dann lass uns gehen", und mit einer weiteren seiner fließenden Bewegungen war er aus der Nische und aus dem Lokal verschwunden.

Whoa! Dann hoff ich mal, er hat die Rechnung bezahlt, dachte Julia als sie ihm in Richtung Taxi nacheilte.

***

Victor saß bereits hinter dem Steuer und studierte etwas auf dem Monitor am Armaturenbrett mit größtem Interesse. Eine Person, die zufällig vorbeikäme, hätte nie gedacht, dass er vor weniger als einer Minute in der Raststätte den letzten Bissen seiner Mahlzeit schluckte. Er sah so entspannt aus, so eins mit seiner Umgebung, dass selbst Julia für einen flüchtigen Moment an der Realität ihrer Erfahrung im Restaurant-der-Hölle zweifelte. Dann berührte ihre Zunge ihren Gaumen. Das schmierige Gefühl von kaltem Fett ließ sie rülpsen und schob ihre Zweifel weg. Sie öffnete die Tür des Taxis und stieg ein.

„Also, wo genau musst du hin?", fragte Victor und tippte mit seinem Zeigefinger auf dem Bildschirm hierhin und dorthin. „Vielleicht liegt es auf meiner Strecke."

Die elektrische Ladung des Schocks die Julias System durchlief, setzte ihr Gehirn auf Warteschlange. Als es wieder online kam, zeigte ihr eine Flut von Bildern die wahrscheinliche Notwendigkeit ein anderes Transportmittel finden zu müssen, und überwog damit ihre vermeintliche Notwendigkeit an Privatsphäre. Victor war nicht so schlecht. Erstens, bis jetzt hatte er sie noch nicht umgebracht oder irgendwas Gruseliges versucht und zweitens, sein Lächeln mochte sie wirklich.

„Sie leben in Ridgewood, das ist in New Jersey", sagte sie und bemerkte erst jetzt die Namensähnlichkeit des Ortes von dem sie flüchtete und des Ortes zu dem sie flüchtete. „Ich hoffe, das ist kein schlechtes Omen!" *Du meine Güte, auf alle Fälle muss ich diesen Aberglauben-Modus wieder verlieren! Diese Gespenster-Sache hat mich ganz fertig gemacht.*

Ein Teil von ihr rechnete damit, dass Victor ihre Bemerkung kommentierte, und sie war erleichtert, als er sagte, „Das liegt tatsächlich auf der Strecke!" Ohne Zeit zu vergeuden, startete er den Motor. „Mein Ziel ist New York City und wir sollten es in wenigen Stunden erreichen!"

Und weil Julia bisher noch nie kreuz und quer durchs ganze Land gefahren war, und weil sie sich bisher jenseits der räumlichen Anordnung eines Einkaufszentrums noch nie für Geografie interessiert hatte, fand sie es nicht merkwürdig, dass sie eine Reise von fast 3000 Meilen in weniger als einem Tag bewältigen sollten.

ZEILE 28

Aus der Anrichte im Frühstücksraum, in der Amelia ihr Leinen aufbewahrte, wählte Elizabeth die sonnengelbe Tischdecke, Papaya-orangen Tischsets und rubinroten Servietten, die sie ihrer Mutter vor ein paar Jahren zum Muttertag geschenkt hatte. Die leuchtenden Farben kontrastierten die restlichen, reinweißen Stapel und Elizabeth war sich sicher, ihre Mutter hatte weder Tischdecke noch Sets je benutzt. „Da sind wir uns einig", kicherte sie, „habe von den Sachen, die sie mir schenkt, auch noch nie etwas benutzt." Der Gedanke versetzte sie in eine gute Stimmung und gab ihr überraschenderweise den Raum, das Martha-Stewart-Gefühl zu genießen, das sich in ihrem Geist ausbreitete, während sie weiße und gelbe Rosen von den Sträuchern schnitt, die die weiße Marmor-Terrasse auf drei Seiten umrahmten. Sie arrangierte die Blumen in eine Kristallvase - eins der wunderschönen Erbstücke ihrer Mutter - und stellte sie in die Mitte des Tisches, wo sie als perfekte Ergänzung zu dem weißen und goldenen Kaffeegeschirr - einem weiteren Erbstück ihrer Mutter - einen markanten optischen Effekt erzeugten.

„Also, das schaut richtig schön aus", sagte Amelia, beladen mit einem enormen Brotkorb, der mit frisch gebackenen Muffins und anderem Gebäck gefüllt war. „Es gibt auch Toast, aber ich denke, ich warte bis ihr alle am Tisch seid und bringe ihn dann. Warum gehst du nicht und holst Julia? Ach, und ich habe dir eine Tasse Kaffee eingeschenkt. Sie steht auf der Theke."

„Danke, Mutti", sagte Elizabeth und flog förmlich in die Küche. Sie griff nach der zarten Tasse, inhalierte den köstlichen Duft des frisch gebrühten Kaffees, nahm einen Schluck und verbrannte sich den Mund. „Verdammt!", die daraufhin einsetzende Reflexbewegung, dazu bestimmt sich des schmerzbringenden Getränks zu entledigen, hatte zur Folge dass sie etwas Kaffee auf den Boden und auf ihre Bluse verschüttete. „Oh nein! Das bekomme ich nie wieder raus", murmelte sie verärgert während sie beobachtete, wie sich der Kaffeefleck auf der lavendelfarbenen Seide ausbreitete. „Es gibt immer etwas, was mir hier den Tag verdirbt!", nahm eine Küchenrolle und kniete sich nieder, um die Kaffeespritzer von den Fliesen aufzusaugen.

Als sie die Treppen hochlief war ihr erster Impuls, in ihr Zimmer zu gehen und ihre verschmutzte Kleidung zu wechseln – dann verwarf sie die Idee. Dafür war ausreichend Zeit, wenn sich Julia fürs Frühstück fertig machte. Sie klopfte an die Tür des Gästezimmers, zuerst zaghaft, dann etwas kräftiger. Als noch immer keine Antwort kam, öffnete sie die Tür einen Spaltbreit.

„Raus aus den Federn, Schatz! Es ist ein wunderbarer Tag und Oma machte ihr fantastisches Frühstück."

Sie war an Julias morgendliche Unzugänglichkeit gewohnt. Normalerweise musste man stark rütteln und die Bettdecke vom Körper ziehen, um das Mädchen aus dem Bett zu kriegen. Jedenfalls war es das, was sie tat. Peter ging immer ins Zimmer und kitzelte seine Tochter wach. *So oder so*, dachte sie, *ich muss reingehen*. Sie fühlte sich ein bisschen als Opfer der Umstände, die sie dazu zwangen, ihre kein-Eintritt-bis-nicht-aufgefordert-Vereinbarung zu verletzen, berührte die Seite ihres Daumens und öffnete die Türe bis zum Anschlag.

Der Raum war leer.

Ach, dachte sie, *das ist ja ganz was Neues. Meine Tochter ist an einem schulfreien Tag vor zehn auf*. „Julia, Frühstück ist fertig!", auf die geschlossene Badezimmertüre zuschreitend, „glaubst du, du kannst in fünf Minuten unten sein?"

Keine Antwort. Erst als sie ihr Ohr an die Tür legte, um besser zu hören was da drinnen los war, bemerkte sie, dass das Bett gemacht war. „Julia, jetzt komm schon, bitte antworte!"

Natürlich wusste sie von Julias Angewohnheit auf dem Klo zu lesen, wo sie entweder vorgab nichts zu hören oder wirklich in eine Geschichte vertieft war, aber ihr Mutter-Instinkt sagte ihr, da stimmte etwas nicht.

„Komme herein." Sie holte tief Luft, atmete Mut ein und öffnete die Tür. Das Badezimmer war genauso leer wie das Schlafzimmer und für einen Augenblick setzte Elizabeths Verstand aus. Als sie realisierte, ihre Tochter war weg, wurde sie von Panik ergriffen. Sie drehte sich um und lief, zwei Stufen auf einmal nehmend, die Treppe nach unten.

„Mutti, Mutti! Hast du Julia gesehen?"

„Sei nicht albern! Wie könnte ich sie gesehen haben, wo sie in ihrem Zimmer schläft und ich hier unten koche?", Amelia, eine mit Würstchen bestapelte Servierplatte in ihren Händen.

„Nein, in ihrem Zimmer ist sie nicht! Vielleicht ist sie spazieren gegangen?" Während Elizabeth diese Worte äußerte, war sie sich über deren Absurdität völlig im Klaren. Die einzigen Spaziergänge ihrer Tochter waren die innerhalb eines Einkaufszentrums.

„Es sei denn, sie stand auf und ging in der Morgendämmerung los, sonst ist das eher unwahrscheinlich", sagte Amelia und stellte die Nahrung ab. „Ich bin seit sechs auf und mir ziemlich sicher, ich hätte sie bemerkt. Vielleicht ist sie im Badezimmer?"

„Mutter, ich mag ja in deinen Augen nie etwas Sinnvolles tun, aber glaube mir, ich bin kein Idiot. Das Badezimmer war natürlich der erste Ort an dem ich nach ihr suchte, als ich ihr leeres Zimmer sah."

„Dann ist sie also nicht hier?"

„Das ist es ja, was ich dir sage, Mutter, sie ist nicht da", meinte Elizabeth, die hohe Stimme verriet ihre Ungeduld mit Amelia. „Ich rufe die Polizei."

„Kein Grund, dramatisch zu sein. Vielleicht ist sie an mir vorbeigeschlüpft ohne dass ich es bemerkt habe und --"

„Also bitte! Du weißt so gut wie ich, Julia würde niemals freiwillig in aller Herrgottsfrühe aufstehen und ebenso würde niemals irgendwer unbemerkt an dir vorbeischlüpfen können. Glaub mir, ich hab's versucht. Es hat nie geklappt und darum rufe ich jetzt die Polizei."

Amelia stand neben dem Wandtelefon in der Küche und kam ihr zuvor.

„Ach Hallo Gretchen, hier spricht Amelia Livingston. Und, wie geht es dir heute Morgen?", sie wischte sich die freie Hand an ihrer Schürze ab und säuselte, als wolle sie ihr Bedauern darüber zum Ausdruck bringen, die Polizei an einem Samstagmorgen zu belästigen.

Elizabeth zupfte nervös an ihren Haaren als sie gezwungenermaßen mitansehen musste, wie ihre Mutter dem, was immer es auch war was Gretchen zu sagen hatte, aufmerksam zuhörte. Als sie Amelias Kommentare von ‚mein Gott' und ‚ach nein' nicht mehr länger ertragen konnte, ging sie einen Schritt auf ihre Mutter zu und streckte den Arm aus, in der Absicht ihr das Telefon zu entreißen. Aber Amelia musste nur ihre Hand heben während sie eine Augenbraue hob und Elizabeth blieb wie angewurzelt stehen. Nach einer empfundenen Ewigkeit entspannte sie sich endlich ein wenig, als Amelia sagte: „Schön Gretchen, ich bin sicher, es wird sich alles zum Besten wenden. Nun sag, könntest du mir bitte Bob ans Telefon holen? --- Danke dir, du bist ein Schatz. --- Ja, mache ich --- ja, danke, du auch. --- Bob, Hallo, hier ist Amelia Livingston, --- es geht mir sehr gut, danke."

Elizabeth hatte sich voll damit abgefunden warten zu müssen bis Bob Amelia all die unwichtigen Details seines zweifellos äußerst langweiligen Lebens geschildert hatte, und war erleichtert als sie hörte, dass Amelia direkt zum Kern der Sache kam.

„Bob, ich entschuldige mich aufrichtig, Sie so früh an einem Samstagmorgen zu belästigen, aber glauben Sie, es wäre möglich, bei uns vorbeizuschauen? --- Nein, nein, nichts Ernstes. Elizabeth ist hier und --- ja, es geht ihr gut, danke --- ja, natürlich, Julia ist auch hier ---"

Diese Aussage war für Elizabeth einfach zu viel des Guten. Erhobene Augenbraue oder nicht, sie entriss ihrer Mutter das Telefon.

„Bob, Julia ist nicht da und ich mache mir wirklich Sorgen. Ihr Bett sieht völlig unberührt aus. Sicher ist irgendetwas Schlimmes passiert. Sie müssen sofort zu uns kommen! Vielleicht bringen Sie einen Suchtrupp mit? --- Oh. --- Ok. --- Wie Sie meinen. Kommen Sie nur so schnell Sie können. --- Danke."

Sie legte den Hörer zurück auf die Gabel und ohne ihre Mutter anzusehen, sagte sie, „sie sind unterwegs." Sie schenkte sich noch eine Tasse Kaffee ein, nahm sie mit zur vorderen Veranda, ließ sich auf den Stufen zur Auffahrt nieder und wartete auf die Ankunft des Sheriffs.

Amelia, gleichermaßen geschockt von Elizabeths unhöflichem Verhalten als auch vom Verschwinden ihrer Enkelin, setzte sich an den Küchentisch und fing lautlos an zu weinen. *Kein Grund, sich so gehen zu lassen*, hörte sie die tadelnde Stimme ihrer Mutter, trocknete sich die Augen mit einem Taschentuch, stand auf und beschäftigte sich mit dem Kochen einer weiteren Kanne Kaffee.

ZEILE 29

John hatte kaum den letzten Bissen seines Frühstückmüslis hinuntergeschluckt als er auch schon aufsprang und in sein Zimmer lief. Sekunden später war er zurück, Tagesrucksack geschultert, Kopf bis auf die Sonnenblende seiner Baseballkappe von der Kapuze seines Sweatshirts verdeckt, ein paar Strähnen blonder Locken entwischten dem Statement der Teenie-Mode und hingen widerspenstig in sein Gesicht. Für Sarah sah er wie der perfekte Engel aus.

„Ok, meinst du nicht, dies ist für Hochsommer ein bisschen warm?"

„Hast du meine Sonnenbrille gesehen?", war seine Antwort auf Sarahs Frage. „Ach, da." Er schnappte sie sich vom Küchentresen neben der Tür zur Garage.

„Wann glaubst du, bist du wieder zurück? Ich meine, nur eine ungefähre Ahnung. Also näher zum Mittagessen oder näher zum Abendessen oder wie?"

„Weiß nicht, Mam, aber passt schon, mach du einfach deine Sachen. Werde schon nicht verhungern. Bis dann." Und war aus der Tür verschwunden. Die ratternden und rasselnden

Geräusche des sich öffnenden Garagentors schluckten Sarahs „ruf mich später an" und „sag Julia einen lieben Gruß".

Normalerweise erzeugte das Geräusch des arbeitenden Mechanismus in John Bilder von xms mit diversen Aufgaben beschäftigt, alle angestrengt, das schwere Tor der geräumigen Doppel-Garage zu heben, aber heute schnappte er lediglich sein Fahrrad und radelte davon. Er war zu sehr in seine Gedanken über Julia vertieft – was er sagen würde, wie er es sagen würde, wie sie darauf antworten würde und was sie dann machen würden.

Plötzlich erinnerte er sich daran, wie er genau das Gleiche in seinem Kopf wieder und wieder getan hatte, als er sich die Situation vorzustellen versuchte, in der er ihr von Opa Sam erzählen würde. Dennoch, wie sich die tatsächlichen Umstände manifestierten, entpuppte sich als himmelsweiter Unterschied zu all dem, was er in seinem Geist erfunden haben könnte. Mit großer Klarheit erkannte er für einen kostbaren Augenblick die Sinnlosigkeit solch geistiger Verrenkungen, ließ alles gehen und konzentrierte sich einfach auf die Fahrt.

Als er an der Gabelung der Straße vorbeikam, die ihn bergauf zu dem Anwesen von Fragrant Meadows bringen würde, entschied er so spontan nicht abzubiegen und stattdessen den Grundbesitz zu umfahren, dass er beinahe die Kontrolle über sein Fahrrad verloren hätte. „Mann, das war komisch", bemerkte er laut, was in diesem Fall nicht in der Freeman-Gewohnheit begründet lag, sondern ihm half, etwas von der Spannung freizusetzen, die der plötzliche Richtungswechsel geschaffen hatte. Da er jedoch eine

Abkürzung durch den Wald kannte, die der schnellste Weg zu jener Seeseite war an der sein Baumhaus stand entschied er, diese Aktion war tatsächlich eine sehr gute Idee.

Es war noch immer so früh und er erinnerte sich der Tatsache, dass Julia nicht der Typ war, der vor zehn aufstand, wenn sie nicht unbedingt musste. Folglich hatte er das Gefühl, sie wäre nicht ihr bestes zugängliches Selbst, wenn sie von unangemeldeten Besuchern aufgeweckt würde, geschweige denn von denjenigen, die einen Tag zuvor mit ihr Schluss gemacht hatten. Also beschloss er, einen kurzen Abstecher ins Baumhaus zu machen und etwas in dem Buch zu recherchieren. Vielleicht würde er ein paar Sachen finden, die ihm helfen könnten zu erklären, was da in der Wiese passiert war als Opa Sam auftauchte, und sie würde sich somit nicht mehr so stark fürchten. Und natürlich, die gestrigen Gespräche mit Mam und Paps halfen auch.

Trotz seines jüngsten Entschlusses nicht über sein Gespräch mit Julia zu fantasieren, war er mit seinen Gedanken so in das Thema versunken, dass er das Polizeiauto, das auf ihn zufuhr und in den privaten Weg abbog, der zu Amelia Livingstons Haus führte, überhaupt nicht bemerkte.

ZEILE 30

Seit dem Verlassen der Raststätte waren Victor und Julia schweigend endlose Meilen durch flaches ausgedörrtes Land gefahren. Die Erde war über weite Strecken mit verbranntem Gras bedeckt und erinnerte Julia an den Teppich in Doktor Klines Büro. Der graue Himmel, mit tief hängenden Quellwolken fast den Prärie-Boden berührend, stellte die Wände dar – minus dieser lächerlichen Drucke mittelalterlicher Kunst, die Doktor Kline so mochte. Diese Reproduktionen hatten nur eine Sache, die für sie sprach, nämlich dass sie den hässlichen braunen Teppich perfekt ergänzten. Vielleicht suchte er sie aus um seine Patienten an die Tatsache zu erinnern, dass ihre Probleme nur halb so schlimm waren, oder um ein Gefühl der Erleichterung hervorzurufen, nicht wirklich in der Hölle zu leben.

Eine alte verlassene Scheune die in dem leeren Raum von Grau und Braun auftauchte, deutete auf menschliche Präsenz hin und bewies, dass Victor und Julia nicht die ersten Personen waren, die ihren Fuß auf dieses Land setzten. Das Scheunentor stand offen oder fehlte und Julia konnte bis hin zur anderen Seite sehen was nichts anderes zum Vorschein brachte, nur mehr von der gleichen Weite, die sich hinstreckte und die trostloseste Umgebung offenbarte, die Julia jemals gesehen hatte – Doktor Klines Büro inbegriffen.

Die Holzbretter des Baus waren fast schwarz, entweder weil sie über Jahrzehnte hinweg gnadenlosem Wetter widerstanden hatten, vielleicht sogar einem Feuer, einem Brand, der alle anderen Häuser vernichtete und den Schuppen als einsamen Zeugen einer anderen Zeit zurückließ, oder vielleicht war ihre Dunkelheit einfach die Auswirkung einer großen Wolke, die ihren Schatten warf. Was immer der Grund war, das Gebäude schaute dermaßen zweidimensional aus, dass es ein Stück Papier hätte sein können, eine ausklappbare Grußkarte von einem Riesen unachtsam fallen gelassen, oder ein Modell dieser kitschigen, leicht verstaubaren Kartonkrippen, die Kellies Mutter Weihnachten aufstellte.

*... Ein von unserem Geist hervorgebrachter Trugschluss, den unsere Erinnerung mit Bedeutung füllt...*ist es das, was Victor meinte? Dass die Welt der Form nichts weiter ist als ein Meer von Möglichkeiten das der Verstand ständig mit Erinnerungen vergleicht, bis er etwas findet, das Sinn macht? *Mann, das ist trippig! Bevor ich mich versehe, rede ich noch mit Außerirdischen!*

Oder mit Gespenstern, kam eine Eingabe von irgendwo tief in ihrem Kopf und da sie noch nicht dazu bereit war, sich diese Eingabe einzugestehen, begann sie laut zu sprechen.

„Wahnsinn, schauen Sie sich das an! Das verdient eingefangen zu werden, damit es die ganze Welt sehen kann", sagte sie und kramte in ihrem Rucksack nach ihrem

Smartphone. Sie tippte auf das Kamera-Symbol auf dem Bildschirm und machte ein Foto.

„Ja, das ist beeindruckend, nicht wahr?", Victor bewundernd, „Stell dir nur einmal vor, wie deine Vorfahren wochenlang diese Weite durchstreiften in nichts Komfortablerem als von Pferden oder Ochsen gezogenen Wägen. Das waren noch Zeiten! Welch furchtlose und abenteuerlustige Gemüter! Helden, wenn du mich frägst. Dir nicht unähnlich, möchte ich hinzufügen. Ganz alleine von Küste zu Küste zu trecken!"

„Wow. Sie machen wirklich Fortschritte mit der Sprach-Sache! Sie klingen fast ganz normal", war Julias Versuch von ihrer Verlegenheit über Victors Lob abzulenken. Bevor sie ihre Meinung zu Pionieren abgeben konnte, begann das Telefon in ihrer Hand zu vibrieren und das gutaussehende Gesicht von Peter Banes erschien auf dem Bildschirm. „Das ist mein Papi", aufgeregt zeigte sie Victor das Bild, kindlicher Stolz fügte ihrer Stimme einen lieblichen vollen Klang hinzu.

„Hallo Papi! Ich freue mich so über deinen Anruf. Ich versuchte es früher bei dir, aber du bist nicht hingegangen."

„Ich weiß. Konnte nicht rangehen. Musste Black Beauty für Fiona sein, da sich Claire heute nicht so wohlfühlt. Die Hitze macht ihr zu schaffen. Dann gingen wir Einkaufen und gerade wollte ich online etwas checken und sah deinen verpassten Anruf. Also, wie geht es meiner Prinzessin?"

„Um ehrlich zu sein, Papi, all das Gelabere über Fiona und Claire und das Baby in ihrem Bauch interessiert mich nicht die Bohne", ist was Julia am allerliebsten gesagt hätte. Obwohl

Victor von ihr dachte, sie sei eine Heldin, fehlte ihr der Mut dies zu tun und sie wartete deshalb nur schweigend bis gesellschaftlich akzeptablere Worte ihren Weg herum um den Knoten in ihrer Kehle finden würden, dem Klumpen aus unausgesprochenen Verletzungen und altem emotionalem Schmerz.

„Bärchen, bist du noch da oder ist unsere Verbindung weg?", hörte sie ihren Vater sagen.

„Nein, nein", besorgt, er würde auflegen, „bin noch da. Es ist nur, weißt du, ich bin unterwegs zu dir und möchte eine Weile bei dir sein…" Da. Sie hatte es gesagt.

„Sorry, Schatz, da war eine Unterbrechung. Ich konnte leider nicht verstehen, was du gesagt hast. Nein Fiona. Nein! Das kannst du nicht haben! Hör mit dem Gezerre auf. Ich telefoniere gerade! Entschuldige, Julia. Ich sag dir, Dreijährige sind ganz schön anstrengend. Mag gar nicht daran denken, wie es sein wird, wenn erst das Baby da ist. Ich meine, ich bin ja in der Stadt und arbeite dort den ganzen Tag, aber für Claire…und wir haben bis jetzt kein neues Kindermädchen gefunden seit Guadalupe zurück nach Puerto Rico ging. Fiona nein! Ich sagte, hör auf damit! Julia ich muss los. Ich glaube es ist besser ich rufe Dich später an, wenn wir wieder daheim sind und eine stabilere Verbindung haben? Richte deiner Mami einen Gruß von mir aus, ja?"

Julia erstarrte. „Ok Papi, tschau", war alles was sie sagen konnte, bevor sie auf den Bildschirm tippte, um den Anruf zu beenden. Und nicht mehr länger in der Lage, ihre Heuchelei vor Victor aufrechtzuerhalten, fing sie an zu weinen.

ZEILE 31

Im Konferenzraum der Twenty-Two hatte sich die Szene völlig verändert. Der große runde Tisch mit den zweiundzwanzig Stühlen war verschwunden und der Raum schien deutlich geschrumpft zu sein, ohne dabei etwas von seiner großzügigen Atmosphäre verloren zu haben. Im Zentrum des Raumes war nun ein Arbeitsplatz der ebenso futuristisch aussah wie die vorherige Einrichtung antik ausgesehen hatte. Die Einheit bestand aus einer klotzigen, drei Fuß hohen, achteckigen Plattform und schien aus dem gleichen seltsam aussehenden irisierenden Metall hergestellt zu sein, mit dem auch die gigantische Honigwaben-Struktur der Wand des Konferenzraumes verkleidet war. Nur, dass sich besagte Wabenstruktur irgendwie von selbst in acht Bögen umgeformt und dabei die Kontur des Raumes von einem Kreis in ein Achteck verwandelt hatte!

Die obere Fläche der schimmernden Plattform war ein Sensorbildschirm mit acht Kreisen, die die achteckige Einheit virtuell in acht Konsolen aufteilten; eine facettenreiche Kristallkugel, mit einem Durchmesser von zweiundzwanzig Fuß, war über der Mitte der Arbeitseinheit angebracht.

Offensichtlich spielte Schwerkraft in dieser Umgebung genauso wenig eine Rolle wie Zeit, da die riesige Kristallkugel in einer Höhe von etwa drei Metern über der glasartigen Oberfläche der Plattform schwebte und sich dabei langsam um ihre eigene Achse drehte! Da sich mit jeder Umdrehung der Achsenwinkel leicht verschob, malten Strahlen mehrfarbigen Lichts zahlreiche geometrische Formen in die Kreise des darunterliegenden achteckigen Bildschirms.

Mirra Prestessi und Herr Kaiser standen an sich gegenüberliegenden Konsolen und benutzten den Arbeitsplatz. Sie waren die einzigen Personen im Raum. Mirras Buch lag geschlossen auf der Konsole zu ihrer Linken.

Mirra war völlig auf ein kleines hellblaues Dreieck in dem Kreis vor ihr konzentriert.

„Ok Willhelm. So wie ich das sehe, läuft alles bestens. Alle machen ihre Sache wirklich großartig!"

Jeder der acht virtuellen Kreise markierte einen bestimmten Arbeitsbereich, der sich auf beiden Seiten mit dem seines Nachbarn überschnitt. Die so entstandenen elliptischen Formen vermittelten den Eindruck, alle acht Kreise seien zu einer Kette verknüpft. Mit einem zufriedenen Lächeln berührte Mirra das kleine hellblaue Dreieck und zog es in die Ellipse, die sie sich mit ihrem Buch teilte.

„Ja Liebes, ja Liebes! Diese Bewegung, die du mit John gemacht hast, war genial", sagte Herr Kaiser und tippte auf seinen Bildschirm, „ich sage, wir halten es so fest, speichern es mit den entsprechenden Vektoren in dem Buch und markieren es als verwendet."

„Also wirklich Willhelm, falls ich es in mir hätte mich geschmeichelt zu fühlen, würde ich wahrscheinlich vor Stolz erröten, von dir tatsächlich ein Kompliment für etwas zu erhalten, das ich ohne deine Genehmigung veranlasst habe."

„Na, na, liebes Kind", meinte Herr Kaiser bezugnehmend auf den Umstand, dass Mirra gerade ihr fünfzehnjähriges Aussehen trug, „ich habe dir die Leitung dafür übertragen, Julia sicher nach Hause zu bringen und du weißt, auf mein Wort ist immer Verlass."

„Ja Willhelm, dein Wort ist Gesetz und das wollen wir doch mal lieber nicht vergessen." Mirra tippte auf ein rotes Quadrat und bewegte es auf ihrem Bildschirm nach vorne, somit Herrn Kaiser ohne Worte daran erinnernd, dass liebes Kind oder nicht, letzten Endes alles was passierte oder nicht, immer an ihr und ihrem Buch lag.

ZEILE 32

Elizabeth hatte ihren Kaffee ausgetrunken, saß da und starrte auf die Einfahrt ohne irgendetwas Bestimmtes zu sehen. Sie wünschte, sie könnte rauchen, aber ihre Zigaretten waren in der Handtasche in ihrem Zimmer. Nicht nur, dass sie sich wie gelähmt fühlte aufzustehen und sie zu holen, sie wollte auch nicht das Risiko eingehen, die Ankunft des Sheriffs zu verpassen und Amelia die Chance geben, als Erste mit ihm zu sprechen. Folglich blieb sie einfach regungslos an ihrem Platz auf der Treppe und beobachtete ihre Gedanken, die sich wie endlose Bänder aus Selbstvorwürfen und Selbstrechtfertigungen durch den Raum schlängelten.

Vielleicht hätte sie Julia nicht nach Fragrant Meadows bringen sollen? Nein, die Hellseherin sagte doch, in Cedarwood Ridge zu bleiben war für Julia viel besser als im Internat zu sein oder nach Japan zu gehen und dass es das Beste sei, was ihr jemals passiert war.

Aber was, wenn sich die Hellseherin geirrt hatte? Das stand definitiv außer Frage. Rita war seit vielen Jahren ihre Vertraute und ihre Anregungen erwiesen sich immer als einfach wunderbar. Ohne ihre Hilfe wäre sie nie über ihre

Gefühle des Versagens hinweggekommen und hätte nie den Mut aufgebracht sich von Peter scheiden zu lassen, als sie das mit Claire herausgefunden hatte. Auch wenn alle Welt dachte, ihr Mann hatte sie wegen einer anderen Frau verlassen, Rita wusste, er suchte woanders Trost, weil Elizabeth nicht an ihrer Beziehung arbeiten wollte und der Eheberatung keine Priorität in ihrem vollen Terminkalender gegeben hatte.

Aber was, wenn Julia ihren Plan herausgefunden hatte und sich durch ihre kleine Taktik betrogen fühlte? Unmöglich! Teenager waren bei weitem zu egozentrisch, um auch nur irgendetwas zu bemerken was um sie herum vorging – im Falle ihrer Tochter war alles, was außerhalb einer Modezeitschrift oder außerhalb des Einkaufszentrums passierte, schlicht und ergreifend nicht existent.

Aber was, wenn Julia etwas Schreckliches zugestoßen war, zu schlimm um bloß darüber nachzudenken? Nein, nein und nochmals nein! Denk positiv und nur positive Dinge werden passieren!

Ja! Positiv! Ihr Projekt! Daran zu denken, verschaffte ihr unweigerlich einen Schub guter Energie. Vielleicht war die ganze Situation nichts anderes als ein Test des Universums, wie sehr sie dies wirklich wollte? Ja, ja und nochmals ja! Das ist es! *Also Universum hör mir zu: Nichts wird mich davon abhalten nach Japan zu gehen, meinen Traum zu erfüllen und während ich das tue, einen Unterschied für den Planeten zu machen.*

Das dumpfe Geräusch zufallender Autotüren stoppte diese Gedankenzüge so wie ein Güterzug vor einer Weiche durch ein Haltesignal gestoppt wird und mit einem widerhallenden *Oh nein! Bob brachte Ted mit,* kündigte sich der nächste hereindonnernde Gedankenzug an. *Ich hätte diese verschmutzte Bluse wechseln sollen. Ich habe diesen Kerl seit mehr als fünfzehn Jahren nicht getroffen und jetzt sehe ich aus wie ein Schwein.*

Sheriff Bob Browne, ein wuchtiger Mann der schon seit ewigen Zeiten im Amt war und sein Stellvertreter, Cedarwood Highs ehemaliger Quarterback Ted „Big Boy" Hanson, näherten sich mit ernsten Gesichtern der Veranda. „Hallo Mädchen", sagte der Sheriff und streckte seine Hand aus. „Es ist viel zu lange her seit ich dich das letzte Mal gesehen habe! Tut mir nur leid, dass der Anlass kein freudigerer ist."

Die harmlose Bemerkung löste bei Elizabeth sofort den Gedanken aus, Bob spiele darauf an, dass sie nicht zur Beerdigung ihres Vaters erschienen war. Sie erhob sich von ihrem Platz auf der Treppe, aber anstatt Bobs ausgestreckte Hand zu nehmen, schlang sie ihre Arme um sich. „Wissen Sie, ich habe schreckliche Angst. Julia hat so etwas noch nie getan."

Der peinliche Moment, während der Sheriff seinen ausgestreckten Arm zurücknahm, wurde von seinem Stellvertreter gerettet. „Hallo Elizabeth", ein breites Grinsen auf dem markanten Gesicht zeigte, wie sehr ihm gefiel, was er sah. „Bob hat Recht, ist eine Weile her, aber wenn ich dich so anschaue, wüsste ich es nicht. Du schaust prima aus. Das Stadtleben muss dir gut tun. Vielleicht können wir uns später auf eine Cola und Pommes in der Imbissbude treffen, weißt schon, wie in guten alten Zeiten."

Elizabeth wusste nicht, ob sie sich von dem Kompliment geschmeichelt oder von der Anmache beleidigt fühlen sollte. Cola und Pommes. Du lieber Himmel, das kann doch nicht sein Ernst sein! Klingt als wäre hier in diesem Hinterland gesundes Essen mit echtem Nährwert noch immer unbekannt. Und das Letzte an was sie im Moment erinnert werden wollte waren die guten alten Zeiten ihrer Jugend in Cedarwood Ridge. Aber genau wie in jenen gefürchteten, guten alten Zeiten erschien Amelia an der Tür, übernahm die Führung und hielt sie somit wirkungsvoll davon ab irgendeine Wahl treffen zu müssen.

„Schön, Hallo Bob! Hallo Ted! Das ist nun mal nett von Ihnen, bei uns so schnell vorbeizuschauen! Kommen Sie doch herein, ich habe eine frische Kanne Kaffee gebrüht und es gibt verschiedene frisch gebackene Sachen, um Ihnen Ihren Besuch zu versüßen. Und du Elizabeth gehst und richtest dich her. Julia wird nicht schneller zurückkehren, ob du hier in deiner fleckigen Bluse sitzt oder ob du dir etwas Sauberes anziehst." Und da ein Teil von Elizabeth heimlich der Äußerung ihrer Mutter zustimmte, ließ sie die Beschämung so stehen und ging nach oben, um sich umzuziehen.

Als sie zurückkam saßen die Sheriffs bereits am Küchentisch, verdrückten Muffins und tranken Kaffee. Sobald Ted sie die Küche betreten sah, stand er auf, schob den Stuhl neben seinem heraus und forderte sie auf, sich da hinzusetzen. Bob schob seinen Teller zur Seite, zückte ein kleines Notizbuch aus seiner Hemdtasche und klopfte sich auf der Suche nach einem Stift vorne und seitlich ab. Als Ted es endlich schaffte, den Blick von seinem Jugendschwarm loszureißen, zog er seinen eigenen Stift aus seiner Hemdtasche und bot ihn seinem Chef an.

Mit einem zufriedenen Lächeln - so süß wie das Muffin das er gerade vertilgt hatte - nahm Bob den Stift. „Also Mädchen, nun erzähl uns noch einmal, was sich hier an diesem wunderschönen Samstagmorgen ereignet hat."

„Julia ist verschwunden! Was sonst gibt es noch zu sagen?", fauchte Elizabeth abwehrend.

Ted hielt sich zurück seine Hand auf Elizabeths Arm zu legen und kratze sich am Kopf. „Ja, natürlich. Aber um ermitteln zu können, wo sie hingegangen sein könnte, müssen wir wissen, was vorher geschehen ist."

„Was meinst du mit, was vorher geschehen ist?", Amelia schenkte dem Sheriff Kaffee nach, „sie schlief in ihrem Zimmer, nehme ich an."

„Vielen Dank, Amelia, Ihr Kaffee ist der Beste! Falls Sie sich hier je langweilen sollten, können Sie immer noch ein Kaffeehaus in der Stadt eröffnen", Bob, voller Anerkennung. „Also, warum erzählen Sie uns nicht, was Julia tat, bevor sie ins Bett ging?"

„Also, es gab natürlich ein Abendessen", Amelia strahlte vor Stolz über das Lob zu ihrem Kaffee, „ich kochte Makkaroni mit Käse, Julias Lieblingsgericht. Ich meine, es war ja ihr erster Tag hier und ich dachte, ich verwöhne sie mit etwas Besonderem. Ich dachte, etwas Abwechslung würde sie freuen, da ich weiß, dass Elizabeth nicht kocht."

„Ihr beim Essen zuzuschauen erweckte eher den Eindruck, dass ihr dein Essen nicht zu sehr schmeckte", Elizabeth scharf und wandte sich Bob zu, „wissen Sie, sie hat ihr Essen kaum angerührt."

„Und du hast dich nicht gefragt, ob ihr vielleicht etwas auf der Seele liegt?", Bob zwischen zwei Schluck Kaffee.

„Nein, nicht wirklich. Ich meine, Sie wissen ja, wie es mit Teenagern ist. An einem Tag stopfen sie sich voll und dann essen sie für Tage wieder nichts."

„Du sagst also, Julia hat eine Essstörung?", Ted besorgt. „Ich meine, ich habe einen Jungen etwa in Julias Alter und die Mädchen, mit denen er rumhängt, schauen alle verhungert aus. Helen, das ist Frau Hanson, achtet immer darauf, dass sie etwas Gesundes essen und dass wenn sie es tun, sich nicht übergeben."

Elizabeth rollte ihre Augen und dachte an Cola und Pommes. Sie würde das an jedem Tag der Woche erbrechen. „Ach wie nett von Helen, Frau Hanson, aber nein, Julia hat keine Essstörung! Sie ist so gesund und kräftig, wie man nur sein kann; sie ist sogar eine Cheerleaderin und schaffte es ins All-Star-Team!" Sie bemerkte Teds zweifelnden Gesichtsausdruck wie das-sagt-garnichts und fügte rasch hinzu, „Aber falls es da Probleme mit dem Essen gäbe, bin ich sicher, ihren Therapeuten hätte sie nicht täuschen können und er hätte sich umgehend darum gekümmert. Ich meine, jede Essstörung hat doch emotionale Ursachen und es ist somit sein Beruf, das zu bemerken, oder?"

Amelia schenkte Bob ihren lass-uns-moderne-Mütter-missbilligen Blick und öffnete ihren Mund, um einen Beitrag zu ihrem Lieblingsthema Essen abzugeben, aber Bob hob seine Augenbrauen und adressierte Elizabeth. „Also, du sagst, sie aß letzten Abend nicht besonders gut, was nicht weiter ungewöhnlich war. Vielleicht hat sie ja vor dem Abendessen schon etwas bekommen und war bereits satt?"

„Ich weiß nicht, was sie vor dem Essen gemacht hat, sie war mit John Freeman unterwegs."

„Ach ja, ich kenne John. Er ist ein netter Bursche, ein guter Freund von Ted Junior. Etwas seltsam, wenn du mich frägst, nun, aber das liegt in der Familie. Vermute mal, nicht seine Schuld."

„John ist nicht seltsam. Er ist ein wohlerzogener, intelligenter Junge. Sam mochte ihn sehr. Als Sam noch lebte, verbrachten sie viel Zeit miteinander."

Amelias Augen füllten sich mit Tränen und so entging ihr der Blick den Ted mit Bob austauschte, der besagte: *Da hast du's, seltsam! Ein zwölfjähriger Junge und ein siebzigjähriger Mann!*

„Entschuldigung, aber es geht hier nicht um John Freeman und ob er oder seine Familie als seltsam angesehen wird oder nicht. Meine Tochter ist verschwunden und ich bin wirklich beunruhigt und die ganze Sache hier macht mich noch unruhiger. Sollten wir nicht alle draußen sein und versuchen sie zu finden, anstatt bei einer Tasse Kaffee zu hocken und zu plaudern, als wäre nichts passiert."

„Nein, Mädchen, ich denke, das sind wertvolle Informationen. Ich werde später Sarah Freeman anrufen und sie fragen. Vielleicht hat sie Julia gesehen."

„Natürlich Bob, das ist eine ausgezeichnete Idee", Amelia aufgeregt, „Wissen Sie, als sie klein waren, hatten sie immer diese Übernachtungspartys -- "

„Ja, als sie klein waren", unterbrach Elizabeth, „aber nun hält Julia John für ein Landei und ich bezweifle sowieso, dass sie auf eine Übernachtungsparty gehen würde ohne es mir vorher mitzuteilen."

„Als hättet ihr zwei auf ein Mal so eine vertraute Gesprächsbasis?"

„Oh Mutter, hör auf damit!"

„Halt, halt!", Bobs sechster Sheriff Sinn schnappte etwas Wichtiges auf. „Was ist hier los. Etwas, was ich wissen sollte?"

Amelia und Elizabeth vermieden es sich anzuschauen. Elizabeth brach als Erste unter der Spannung zusammen. „Ich denke, Mutter meint die Tatsache, dass ich mich entschieden habe für sechs Monate nach Japan zu gehen und Julia davon nichts erzählte."

Der Sheriff und sein Stellvertreter tauschten den jetzt-kommen-wir-zur-Sache-Blick aus.

„Ja, und?", half Bob nach als sie bemerkten, dass keine weiteren Informationen folgten.

„Nicht nur, dass sie Julia nichts von Japan erzählte, sie erzählte ihr auch nicht, dass sie hier für ein ganzes Schuljahr bleiben muss. Das arme Kind hatte nicht einmal die

Möglichkeit, ihre Winterkleidung mitzubringen und nun ist sie weg."

„Moment mal, ich versteh nicht ganz", Bob blätterte eine Seite in seinem Notizbuch um, „Amelia, sagen Sie, Elizabeth brachte Julia gegen ihren Willen hierher?"

„Das habe ich nicht! Ich -- "

„Oh doch, das hast du! Sag dem Sheriff, dass Julia ins Ferienlager gehen wollte und stattdessen hast du sie gezwungen hier herzukommen."

„Das ist lächerlich! Ich bin ihre Mutter; das wollen wir mal nicht vergessen! Ich zahle die Rechnungen und ich entscheide, ob sie ins Ferienlager geht oder nicht. Wir haben darüber gesprochen. Ja, sie war erst enttäuscht, aber mal ehrlich, Dreizehnjährige sind immer über die eine oder andere Sache enttäuscht, jugendliches Privileg. Aber zu guter Letzt war sie damit einverstanden, mit mir hier herzukommen anstatt ins Ferienlager zu gehen!"

„Ich verstehe. Also, was ist dann diese Sache mit Japan?"

Als Elizabeth nichts sagte, wagte sich Ted vor. „Wahnsinn, Japan! Was um alles in der Welt hast du da vor?"

„Meine Firma erfand ein Energiekonzept, das den ganzen Planeten vor den negativen Folgen des Treibhauseffekts retten könnte und meine japanischen Kunden haben einen Testlauf beantragt. Wie du siehst, ist das wunderbar und wichtig. Ich muss da sein und kann Julia wirklich nicht mitnehmen. Ich meine, ich könnte schon, aber sie wäre den ganzen Tag allein und kennt nicht mal die Sprache. Also zwischen Internat und Fragrant Meadows wählte ich, sie hier herzubringen."

„Ach, Unsinn. Das dürfen Sie mir alle glauben, ich bin für Julia mehr als glücklich, dass sie bei mir bleibt, aber können Sie sich vorstellen, ein Wahrsager hat ihr geraten, sie soll das tun?"

Elizabeths Körper spannte sich sichtlich an und sie beugte sich nach vorn, doch bevor sie etwas sagen konnte, fuhr Bob dazwischen.

„Aha. Das klingt ja alles sehr interessant. Es mag zwar sein dass ich ein bisschen langsam bin, als Landsheriff und so, aber mir fehlt noch immer das Stück, warum das irgendetwas mit Julias Verschwinden zu tun hat?" Und während er vorgab aus seinen Notizen zu lesen, fügte er hinzu, „ich habe folgendes: Erstens – Julia kam hierher, um den Sommer zu verbringen. Zweitens – obwohl sie das Ferienlager besuchen wollte, dachte sie, so geht es eben einem Teenager und ergab sich, weil es ohnehin das Einzige war, was sie tun konnte. Drittens – sie wusste nicht, dass du nach Japan gehst. Viertens – was sie nicht weiß, kann unmöglich ihre Entscheidung beeinflussen. Ich selbst habe keine Kinder, aber erinnere mich an meine eigene Kindheit und daran, dass Familienleben keine Demokratie ist und bin sicher, was meine Eltern betraf gab es viele Sachen, von denen ich keine Ahnung hatte. Also Mädchen, gib mir das fehlende Stück. Warum glaubst du, dass etwas nicht stimmt?"

„Das ist alles so peinlich. Wäre nur Sam hier, nichts von dem wäre geschehen." Amelia fing lautlos an zu weinen.

Elizabeth verdrehte ihre Augen und schüttelte in Missbilligung den Kopf über Amelias Gefühlsausbruch. „Wissen Sie, ich bin keine Horror-Mutter, obwohl mich meine eigene Mutter gerne so sieht. Julia war schwierig seit Peter an die Ostküste gezogen ist und darum dachte ich, es wäre das Beste, ihr nicht zu sagen, dass sie hier für das ganze Schuljahr bleiben muss. Sie glaubt, sie ist hier nur für den Sommer da." Und passiv aggressiv fügte sie hinzu, „und es geht Sie wirklich nichts an, aber ich wollte einfach keine Diskussionen darüber führen müssen, warum sie in Cedarwood Ridge bleiben soll, wo sie sogar glaubt, für einen Sommer auf dem Land zu alt zu sein."

„Ach Mädchen, es geht uns etwas an, wirklich. Wir brauchen so viel Information wie nur möglich, wenn du willst, dass wir herausfinden, was passiert sein könnte. Also, um was geht es hier eigentlich bei Peter und diesem Umzug an die Ostküste?"

Elizabeth blieb der Mund offen.

„Sagen Sie, dass Sie nicht wissen, dass ich geschieden bin?"

„Und warum sollten wir das wissen? Für euch Stadtmenschen mögen wir ja rückständig sein, aber wir sind hier damit beschäftigt, uns um gute Werte zu kümmern und vergewissern uns, dass alles schön ordentlich ist. Wir haben keine Zeit für Klatsch und Tratsch über Ex-Mitglieder unserer Gemeinde", Ted herablassend.

Und da habe ich Unsummen für Therapiesitzungen ausgegeben, damit mir egal ist, was die Leute in Cedarwood Ridge von mir denken! Elizabeth unterdrückte ein wahnwitziges Kichern. „Du hast natürlich Recht, warum auch. Jedenfalls ließen Peter und ich uns letztes Jahr scheiden und Julia hatte Schwierigkeiten, die Tatsache anzunehmen, dass ihr Vater nun eine neue Familie an der Ostküste hat."

„Danke dir und ich denke, das ist das fehlende Stück. Ich bekomme das Bild. Nun hast du Angst, dass Julia die Sache in die eigene Hand genommen hat und weggelaufen ist, um bei ihrem Vater zu leben. Ist es so?"

Sheriff Bob Browne schrieb in sein Notizbuch: Fünftens – Subjekt möchte lieber mit Vater an der Ostküste leben.

Elizabeth biss sich auf die Lippen. „Ja, ich glaube, das ist meine Befürchtung."

„Aber warum jetzt? Warum nicht schon früher?", Elizabeth spürte fast körperlich, wie viele Punkte sie bei Ted dafür verloren hatte, eine geschiedene Frau und schlechte Mutter zu sein. „Wie ich es verstehe, bist du den ganzen Tag in der Arbeit und so, sie müsste für diesen Schritt also reichlich Gelegenheit gehabt haben."

„Also jetzt da du es erwähnst fällt mir ein, ich dachte, dass Julia ein wenig blass aussah als sie gestern Abend nach Hause kam", Amelia, von ihrem emotionalen Schub erholt, beteiligte sich wieder an der Diskussion. Jetzt, da die Sache schon so weit aus dem Ruder gelaufen war, könnten die beiden Sheriffs ebenso gut den Rest der Geschichte hören. „Und um die Wahrheit zu sagen, Elizabeth und ich hatten eine kleine Auseinandersetzung wegen der ganzen Scheidungstragödie. Wohlgemerkt nichts Ernstes natürlich, nur so ein Mutter-Tochter-Gespräch. Und selbstverständlich wurde währenddessen auch das Japan Problem genannt. Also vielleicht hat Julia ja Sachen mitgehört, die für ihre Ohren nicht bestimmt waren. Ja! Ich bin mir dessen sicher. Und darum hat sie ihren Appetit verloren! Teenager oder nicht, bei Makkaroni mit Käse will sie immer einen Nachschlag."

Bob sah Elizabeth fragend an. „Nun versuch dich zu erinnern, Mädchen. Ist dir Julias Blässe auch aufgefallen?"

„Hhm, vielleicht schon, aber wie bereits mit dem Essen, Teenager sind auch an anderen Tagen blass, weil sie durch diese körperlichen Wachstumsschmerzen und Hormonstörungen und alles gehen. Ich vermute, ich habe mir nicht viel dabei gedacht. Und Julia hasst es sowieso mit Fragen erdrückt zu werden. Sie verteidigt ihr sogenanntes ‚Recht auf Privatsphäre'." Elizabeth fühlte sich emotional erschöpft und befreit zugleich. „Und wer weiß, vielleicht weil ich als Jugendliche selbst keine Privatsphäre genossen habe oder vielleicht weil mir der nötige Mut fehlte mein Recht zu behaupten, bin ich mit meiner eigenen Tochter etwas zu nachsichtig."

Amelias Gesicht erstarrte zu einer entsetzten Maske. Natürlich war sie sich über das Bedürfnis von Elizabeths Generation bewusst, immer jemanden zu finden, den sie für ihre Entscheidungen verantwortlich machen konnten, dieses Verhalten nannte Sam „ihre narzisstische Sucht nach Nabelschau", aber dass ihre einzige Tochter so geschmacklos, so schamlos, so ungehobelt war, ihre intimsten familiären Probleme vor zwei vollkommen Fremden auszubreiten, konnte sie nicht fassen und machte sie komplett sprachlos.

Ted Hanson schaute seinen Boss an. „Also, was machen wir nun? Glaubst du wirklich, sie ist zu ihrem Vater abgehauen?"

„Ist ebenso eine Theorie wie eine Übernachtungsparty. Also, ich denke, wir gehen dem besser nach und machen einige Anrufe. Ruf du Gretchen an und teil ihr mit, sie soll mich mit Sarah Freeman verbinden und die Nummer von Peter Banes finden – Mädchen, wo genau an der Ostküste hast du gesagt?"

„Ridgewood, New Jersey", sagte Elizabeth.

„Danke. Teile das Gretchen mit. Und Amelia, würden Sie mir bitte noch einmal Kaffee nachschenken?"

„Aber selbstverständlich, Bob!" Wie von Geisterhand stellten diese Worte Amelia Livingstons Identität als perfekte Gastgeberin wieder her und mit einem süßen Lächeln stand sie von ihrem Stuhl auf und tat, worum der Sheriff sie gebeten hatte.

ZEILE 33

Victor Wagner schien allen Raum der Welt für Julias Tränen zu haben. Er fuhr einfach weiter und das einzige Zeichen, dass er sie überhaupt bemerkte war die Tatsache, dass er irgendwann schweigend nach hinten reichte und Julia ein Taschentuch gab.

Als Julia schließlich mit dem Weinen fertig war, sagte sie, „Danke Victor. Das fühlte sich gut an. Ich brauchte dieses Weinen. Und ich schätze auch sehr, dass Sie mir nicht sagten, wie ich weinen soll."

Victor verstellte den Rückspiegel, um ihren Augen zu begegnen, und war verwirrt. „Entschuldige, aber ich verstehe das nicht. Wie hätte ich dir sagen können, wie du weinen solltest?"

„Na ja, wie soll ich sagen. Wenn ich vor anderen Menschen weine, hängt es immer von deren Sachen ab, ob es für mich okay ist, dies zu tun oder nicht, aber auf alle Fälle haben sie immer das Gefühl, irgendetwas unternehmen zu müssen und das macht Weinen zu einer ziemlich stressigen Sache."

„Wie, unternehmen?", Victor noch immer verwirrt.

„Also, zum Beispiel meine Freundin Kellie möchte mich immer sofort trösten. Ich meine, prinzipiell ist daran überhaupt nichts verkehrt, ich weiß ja, das ist ihre Art mir zu zeigen, dass sie sich um mich sorgt. Aber ich fühle mich dann schlecht, wenn ich trotzdem weiter weine, weil das bedeutet, ich enttäusche sie als Freund, weil ich ihre Bemühungen nicht annehme, damit es mir besser geht."

Julia putzte sich die Nase und fuhr fort. „Wie meine Mami auf meinen emotionalen Zustand reagiert, kommt ganz auf ihre Gemütslage an. Wenn sie gestresst ist, sagt sie mir umgehend, es ist nicht so schlimm, obwohl sie in Wirklichkeit keinen blassen Schimmer davon hat, was mit mir los ist. Wenn sie in der Stimmung ist Bilderbuch-Mutter zu spielen, säuselt sie in dieser herablassenden Art ‚ja Schatz, ich weiß, es ist furchtbar, armer Liebling' oder ähnlichen Mist, wobei sie, wie ich Ihnen bereits sagte, total darüber im Dunkeln tappt, was mit mir los ist. Aber die meiste Zeit entschuldigt sie sich nur, weil sie zu der einen oder anderen Besprechung weg muss. Sie kompensiert für mich nicht da zu sein mit Geld. So oder so, sie nimmt sich nie die Zeit dafür herauszufinden, was mich bedrückt – ich vermute mal, es ist billiger meine Therapie zu bezahlen als einen Klienten zu verlieren." Nachdenklich kuschelte sie sich tiefer in ihren Sitz, wie um Schutz vor der Welt zu suchen, die sie beschrieb.

„Und das bringt uns zu meinem lieben Doktor Kline, von dem Sie denken, er sei weise, aber ich denke, er könnte selber gut eine Behandlung brauchen, wenn Sie mich fragen. Er ist darin absolut verlässlich, sich total zu begeistern, sobald ich meine ‚Gefühle zeige' und feuert mich an, ‚alles rauszulassen', dass ich normalweise nicht anders kann, als zum Lachen anzufangen. Jedenfalls, er ist nicht der schlimmste Therapeut, den ich gesehen habe. Im Großen und Ganzen ist er schon ok. Ich meine, immerhin versucht er es. Aber ich finde sein Benehmen irgendwie absurd, so zu tun als wären meine Gefühle etwas auf das er stolz sein kann. Und darum schätze ich es, wie Sie mich einfach ungestört weinen ließen, obwohl ich die ganze Zeit wusste, dass Sie sich um mich sorgen." Und während sie das zerknitterte Taschentuch in ihrer Hand betrachtete, als enthielte es die Antwort auf den Sinn des Lebens, fügte sie hinzu, „Ich denke, Sie müssen eine sehr mitfühlende Person sein."

„Danke! Das ist etwas sehr Schönes zu sagen, dennoch tut es mir aufrichtig leid zu hören, dass in dieser deiner Welt sich das Weinen, ein grundlegender Ausdruck menschlichen Leidens, in ein so großes Problem gewandelt hat und von so vielen Hindernissen umgeben ist." Victor sah aus als wäre er selbst den Tränen nah. „Und für jemanden der behauptet, noch nie darüber nachgedacht zu haben an was er glaubt, beschreibst du deine Überzeugungen hervorragend. Ich kann deiner Schilderung, wie die moderne Welt auf deine Gefühle reagiert, mühelos ein ganzes System von Dingen entnehmen an die du glaubst."

„Hmm. Wie Sie meinen. Für mich ist es nur meine Art zu beobachten, was um mich herum los ist."

„Ja natürlich. Aber um überhaupt eine Beobachtung machen zu können, brauchen wir etwas, mit dem wir es vergleichen, oder? Und worüber du unzufrieden bist mit dem was du beobachtest, zeigt mir deutlich das, an was du glaubst."

„Um ehrlich zu sein, ich habe noch nie über die Sachen nachgedacht, die ich Ihnen gerade erzählt habe. Ich schätze, das ist einfach nur so aus mir herausgekocht. Wusste nicht einmal, dass ich das in mir habe. Wusste nicht einmal, dass ich frustriert war über das, was im Reich der Tränen vor sich geht."

„Ich verstehe. Mach dir keine Sorgen. Du bist noch immer sehr jung. Mit der Zeit wirst du dir der vielen Schichten deiner Psyche bewusster werden, und dann werden dir die Entscheidungen die du triffst, Kraft geben. Du wirst sehen, dass du, wenn du das nächste Mal in Gegenwart deiner Freundin Kellie weinst, ganz andere Mittel zur Verfügung hast die dir helfen werden, mit der Situation umzugehen während du deine tieferen Gefühle zum Ausdruck bringst. Du wirst nicht länger ein Opfer der Umstände sein, ‚es hängt von deren Sachen ab', wie du es nennst? Und im Gegenzug wirst du deine Freundin mitfühlender erfahren."

Alles was Victor gerade gesagt hatte, außer der Erwähnung des Namens ihrer Freundin, ging über Julias Horizont. „Kellie! Ich vermisse sie so sehr! Wer weiß, wann ich sie wiedersehe, jetzt wo ich so weit weg leben werde."

„Nun, auch darüber mach dir keine Sorgen. Es gibt viele Möglichkeiten, wie du mit jemand in Kontakt sein kannst, obwohl er dem Anschein nach weit weg wohnt. Ich habe diesen Freund von dem ich dir erzählen wollte, sein Name ist Theodore Cliffton, aber wir nennen ihn Avi, den Abenteurer.

Für ihn ist alles immer nur einen Schritt entfernt. Entschuldige. Ich werde nicht mehr davon anfangen. Ich lasse das seltsame Gerede - wie du es nennst - einfach?" Während er Julias Lächeln bemerkte, fügte er rasch hinzu, „Sollen wir zu dem gegebenen Thema zurückkehren?" Ein Herzschlag. „Erzähle mir von deinem Vater, wie benimmt er sich, wenn es um deine Tränen geht? Du hast ihn überhaupt nicht erwähnt!"

Julia fing wieder zu weinen an. Wie zuvor reichte ihr Victor ein Taschentuch. Seine schlichte Geste brachte Julia zum Lachen. „Wissen Sie, genau das hat Papi immer getan. Ich schätze also, während ich Sie beschrieben habe, sprach ich tatsächlich irgendwie von ihm."

„Und doch, als du vorhin mit ihm über dieses Telefongerät gesprochen hast, schien dir etwas an seinem Verhalten zu missfallen."

„Ach, das ist alles so kompliziert", seufzte Julia und rieb sich die Stirn, wie um sämtliche Knoten die diese Komplikationen für ihren Geisteszustand darstellten, auszubügeln. „Was soll's. Sie waren nichts als freundlich zu mir und das verdient wohl die ganze Geschichte. Meine hyper-nervöse Mutter verschleppte mich zu meiner Großmutter nach Cedarwood Ridge, Sie wissen schon, da wo Sie mich letzte Nacht aufgegabelt haben, ich meine, das ist in der Mitte vom todsicheren Nirgendwo. Und ich bin dreizehn", *darf es wahr sein, jetzt habe ich es gesagt. Freundlich oder nicht, ich schätze, meine Reise zur Ostküste ist gerade zu Ende gegangen.*

Aber Victor wirkte unbeeindruckt. „Ja, und? Ich verstehe nicht ganz, warum oder inwiefern dreizehn zu sein, ein Hindernis dafür ist in Cedarwood Ridge zu leben? Noch sehe ich, wie Cedarwood Ridge mehr in der Mitte von Nirgendwo ist als jeder andere Platz im Universum auch?"

Julia betrachtete ihn und schüttelte ihren Kopf. „Das ist Ihr Ernst, oder? Mann, Sie sind wirklich von einem anderen Planeten. Ok, ich werde es Ihnen erklären, erstens – es gibt kein einziges Einkaufszentrum in Cedarwood Ridge, zweitens – selbst wenn es eines geben würde, Fragrant Meadows, das Anwesen meiner Großmutter, ist meilenweit entfernt von diesem kleinen-Flecken-Nichts, das sich eine Stadt nennt! Also was, bitte schön, soll eine Dreizehnjährige dort tun, hmm?"

„Aha. Und in Ridgewood wird es ein solches Einkaufszentrum geben, nach dem du suchst?"

„Wissen Sie, im Moment verlieren Sie tatsächlich gewaltig an Punkten."

„Tatsächlich, davon weiß ich überhaupt nichts. Meine Nachfrage ist ausschließlich der Versuch, die Wurzel des Unmutes zu entlarven, den ich wahrnahm währenddessen du mit deinem Vater sprachst."

„Oh nein. Und nun haben Sie auch noch Rückschritte mit der Sprach-Sache gemacht. Tut mir leid, das war gemein. MPA. Massiv-passiv-aggressiv wie Doktor Kline sagen würde."

„Ja, und ich bin überzeugt, dein weiser Doktor Kline hat dir auch gesagt, dass ein solches Verhalten seine Ursache in deinem Versuch hat, ein Thema von emotionaler Intensität zu vermeiden. Erlaube es. Vertraue mir, du wirst dich so viel besser fühlen, nachdem du gesehen hast, was du versuchst vor dir zu verbergen."

Tief in ihrem Innersten wusste Julia, dass Victor Recht hatte. „Ich glaube nicht, dass ich das tun kann. Ich habe das Gefühl, falls ich jemals in die Nähe dieser Tür gehe, werde ich einfach zusammenbrechen und sterben."

Victor gab für eine lange Zeit keine Antwort. Als er es schließlich tat, spürte Julia wie seine Stimme jede Zelle ihres Körpers durchdrang und jedes letzte Stückchen Widerstand auflöste, das ihrem Hören im Weg stand.

„Du hast natürlich Recht und ich werde diese enorme emotionale Intelligenz die dir eigen ist nicht beleidigen. Ein Teil von dir wird sicherlich sterben. Ein Teil von dir, ein Selbst an das du dich gewöhnt hast, wird sich auflösen sobald die Glaubensüberzeugung, die dieses Selbst erschaffen hat, zusammenbricht. Ein wahrhaftiger Moment der Wandlung, weit über das hinaus was euresgleichen Veränderung nennt. Und wie mit jedem Tod bleibt dir nichts Vertrautes, an das du dich festklammern kannst.

Für eine Weile, und bedauerlicherweise ist es für die meisten nur ein flüchtiger Moment, ein kostbares Geschenk leicht versäumt, wirst du nichts als den unermesslichen Ozean unendlicher Möglichkeiten erleben – in gewisser Weise wirst du jenseits der dir bekannten Umgebung von Zeit und Raum existieren. Dieser Zustand bringt eine Freiheit der Wahl mit sich, so furchteinflößend für die Mehrzahl der Menschen in eurer Welt, dass sie lieber in der vermeintlichen Sicherheit ihres selbstgeschaffenen Gefängnisses bleiben - durch die Ketten ihrer gewohnheitsmäßigen Verleugnung gefesselt an die Gefängnismauern ihrer Angst. Oder einfacher ausgedrückt, wie meine Freundin, die du die Hellseherin nennst, sagen würde ,alles was du verlieren kannst, ist die Mühe nicht wert, die du hineinsteckst, um es zu behalten'.“

Die Frequenz von Victors Stimme wechselte wieder in ihren normalen Bereich und Julias innerliches Erdbeben stoppte. „Natürlich kann dich niemand zu diesem Schritt zwingen, noch kann ihn irgendjemand für dich tun, aber ich kann dich darin ermutigen, einen Versuch zu wagen. Also, um was geht es bei deinem Vater, das du partout nicht sehen willst?“

In der Lücke zwischen zwei Gedanken erschien ein Raum mit fast übernatürlicher Helligkeit, eine Küche, in der sie und ihr Vater am Tisch saßen und sich aufs Frühstück freuten während ihre Mutter am Herd stand und Pfannkuchen backte. Dieses Bild verblasste und wurde von ihrem Vater auf allen vieren ersetzt, ein kleines Mädchen auf seinem Rücken – Papi, der mit Fiona Black Beauty spielte. *Ich erinnere dich nur ungern daran, aber er hat nicht nur deine Mutter verlassen. Er hat auch dich verlassen. Ich erinnere dich nur ungern daran, aber er hat nicht nur deine Mutter verlassen. Er hat auch dich verlassen. Ich erinnere dich nur ungern daran, aber er hat nicht nur deine Mutter verlassen. Er hat auch dich verlassen.“* Kellies Worte schallten durch den leeren Raum, den der Klang von Victors Stimme erzeugt hatte, und ein Stöhnen entwich den Tiefen von Julias Sein.

„Ich bin so wütend, dass mich mein Papi nicht mehr liebt", sie wagte sich in den Vorraum des Zimmers des Grauens. Natürlich war sie mit Doktor Kline schon unzählige Male an diesem Platz gewesen und jedes Mal gab er ihr sofort eine Auszeichnung für ihre Tapferkeit, ihre Wut zu gestehen. Wie mit den Tränen, bot Victor keinen Kommentar.

Ein weiteres Stöhnen. „Ich fühle mich als solcher Versager. Ich meine, ich muss doch wirklich ein Taugenichts sein, wenn er mich einfach so verlassen kann, oder? Und dann noch Fiona. Er findet sie anstrengend und schwer zu handhaben und trotzdem liebt er sie mehr als mich! Was ist an mir so verkehrt, hmm? Meine Mami liebt mich auch nicht. Oder besser gesagt, sie liebt ihren Beruf mehr als mich. Sie kümmert sich um den Planeten, aber mich lässt sie zuhause die ganze Zeit allein. Also ich verstehe ja, warum Papi sie verließ, aber wie konnte er mich verlassen? Wie konnte er nur? Ich hasse ihn! Wirklich, das tue ich! Er ist ein furchtbarer Mensch! Wie um alles in dieser bekackten Welt kann er mir Fiona vorziehen? Sie ist nicht einmal sein Kind! Und wenn erst das Baby da ist, wird er mich total vergessen. Komplett. Das weiß ich einfach." Julia schlug mit ihren Fäusten auf ihre Oberschenkel. „So, nun ist es raus! Sind Sie jetzt zufrieden? Habe ich für Sie meine Sache gut gemacht? Weil, das kann ich Ihnen gleich sagen, besser fühle ich mich überhaupt nicht. Ich fühle mich total schrecklich, jetzt wo ich weiß, dass ich meinen Papi hasse! Jetzt sagen Sie schon was! Oder hat es Ihnen die Sprache verschlagen, hmm? Gruslig wie sie war, immerhin war sie etwas."

Ein Teil von ihr rechnete mit einem weiteren langen Schweigen, aber Victor überraschte sie und antwortete gleich. „Ich kann vollkommen sehen, warum du dich noch nicht befreit fühlst. Bis jetzt bist du sehr tapfer gewesen, die Tatsache zu bekennen dass du glaubst deinen Vater zu hassen; ihn nicht so zu lieben wie du dachtest es zu tun. Du machst Fortschritte, aber der Teil, der dir deinen Seelenfrieden bringen wird, ist noch immer versteckt. Also, warum nutzt du die Energie deines Zornes nicht um die Klarheit, die diesen Zustand begleitet zu erreichen, anstatt sie in Hass auf deinen Vater oder auf dich selbst umschlagen zu lassen. Du musst doch ehrlich zugeben, dass das nicht wirklich irgendeine neue Einsicht ist, oder? Dir war diese Abneigung schon vorher bewusst, aber in dem du so getan hast, als wüsstet du es nicht, hast du sie deiner Mutter gegenüber ausgelebt."

„Was wollen Sie von mir?", schrie Julia, „Wenn ich geahnt hätte, dass Sie nur eine weitere Person sind, die etwas von mir will, hätte ich es Ihnen überhaupt nicht erzählt! Immer hat jeder diese Monster-Erwartungen und ich werde nie und nimmer jemals in der Lage sein, diese auch nur annähernd erfüllen zu können. Also wird es mit meinem Leben einfach immer weiter bergab gehen, oder? Warum also die Aufregung? Hmm? Warum sich überhaupt die Mühe machen?"

Nach einer Pause, die ihr so lange vorkam wie der Rest ihres bergab laufenden Lebens, sagte Victor endlich, „Darauf habe ich keine Antwort. Diese Antwort musst du für dich selbst herausfinden."

Eine Flutwelle des Lichts durchspülte Julia. Sie hatte das Gefühl, als wäre sie aus einer Dunkelkammer hinaus in das helle Sonnenlicht eines südkalifornischen Tages getreten. Bevor sie irgendetwas dagegen tun konnte, fing sie an zu lachen. Sie lachte, bis ihr Tränen über die Wangen liefen die sich mit ihren Tränen der Wut, ihren Tränen der Trauer, ihren Tränen der Angst vermischten – und alle reinigte. Sie lachte so stark, dass jeder vorbeifahrende Fremde, sich Sorgen gemacht hätte über dieses arme Mädchen am Rande eines hysterischen Zusammenbruchs. Aber wie schon vorher, griff Victor nicht ein und hielt für sie behutsam den Raum, dies alles geschehen zu lassen. Als das Lachen schließlich ausgeklungen war, saß Julia still und entspannt da.

Nach einer ganzen Weile wandte sie sich Victor zu, einen seligen Ausdruck auf ihrem Gesicht – diesem Gesicht, das nicht länger das Gesicht eines Kindes sondern vielmehr eine Vorschau auf das Gesicht der schönen Frau war, zu der Julia einmal werden würde. Als sie sprach, klang ihre Stimme tiefer, klarer, erwachsener. „Ich danke Ihnen. Nun verstehe ich es. Ich weiß, was ich sagen werde, klingt irgendwie kitschig, aber ich kann es nicht anders sagen. Bis zu diesem Augenblick war mein Leben von der Liebe abhängig, die ich von meinen Eltern bekommen habe. Aber ich erkenne nun, dass", sie stockte um die richtigen Worte zu finden, „dass es an diesem Punkt der Sinn meines Lebens ist, einfach auf einer Reise zu sein um all die Gründe zu finden, warum es sich lohnt, sich die Mühe zu machen und es dann zu tun! Mehr oder weniger meinen Traum finden. Meine Mami zum Beispiel hat ihren Grund dafür gefunden, warum es sich lohnt und darum hat ihr Leben eine Bedeutung. Für sie ist es, nach Japan zu gehen und ihren Traum zu erfüllen, indem sie etwas Großes für den Planeten leistet.

Mein Papi denkt, dass er sich seinen Traum erfüllt, wenn er mit Claire zusammen ist, aber ehrlich gesagt, ich glaube nicht einmal, dass er bis jetzt seine Bestimmung gefunden hat. Also ging er nicht weg, weil er uns nicht mehr liebt. Er fing an sich selbst zu hassen, als er gezwungen war mitanzusehen, wie glücklich Mami ist, einfach weil sie etwas für sie Bedeutungsvolles tut. Ich schätze, falls die beiden den gleichen Traum geteilt hätten, wären sie vielleicht noch zusammen, aber da dem nicht so war, hatte er das Gefühl, er müsste weglaufen. Alles was ich nun kann ist ihm zu wünschen, dass er seinen Traum dort in Ridgewood, New Jersey, findet und hoffentlich mit dieser neuen Familie, damit die nicht durchmachen müssen, was ich erlebt habe. Aber ob er es macht oder nicht, Tatsache ist, nichts davon hat irgendetwas mit mir zu tun. WOW! Danke, dass Sie mir die Wahrheit aufgezeigt haben. Sie haben Recht, ich glaube, diese Einsicht wird mein Leben für immer verändern."

Victor strahlte vor Glück für und vor Stolz auf seinen neuen Freund. „Ich bin begeistert über deine Erfahrung und Einsicht. Du bist wirklich besonders, Dinge in einem solch jungen Alter so deutlich zu erkennen! Glaube mir, du wirst es weit bringen. Ich behaupte nicht, dass es immer einfach sein wird, genau wie dieser Prozess an die Wurzel deiner unheilsamen Gefühle zu kommen, nicht einfach war. Aber du kannst mir glauben wenn ich dir sage, falsche Ansichten zu wahren und zu rechtfertigen, in anderen Worten, eine Fassade aufrechtzuerhalten erfordert eine erhebliche Menge an Energie. Viel mehr als du für den Prozess der Transformation aufbringen musst! Dein Vater musste so unbedingt dein Held sein, dass du die Tatsache ausgeblendet hast, auch er ist nur ein menschliches Wesen, mit Ecken und Kanten, wie meine Freundin Mirra sagen würde. Ich hoffe wirklich, dass du sie eines Tages treffen kannst." Victor hielt inne, um Julias Reaktion zu prüfen.

Aber sie war noch immer so entspannt und mit sich und ihrer Welt im Reinen dass sie nicht einmal blinzelte. Keine einzige Angst, nicht der Hauch eines neurotischen Gedankens existierte in diesem kostbaren Moment der Heilung. „Ich glaube, dass wäre schön. Mittlerweile bin ich ziemlich sicher, Ihre Freunde müssen fantastisch sein! Aber sagen Sie, warum würde ich so eine Sache machen. Ich meine, den Helden-Kram. Und da bin ich diejenige, die sich über massive Erwartungen beschwert!" Sie konnte sich nicht helfen und kicherte erneut über die Absurdität von alledem.

„Die Ursache ist einfach. Als kleines Kind war dein tatsächliches Überleben von dieser Betrachtungsweise abhängig, was es wiederum später viel schwieriger macht, wirklich zu erkennen was los ist. Aber jetzt, da du dich mutig dem Monster deiner falschen Wahrnehmung gestellt hast, kannst du deine Wut loslassen – zumindest in Bezug auf die Scheidung deiner Eltern. Natürlich wird sie sehr wahrscheinlich bei anderen Anlässen wieder aufscheinen, sozusagen bei anderen Problemen die dich zwingen werden, der Wahrheit ins Gesicht zu schauen. Jedoch, der Same dieser heutigen Erfahrung kann genährt werden bis er zu einer starken unterstützenden Pflanze im Garten deines Lebens heranwächst und den Prozess mit jedem Mal leichter und leichter macht. Aber im Moment hat am meisten Belang, dass du deinen Vater von der Rolle des Helden freigesprochen hast und dein Besuch dadurch für euch alle so viel mehr Spaß bringen wird!"

Julia spielte mit dem Reißverschluss ihrer Jacke, bewegte ihn rauf und runter und versuchte bei jeder Aufwärtsbewegung genau einen Zahn mehr zu schließen; etwas was sie tat, um sich besser konzentrieren zu können. „Wissen Sie Victor, ich glaube wirklich, ich möchte wieder heim nach Fragrant Meadows. Ich meine, nicht weil ich meinen Papi nicht mehr liebe oder so – vermutlich liebe ich ihn sogar mehr. Aber wie Sie es schon aufgezeigt haben, die Klarheit die dabei entsteht wenn man von Lügenmärchen und Rechtfertigungen unbelastet ist, bringt ein Geschenk mit sich – Sie nannten es die Freiheit der Wahl, die Fähigkeit aus dem unermesslichen Ozean endloser Möglichkeiten zu wählen. Also, da ich nicht mehr länger getrieben bin, Mami zu einem weiblichen Dämon und Papi zu einem heldenhaften Retter zu machen, kann ich nur zu genau sehen, wie viel Freude ich daran hätte, Babysitter für Fiona zu spielen und Claire rund ums Haus zu helfen und bei dem Ganzen noch mitanschauen zu dürfen, wie unglücklich Papi nach wie vor ist."

„Hmm. Und erneut verwirrst du mich, meine Liebe", sagte Victor und bremste sanft wegen einem Stopp-Schild, das einige hundert Meter voraus in Sichtweite kam. „Völlig ungeplant und unerwartet bringst du deine Einsicht auf die nächste Ebene, nämlich zu der Erkenntnis, dass solange man die Wahrheit sieht, überall alles zu jeder Zeit nichts als eine überreiche Ursache der Freude ist, und trotzdem möchtest du dort nicht mehr hin?"

„Ganz wie Sie meinen, mein geschätzter Freund aus dem Weltall!", Julia lächelnd. „Ich war sarkastisch. Ich meine, nun kann ich sehen, wie ich dort überhaupt keinen Spaß hätte und darum will ich zurück und das Jahr bei meiner Oma verbringen. Vielleicht ist es gar nicht so schlecht, so wie Kellie es nennt ‚eine Großmutter mit einer Villa auf dem Land' zu haben. Zumindest weiß ich, ich muss keinen Abwasch machen oder mir ‚Die Sesamstraße' mit einer Dreijährigen anschauen."

„Also dann vermute ich, heißt es für jetzt Auf Wiedersehen", sagte Victor und brachte das Taxi zum Halten.

ZEILE 34

Im Konferenzraum schenkte Mirra Herrn Kaiser zwei Daumen nach oben. „Okay Willhelm, würde sagen, mit dem sind wir fürs Erste da wo wir sein wollen. Also, lass uns zusammenpacken, oder?"

Ohne auf eine Antwort zu warten, berührten ihre wunderschön gemeißelten starken Finger einen hellgelben siebenzackigen Stern auf ihrem Bildschirm und wischte ihn fast zärtlich über den Rand des Kreises, der die Grenze der Konsole definierte an der sie gerade arbeitete. Sobald die letzte Spitze des Sterns den Kreis verlassen hatte, stieg er zu der schwebenden Kristallkugel auf, wo er mit der strahlenden Leuchtkraft des regenbogenfarbenen Lichts verschmolz. Allerdings, jedes menschliche Wesen, das diese Bewegung gesehen hätte, würde schwören, dass die geometrische Figur von dem schillernden Metall des Arbeitsplatzes geschluckt wurde.

So oder so scheint es, war das Manipulieren kaum vorhandener Formen aus Licht in dieser Umgebung nichts Besonderes.

„Ja natürlich, natürlich, mein liebes Kind", sagte Herr Kaiser, bemerkte wie eine eher reife Mirra ihre Augen verdrehte und korrigierte sich rasch, „Ja, ja, mein teurer alter Freund, nur nicht so schnell! Erinnerst du dich, dass heute der Widersacher plant, seinen neuen Kommunikations-Satelliten zu starten, um sich noch größere Kontrolle über die Welt zu verschaffen?"

„Wirklich, Willhelm?", Mirra vielleicht etwas genervt von Herrn Kaiser, auf so vielen Ebenen gleichzeitig derart unsensibel zu sein. „Meine Vermutung ist, falls ich mich nicht erinnere, tut's niemand. Also ja, ich erinnere mich und auf was willst du hinaus?"

„Schon gut, schon gut", lenkte Herr Kaiser bereitwillig ein, da er in der Angelegenheit, die er vorschlagen wollte, Mirras ganze Folgebereitschaft brauchte. „Nun, da Julia diese erste Herausforderung so rasch mit solcher Tapferkeit gemeistert hat und wir darüber hinaus durch die Einführung von Victors Abbild in gewisser Weise bereits Kontakt hergestellt haben denke ich, zusammen mit John Freeman und seinem natürlichen Interesse an Heldentum, sind die beiden die perfekten Kandidaten, den Machenschaften des Widersachers ein Ende zu setzen."

Mirra war nicht überzeugt. „Davon weiß ich nichts. Aber was ich mit Sicherheit weiß ist, dass der kleine Kuddelmuddel deiner Frau mit der Wirklichkeit nicht unbemerkt blieb. Das Buch sagt, Constellato schnappte es auf und informierte Herrn Jenseits-von-Böse. Also ist Julia auf seinem Radar, darauf kannst du Gift nehmen."

„Ich verstehe, ich verstehe. Das könnte uns jedoch zum Vorteil gereichen. Julias Entscheidung in Cedarwood Ridge zu bleiben, nimmt sie aus dem Raster von Otens direktem Einfluss und gibt uns einen großen Vorsprung in Echtzeit."

„Wie sie als Köder benutzen, um seine Aktionen zu manipulieren?", Mirra, deren Frage eher rhetorischer Art als ernst gemeint war, schloss ihre Augen und schaute ins Buch. „Du hast Recht, Willhelm, deine Vision trügt dich nicht, das Buch sieht es auch. Aber beide, sowohl John als auch Julia, werden eine ganze Menge an Führung und Training brauchen."

„Ich stimme zu, ich stimme zu. Also lass uns die anderen holen und unsere Strategie überarbeiten."

Mirra Prestessi bewegte ihre knochig wirkende linke Hand zur Kristallkugel während sie die Konsole mit ihrer rechten berührte und sah zu wie zwanzig Symbole sichtbar wurden. Sie kicherte. „Wenn das nicht typisch für Avi ist! Er geht spaßeshalber Yetis jagen und kommt mit der Lösung unseres größten Problems zurück."

ZEILE 35

In Fragrant Meadows wartete Sheriff Bob Browne darauf, dass Sarah Freeman ans Telefon ging. „Hallo Sarah, hier spricht Bob Browne, wie geht es dir? --- nein, nein, soweit ich weiß, geht es beiden gut." Er hasste diesen Teil seines Berufs. Jedes Mal, wenn er jemanden anrief, dachten die Menschen sofort er sei der Überbringer schlechter Nachrichten. Und klar, manchmal war er es auch und diesen Teil seines Berufs hasste er sogar noch mehr. „Hör mal, hast du einen Moment? Ich möchte dir gerne ein paar Fragen stellen. --- Nein, es geht nicht um die bevorstehende Wahl. Ich mach's einfach kurz, ok? Hast du vielleicht Julia Livingston-Banes gesehen? Ich höre, John und sie sind Freunde. --- Okay --- alles klar. Mach dir keine Sorgen, wir sind nur gründlich." Als er Elizabeths Gesicht sah, hob er eine Hand um ihr zu signalisieren, sie solle ihm einfach vertrauen, dass er schon wusste, was er tat. „Amelia rief mich an vorbeizuschauen, weil Julia heute Morgen nicht hier ist und wir dachten, vielleicht ist sie zu euch gegangen, um sich mit deinem Sohn zu treffen. Kann ich ihn kurz sprechen? --- Verstehe. Schön, danke. Falls du was hörst, kann es nicht schaden, wenn du mir Bescheid gibst. Oder ruf einfach Gretchen an, sie weiß ja, wo sie mich findet. Und dir noch einen schönen Tag."

Er legte auf und teilte Ted mit, „Sarah hat Julia nicht gesehen, aber John verließ zeitig das Haus, um sich mit ihr zu treffen", und während er sich zu Elizabeth drehte, „schau Mädchen, die Kinder sind wahrscheinlich irgendwo draußen und erleben ein Abenteuer, kein Grund sich Sorgen zu machen."

„Aber Sie rufen Peter schon noch an, ja? Ich meine, wir können nicht einfach davon ausgehen, dass sie mit John unterwegs ist, bloß weil er auch nicht zuhause ist", Elizabeths Angst stieg mit jeder Sekunde die verstrich.

„Natürlich. Das mache ich sofort. Ted, wie ist gleich wieder die Nummer?"

„Warum wähle ich sie nicht einfach für dich, du weißt doch, wie leicht ich legasthenisch werde sobald ich dir was vorlese." Ted nahm sich das Telefon, hämmerte die Nummer ein und gab es Bob dann zurück.

„Hallo, spreche ich mit Peter Banes? – Sehr schön. Hier spricht Sheriff Bob Browne aus Cedarwood Ridge. Ich würde Ihnen gern ein paar Fragen stellen, wenn Sie eine Minute Zeit haben."

Wie schon bei Sarah, erklärte er, Julia sei nicht zuhause, aber dass kein Grund zur Sorge bestehe. Schließlich war das hier Cedarwood Ridge, nicht Washington, D.C. Als ihn die Befragung zufriedenstellte, dankte er Peter und legte das Telefon auf den Tisch.

„Und? Was hat er gesagt? Jetzt kommen Sie schon, sagen Sie es uns!"

Wieder hob er eine Hand, griff mit der anderen nach seinem Stift und Ted antwortete, „lass den Mann erst seine Notizen machen, ja? Jedes kleine Detail könnte wichtig sein und je eher er es notiert, desto besser."

Aufgeblasene gescheiterte Sportskanone, dachte Elizabeth, musste aber zugeben, er hatte trotzdem Recht.

Als Bob die Informationen niedergeschrieben hatte, fasste er das Telefongespräch mit Elizabeths Ex-Mann zusammen.

„Peter hat tatsächlich einen Telefonanruf von Julia erhalten --"

„Oh mein Gott, was hat sie gesagt?", unterbrach Elizabeth augenblicklich.

„Elizabeth, benimm dich! Mittlerweile solltest du wissen, dass wir es in diesem Haus nicht tolerieren, einen anderen beim Sprechen zu unterbrechen!" Amelia, streng.

„Entschuldigung", Elizabeth wie gewöhnlich durch Amelias Kritik sofort eingeschüchtert, „Bitte Bob, sprechen Sie weiter."

„Wie ich schon sagte, Julia kontaktierte Peter vor ungefähr zwei Stunden, aber er konnte nicht ans Telefon gehen weil er gerade mit der dreijährigen Tochter seiner Freundin spielte. Später versuchte er dann Julia zurückzurufen, erreichte aber nur ihre Mailbox. Nun ist er natürlich beunruhigt und wollte sofort hierherfliegen. Ich sagte ihm, dass dies zu diesem Zeitpunkt nicht notwendig ist und dass er ja sobald er ins Flugzeug steigt sein Telefon ausschalten muss, was wiederum nicht so gut für den Fall wäre, dass Julia erneut versucht, mit ihm in Verbindung zu treten."

„Ich wusste es, etwas Fürchterliches ist passiert, ich wusste es", kreischte Elizabeth und schlug mit ihrer Hand auf die Tischplatte. „Sie ist weggelaufen! Ich meine, wir alle wissen, dass es hier in dieser gottverlassenen Gegend keinen Service gibt, das heißt, sie muss abgehauen sein, wie sonst hätte sie ihn anrufen können?"

„Beruhige dich Elizabeth, bitte!", sagte Ted und legte seine Hand auf die ihre. „Ganz vereinzelt gibt es Spots, wo wir Empfang haben. Vielleicht ist sie unterwegs und versucht, diese Plätze zu finden? Du weißt ja wie Teenager sind, wenn es um ihre Lebens-Linien geht, so nennt Ted Junior die Balken auf seinem Handy."

„Ted hat natürlich Recht, aber ich denke es wäre das Beste, zurück ins Revier zu fahren und eine Vermisstenanzeige auszustellen, nur um auf der sicheren Seite zu sein", Bob hievte seine mächtige Gestalt aus dem Stuhl. „Aber vorher möchte ich in ihr Zimmer schauen, falls es dir Recht ist?"

Elizabeth, in totalem Schock, konnte nicht einmal aufstehen.

ZEILE 36

Schwer mit seinen Gedanken über das Wiedersehen mit Julia beschäftigt, radelte John auf die Wegstelle zu, die ihn in den Wald führen würde, die Abkürzung die er immer dann benutzte wenn er zu seinem Baumhaus unterwegs war, ohne die ganze Strecke durch Fragrant Meadows fahren zu wollen. Er bremste ab, als er die kleine Bresche zwischen den Bäumen sah, die seine Orientierungshilfe für die Abbiegung war und bemerkte so, dass er die Landstraße wohl schon vor einer Weile verlassen haben musste und per „Auto-Pilot" auf die private Forststraße, die bereits innerhalb des Anwesens lag, gelangt war. Wie gewöhnlich bedurfte es einer ziemlichen Konzentration, die Markierung nicht zu verfehlen, aber die unzähligen Ausflüge in den Wald, die er und sein Vater gemeinsam unternommen hatten seit er ein kleiner Junge war befähigten ihn dazu, Bäume zu lesen als wären sie eine Karte; für ihn als auch für seinen Vater sahen keine zwei Bäume gleich aus. Da! Während er über seine linke Schulter nach hinten schaute um sicherzugehen, dass keine Autos kamen, bog er vorsichtig ab. Persönlich dachte er, dies sei völlig überflüssig – abgesehen von einem gelegentlichen Holzlaster fuhr auf dieser Straße niemand, aber er hatte seiner Mutter versprochen, beim Radfahren immer verantwortungsbewusst zu sein und darum war er es auch.

Seine Augen brauchten einen Moment, um sich auf das düstere, vom Baumkronendach der Zedern gefilterte Licht einzustellen. Sein Fokus richtete sich auf den weichen Teppich des Waldbodens. Wenn er es verhindern konnte, wollte er keine der kleinen Blumen zerquetschen, die im Schutz der großen Bäume wuchsen, noch wollte er riskieren, auf dem moosigen Grund auszurutschen. Ihm gefiel die Herausforderung seines Gelände-Abenteuers – das vorsichtige Manövrieren um Felsbrocken und Gestrüpp während es gleichzeitig zu vermeiden galt, vereinzelte Rehe aufzuscheuchen oder sein Gesicht von tief hängenden Ästen junger Zedern ausgepeitscht zu bekommen. Noch nie hatte er hier einen anderen Menschen gesehen – nicht einmal die Gärtner schafften es so tief in den Wald.

Er hielt nach der besten Möglichkeit Ausschau, einen ziemlich großen Busch zu umfahren und sprang entsetzt von seinem Rad. Er glaubte, zirka zwanzig Meter links von ihm etwas oder noch schlimmer jemanden, auf dem Boden liegen zu sehen. Lähmende Bilder von Axtmördern, die geschützt von Büschen und Bäumen auf der Lauer lagen, weckten in ihm den Wunsch sofort umzukehren, nachhause zu fahren und seine Mutter zu alarmieren. Oder zumindest schnell zu seinem Baumhaus zu radeln, das aufgrund seiner Höhe einer der gesegneten Plätze mit Signal war. Er holte kräftig Luft und richtete sich auf. Durch die Bewegung erwachte seine

Abenteuerlust zu neuem Leben und anstatt auf sein Fahrrad zu steigen, schlich er verstohlen um ein Gestrüpp wilder Brombeeren um auszuspähen, was los war.

„Heiliger Bimbam! Julia", er begann schneller zu gehen, Zweige griffen nach dem Sonnenschutz seiner Kappe und rissen sie herunter. Falls er es überhaupt bemerkte, zögerte er doch keinen Moment. „Julia, Julia! Kannst du mich hören?"

Er kletterte um einen Felsen, der ihm zeitweise die Sicht versperrte und stolperte beinahe über Julias Füße. Sie lag auf dem Bauch, die Arme ausgestreckt, als wolle sie etwas abwehren oder vielleicht auch den Stein packen, den ihre Finger kaum berührten. Ihr Rucksack war auf eine Seite geschlittert und bildete faktisch ein Kissen für ihren Kopf. Er wagte ihre Schulter zu berühren und versuchte, sie herumzudrehen.

„Julia, komm schon, bitte, ich bin's, John!"

Ein Stöhnen.

Gott sei dank, sie lebt, dachte er. „Julia, bist du verletzt? Hast du Schmerzen?"

Ein weiteres Stöhnen.

Er beugte sich zu ihrem Gesicht herab und strich ein paar Haarsträhnen zurück. Ein plötzliches Lächeln bewirkte, dass John vor Erleichterung fast ohnmächtig wurde. „Julia, komm schon, rede mit mir! Was ist passiert? Was machst du denn hier mitten im Wald?"

Julia zwang sich ihre Augen zu öffnen. „John? Was zum Kuckuck?", sie schaute sich um, eindeutig orientierungslos. „Wo bin ich?"

John, obwohl dankbar, dass seine Freundin unversehrt schien, fühlte bei der Aussicht auf Julias Reaktion auf seine Anwesenheit sobald ihr Gedächtnis wieder hochfuhr, eine gewisse Angst einschleichen. „Ich schätze wir sind ungefähr drei Meilen vom Haus deiner Oma weg und eine Meile östlich vom See. Wie um alles in der Welt, bist du hierher gekommen?"

„Keine Ahnung. Das Letzte, was ich weiß ist, ich fuhr über die Prärie – in diesem Taxi, mit diesen Typen, Victor." Sie stützte sich vorsichtig ab und versuchte sich aufzusetzen.

„Du musst geträumt haben", wagte sich John vor, „aber das erklärt noch immer nicht, wie du ursprünglich hierher gekommen bist. Außer du bist einer dieser Typen die schlafwandeln. Meine Mam forschte darüber nach wegen einem der Bücher, an dem sie schrieb; irrer Stoff, das kann ich dir sagen!" Als er realisierte, dass jetzt vielleicht nicht wirklich der Zeitpunkt war, über die Recherchen seiner Mutter zu reden, ganz egal wie interessant sie auch sein mochten, hielt er sich zurück. „Weißt du, ich war gerade auf dem Weg zu dir. Wollte mich für mein gestriges Verhalten entschuldigen. Es war unsensibel. Es tut mir leid, okay?"

„Gestern?", Julia verdutzt. Die Vorstellung es mit einer anderen Vergangenheit zu tun zu haben als jener die sie mit Victor teilte, war noch ein bisschen viel für sie.

„Weißt du, vielleicht probierst du mal aufzustehen? Wir könnten ins Baumhaus gehen. Dort ist es echt bequemer, als hier rumzuliegen." Insgeheim war er ein wenig besorgt, dass Julia sich beim Hinfallen den Kopf verletzt haben könnte und vom Baumhaus aus konnte er wenigsten Hilfe rufen. „Mann, du kannst froh sein, dass dich diese Ameisen da drüben nicht bei lebendigem Leibe aufgefressen haben", und deutete auf einen Ameisenhügel zirka zehn Meter seitlich entfernt.

Julia war schneller auf als sie Igitt denken konnte. „Uhh, ist das eklig", klopfte ihren Körper ab, während sie auf und ab hüpfte, um sämtliche Tierchen loszuwerden, die sich möglicherweise in den Falten ihrer Klamotten versteckten, „Gehen wir!"

Sie marschierte los und John erwischte sie am Saum ihrer Jacke. „Hey Julia! Falsche Richtung, komm hier lang."

Schnell erreichten sie die Stelle an der das verwaiste Fahrrad auf dem Boden lag. „Also wenn du Lust hast, kannst du dich vorne auf den Lenker setzen. Wir wären so viel schneller am See."

Julia stimmte mit einem wortlosen Nicken zu und stieg auf das Fahrrad.

In der Sicherheit des Baumhauses ließ sich Julia auf die Matratze fallen, die vor dem Fenster mit Aussicht auf das Wasser lag. Die Sonne, noch tief am Morgenhimmel, malte eine Palette von Grüntönen auf die Seeoberfläche und krönte sie mit Funken silbrigen Glanzes.

„Wenn du willst, kann ich uns etwas Tee machen", John zeigte voller Stolz auf den neuesten Luxusartikel in seiner Unterkunft, „Paps gab mir diesen ultraleichten Campingkocher! Sie hatten einen extra und nun kann ich was zum Essen brutzeln! Ist das nicht scharf?"

Julia noch immer geistesabwesend und nicht in der Lage, seine Begeisterung zu teilen, meinte ohne ihren Kopf zu drehen, „Nö, danke. Einfach Wasser wäre super. Ich hatte dieses riesige Frühstück in diesem abgedroschenen Lokal und bin wirklich durstig. Trucker's delight. Hmm, nicht die Fernfahrerkneipe, das Frühstück."

John wusste nicht was er sagen sollte und schenkte seiner Freundin schweigend ein Glas Wasser ein. *Da haben wir's wieder,* dachte er, *trotz all meiner Hirn-Folter, hätte ich mir niemals vorstellen können, dass unser Wiedersehen so abläuft! Ich lege hier und jetzt einen ernsthaften Eid ab, mich komplett von allen freischwebenden Angst-Gedanken zu lösen die damit zu tun haben, wie Sachen ausgehen könnten. Was für eine Zeitverschwendung.*

Angewidert von sich selbst, so ein Jammerlappen zu sein, seufzte er und setzte sich neben Julia auf die Matratze. „Also, willst du darüber reden?"

ZEILE 37

In Fragrant Meadows führte Amelia Sheriff Bob Browne und seinen Stellvertreter die Treppe hoch, um Julias Zimmer zu inspizieren. Oben angekommen deutete Amelia auf das Zimmer am Ende des Flurs. In ihrer Panik hatte Elizabeth die Tür weit offen gelassen und selbst aus der Ferne sahen alle drei die grelle neon-pinkfarbene Haftnotiz, die genau in der Mitte zwischen den beiden Türpfosten auf dem Boden lag. Amelia eilte raschen Schrittes nach vorne um die Notiz aufzuheben, aber Bobs scharfes „Nein!" ließ sie wie angewurzelt stehen bleiben. Er ging an der alten Frau vorbei. „Das könnte ein Beweismittel sein."

Seine Knie erzeugten einen knacksenden Ton, als ob sie sich darüber beschwerten, sich beugen und das Gewicht der massiven Gestalt des Sheriffs tragen zu müssen, während er die Notiz näher betrachtete. Seine Begleiter, die ihre Hälse reckten und versuchten einen Blick auf das Papier zu erhaschen, wurden fast umgeworfen von der Schallwelle, die das Lachen des Sheriffs tief aus seinem Bauch heraus hervorbrachte. Er hob den Zettel auf, wandte sich seinem Stellvertreter zu und sah wie Elizabeth gerade die Treppe hochkam. „Schau

Mädchen, Julia ist mit John im Baumhaus. Das steht hier klipp und klar! Also komm her, das ist ihre Handschrift, oder?" Elizabeth, die mit einer Hand den Stoff ihres T-Shirts umklammerte als wolle sie ihr wild pochendes Herz daran hindern aus ihrer Brust zu springen, nahm dem Sheriff die Notiz ab.

„Ja, ja das ist sie! Ich bin so dankbar! Ich verstehe nicht, wie ich das übersehen konnte! Und Sie umsonst hier herkommen ließ", und damit fing sie an zu weinen.

„Sie wäre auffällig genug, so viel ist sicher", Bob herzlich. "Nun, weine nicht! Wir alle sind froh, dass Julia in Sicherheit ist. Vielleicht gibt es ja noch eine Tasse Kaffee und ein Muffin während ich Peter zurückrufe und dann sind wir auch schon weg. Ted, du richte Gretchen aus, sie soll sich mit Sarah Freeman in Verbindung setzen, sie braucht sich auch keine Sorgen mehr machen."

Selbst Amelia war derart erleichtert, dass sie nicht einmal daran dachte, ihre Tochter für das Übersehen von Julias Nachricht abzukanzeln. Fast schüchtern schlug sie vor, „Sollten wir nicht zuerst Julia anrufen? Nur um sicherzugehen? Scheinbar hat das Baumhaus Empfang, sonst hätte sie ihren Vater wohl nicht anrufen können."

„Ja, natürlich! Ich rufe sie sofort an!", Elizabeth war schon in der Küche am Telefon noch bevor die Sheriffs und ihre Mutter die erste Treppenstufe nach unten nehmen konnten.

***

„Was für ein abgedrehter Traum!", war Johns Kommentar sobald Julia fertig erzählt hatte, was alles geschehen war, seit sie sich am Tag zuvor gesehen hatten. „Ich meine, es klingt total schräg, aber seit meine Mam träumte unsere Katze würde sterben und sie es dann tat, glaube ich an Träume." Da er sich nach ihrer Versöhnung nicht zu rasch auf ein gefährliches Terrain begeben wollte, fügte er hastig hinzu, „Ich meine, es ist in Ordnung, dass du nicht an übersinnlichen Kram glaubst. Ich will nur sagen, dass Informationen oder auch Belehrungen durch einen Traum zu erhalten, bei meiner Mam funktioniert. Sie sagt, manchmal kriegt sie sogar Inspirationen für ihre Bücher. Und ich freue mich echt, dass du ein ganzes Jahr lang hier bleibst!"

Da sie sich wieder sicher fühlte, mit ihrem ältesten Freund zusammen zu sein, lächelte Julia. „Ja, ich auch." Sie trank einen Schluck Wasser und fügte nachdenklich hinzu, „Weißt du, ich glaube, diese Erfahrung könnte meine Betrachtungsweise über paranormalen Kram verändern, weil Traum oder was auch immer, es ist definitiv zu seltsam um ignoriert zu werden. Es war so real. Ich meine, ich kann noch immer dieses Glücksgefühl spüren, das ich erlebte, als ich den Teil verstand, seine Bestimmung im Leben zu finden. Nicht dass ich die leiseste Ahnung habe, von woher das alles kam; es war als hätte sich eine Tür geöffnet und all diese Worte strömten heraus. Sogar meine Stimme klang anders." Sie lachte unsicher. „Kellie würde mir wahrscheinlich einen Vortrag halten, wie ich Sachen weitergeleitet habe von - wie sie es nennt - meinem höheren Selbst. Ich! Und ich kann mich an jedes Detail meiner

Rede über das Weinen erinnern! Von dem schmalzigen Trucker's-Delight-Geschmack in meinem Mund mal ganz abgesehen!" Sie rülpste wie um das Gesagte zu betonen. „Entschuldige. Zusätzlich erscheint mein Opa wie aus heiterem Himmel und ich habe dir noch nicht einmal von dieser unheimlichen Visions-Sache erzählt, die zuhause passiert ist. Also mit all dem, denke ich, bin ich gut dabei eine Gläubige zu werden!"

John wollte eine gazillion Fragen stellen und damit beginnen zu erforschen, wie das alles zu dem neuen Paradigma und einer natürlichen Welt passte, aber wusste nicht recht, wie er die Flut von Gefühlen ausdrücken sollte, die ihn durchströmte. Kein Grund, etwas zu forcieren. Sie hatten ein ganzes Jahr, das Thema zu untersuchen und dank dem wiederhergestellten Vertrauen ineinander war er sicher, dass eine Menge Abenteuer auf sie warteten.

Bevor das Schweigen peinlich werden konnte, vibrierte Julias Smartphone in ihrer Jeanstasche, in die sie es nach dem Telefonat mit ihrem Vater geschoben hatte. Ihr Bewusstsein konnte keine Verbindung herstellen, dass dieses Gerät eigentlich in ihrem Rucksack sein sollte, an dem Platz wo sie es hinsteckte bevor sie letzte Nacht ihr Zimmer verlassen hatte. Das Bild, das sie an Thanksgiving aufgenommen hatte und das ihre Auf-Wiedersehen winkenden Großeltern zeigte sagte ihr, der Anruf kam vom Haus.

„Ich schätze, sie haben mein leeres Bett gefunden", grinste sie und nahm den Anruf an. Bevor sie auch nur hallo sagen konnte, hörte sie die Stimme ihrer Mutter so laut schreien, dass sie befürchtete, eine Rückkoppelung zu bekommen. Sie legte das Telefon auf die Matratze vor sich und berührte das Lautsprecher-Symbol.

„Julia! Gott sei Dank, geht es dir gut! Ich habe deine Notiz gerade erst jetzt gefunden und war wie von Sinnen vor Sorge!"

„Meine Notiz, aha", war Julias Antwort auf diesen Bruchteil an Information ganz nach dem Motto kluger Teenager: wenn du unsicher bist, um was es geht, überlasse den Erwachsenen die Führung.

Elizabeth in ihrer Aufregung ihre Tochter unversehrt zu wissen, bemerkte davon nichts. „Ich weiß! Sie muss von der Tür gefallen sein, wo du sie hingeklebt hast und ich habe überhaupt nicht auf den Boden geschaut! Ich war so aufgelöst, als ich dein leeres Bett sah dass ich den Sheriff angerufen habe."

Julia richtete ihre Augen auf John und formte schweigend Worte, die er zwar nicht ausfindig machen konnte, sich jedoch sicher war, dass sie etwas zum Ausdruck brachten was Mütter nicht gutheißen würden.

Elizabeth am anderen Ende bekam von dem stillen Kommentar ihrer Tochter nichts mit und fuhr ohne Atemholen fort. „Weißt du Schatz, als ich hörte, dass du deinen Vater angerufen hast, hatte ich große Angst, dass du nicht mehr mit mir leben willst, mich nicht mehr liebst. Ich meine, ich dachte ja immer, du liebst ihn mehr als mich, aber weißt du, ich habe dich wirklich gern um mich. Liebe unser gemeinsames Leben, nur wir zwei Mädchen."

Julia hob ihre Schultern und schüttelte ihren Kopf. John machte nichts.

„Mami, Mami, jetzt mal langsam! Was sagst du? Du hast mit Papi gesprochen?"

„Natürlich! Nun, ich meine, der Sheriff hat ihn angerufen um herauszufinden, ob er etwas von dir gehört hatte. Also sagte er uns, er hatte einen verpassten Anruf und als er dich zurückzurufen wollte, bekam er nur deine Mailbox. Ich bin vor Angst fast verrückt geworden! Aber das Gute daran ist, ich habe mich entschieden, wenn du nicht hierbleiben willst, dann musst du es nicht. Ich weiß, es ist zu spät fürs Ferienlager, aber hör mal", Elizabeth riss sich zusammen und unterbrach ihren Redefluss. „Wie auch immer, wir reden später darüber, wenn du wieder zuhause bist. Hast du keinen Hunger? Möchtest du kein Frühstück?"

Julia lachte laut auf. „Nein Mami, danke, ich hatte Frühstück", John krümmte sich förmlich vor unterdrücktem Gelächter, was wiederum Julia noch mehr zum Lachen brachte. „Und hey, falls du mit mir über Japan sprechen willst, das passt schon. Ich weiß alles darüber."

Elizabeth schnappte nach Luft. „Ich verstehe." Ein Herzschlag. „Auf alle Fälle, mein Schatz, du musst nicht hier bei Oma bleiben, ich bin überglücklich, dich mitzunehmen! Wir werden eine Lösung finden, das verspreche ich dir!"

„Ach Mami, das ist total süß. Aber ich hatte hier einen echt aufregenden ersten Tag und ich glaube, du bist damit richtiggelegen, dass der Wald magisch und mysteriös sein kann. Und ich glaube, ich habe etwas von dieser wirklich mächtigen

Medizin abbekommen, von der du gesprochen hast. Also verbringe ich hier gerne das Jahr. Und du geh und mach einen Unterschied. Werde stolz auf dich sein. Und Mami, ich liebe dich."

Bevor ihre Mutter etwas erwidern konnte, beendete sie den Anruf.

„Wahnsinn John! Hast du das gehört! Also an übersinnliche Dinge glauben ist eine Sache, aber wie bekomme ich die Tatsache in meinen Kopf, dass ich für sie eine Notiz hinterlassen habe oder dass mein Papi einen verpassten Anruf erhalten hat, wenn ich die ganze Sache doch nur geträumt habe?"

***

Die zweiundzwanzig Freunde saßen schweigend um den großen Tisch in dem erneut antik aussehenden Konferenzraum und betrachteten das verblassende Bild auf dem wabenartigen Wandmonitor als Mirra ihr Buch schloss und ihre Augen öffnete.

„Meine Damen und Herren, gut gemacht, gut gemacht", brüllte Herr Kaiser, „es sieht so aus, als hätte die Reise begonnen!"

DAS ENDE
des
ERSTEN KAPITELS

ÜBER DEN AUTOR

Aurelia Xander war schon ihr ganzes Leben lang eine Geschichtenerzählerin. Sie stammt ursprünglich aus Südbayern und lebt heute mit ihrem Mann und ihrem geliebten Shiba Inu in einer kleinen Stadt in Italien.

Sie können mit ihr per E-Mail in Kontakt bleiben unter

aurelia@thismindisnotforsale.com

DANKSAGUNG

Ich möchte meinem Mann Arik dafür danken, dass er nie aufgegeben hat an meine Geschichte zu glauben und mich bis zum Ende gepusht hat.

Da dies mein erstes Buch ist, habe ich keiner Armee von Agenten, Verlegern, PR-Leuten, usw. zu danken. Allerdings hätte ich es nicht bis zur Veröffentlichung geschafft ohne die enorme Hilfe meiner wunderbaren Lektorin Laurie Viera Rigler und ihres visionären Mannes Thomas. Ein großes Dankeschön geht an meine Großmutter, die mir unermüdlich Geschichten über magische Wesen erzählte, während sie die leckersten Kekse backte, und mich ermutigte, nie aufzuhören, daran zu glauben, dass kein Gebet unbeantwortet bleibt. Und zum Schluss der größte Dank an das Leben selbst und all die Menschen, die mich inspiriert haben und immer noch inspirieren.